漳州文庫

（清）蔡世遠　撰

《漳州文庫》編委會　整理

二希堂文集

國家圖書館出版社

圖書在版編目（CIP）數據

二希堂文集 /（清）蔡世遠撰;《漳州文庫》編委會整理．— 北京：國家圖書館出版社，2021.11

（漳州文庫）

ISBN 978-7-5013-6847-1

Ⅰ.①二… Ⅱ.①蔡…②漳… Ⅲ.①中國文學—古典文學—作品綜合集—清代 Ⅳ.①I214.92

中國版本圖書館 CIP 數據核字（2019）第 197798 號

書　　名　二希堂文集
著　　者　（清）蔡世遠　撰　《漳州文庫》編委會　整理
責任編輯　潘肖蔷

出版發行　國家圖書館出版社（北京市西城區文津街 7 號　100034）
（原書目文獻出版社　北京圖書館出版社）
010-66114536　63802249　nlcpress@nlc.cn（郵購）
網　　址　http://www.nlcpress.com
排　　版　北京九章文化有限公司
印　　裝　北京科信印刷有限公司
版次印次　2021 年 11 月第 1 版　2021 年 11 月第 1 次印刷

開　　本　710×1000（毫米）1/16
印　　張　17.5
字　　數　169 千字
書　　號　ISBN 978-7-5013-6847-1
定　　價　50.00 圓

《漳州文庫》編纂委員會名單

顧　問：陳正統　陳易洲　李竹深　張大偉

主　任：于曉岩　林　菁

副主任：游　瑛

委　員：張小聰　林志仁　蔡宇飛

《漳州文庫》編輯部人員名單

主　任：蔡宇飛

副主任：歐裕南

成　員：鄭晨寅　謝茹芃　董　航

前言

《二希堂文集》十一卷，清蔡世遠撰。

蔡世遠（一六八二—一七三三），字聞之，號梁村，福建漳浦人。世居漳浦梁山，學者因稱之爲「梁山先生」。蔡世遠生於世代書香之家。先祖蔡元鼎，宋代著名理學家。祖父蔡而熤，係著名學者黄道周的學生。父親蔡璧，拔貢生，任羅源縣教諭。後受福建巡撫張伯行之聘，主持福州鰲峰書院。蔡世遠於康熙四十八年（一七〇九）中進士，入選爲翰林院庶吉士。後以大學士李光地薦，分修《性理精義》。書成回籍，掌教鰲峰書院。雍正初，詔選經術德行兼優學者任諸皇子侍讀，蔡世遠奉詔入京，授翰林編修，侍諸皇子伴讀。不久，遷爲侍講。雍正四年（一七二六），又升爲右庶子，再遷爲侍講學士。翌年，遷少詹事。再遷内閣學士，位列九卿。雍正六年（一七二八），遷禮部侍郎，主持鄉試、會試事務，充經筵講官，兼管耤田、從耕以及文武殿試讀卷、校閱等事務。雍正十二年（一七三四），蔡世遠卒於任所，終年五十三歲。乾隆二年（一七三七），贈禮部尚書，賜祭葬，謚文勤。後又追贈太傅。入祀賢良祠。其好友文學家方苞爲其撰寫《禮部侍郎蔡公墓志銘》，盛贊蔡世遠：「其材天植，其學不迷，其志不欺，其數非奇，而不竟其所施。匪予之私，衆心所凄。」乾隆皇帝稱其爲「聞之先生」，并親自爲其文集作序。

蔡世遠學識該博，尤精理學，尊崇程朱正學。因稱羨宋代范仲淹、真德秀二人之爲人，以范仲淹字希文，真德秀字希元，名其堂曰「二希」，其文集亦名曰《二希堂文集》。

《二希堂文集》，現存有雍正十年（一七三二）刻本。首冠皇四子弘曆雍正八年（一七三〇）八月序，皇五子弘晝序及平郡王福彭序。卷首爲《聖主躬耕耤田賦》《聖主親詣大學頌》《青海平定詩序》《日月合璧五星聯珠頌》《河清頌》共五篇。卷一至四爲序文六十二篇，卷五爲記十四篇，卷六爲傳十二篇，卷七、八爲論、説、書三十篇，卷九爲墓表、志銘、行狀十四篇，卷十爲祝文、祭文十六篇，卷十一爲雜著十八篇。通檢全書文字，「弘」字皆不避。卷三《送鄂少保相國經略西陲序》一文中，有「雍正十年壬子秋七月」字樣，故此書定爲雍正十年（一七三二）刊刻。《二希堂文集》係蔡世遠詩文别集，彙輯了蔡世遠生平主要的詩文著作。乾隆皇帝爲此集作序，曰：「今觀其文，則溯源於六經，闡發周、程、張、朱之理，而運以韓、柳、歐、蘇之法度……所謂藴之爲德行，行之爲事業，發之爲文章者，吾於先生見之，抑又有説焉。」其文獻價值自不待言。現以雍正十年（一七三二）刻本爲底本，參以清康熙、光緒《漳州府志》，進行點校整理。

點校凡例

一、版本

本次整理，以清雍正十年（一七三二）刻本《二希堂文集》爲點校底本，以《四庫全書》本，明正德八年（一五一三）、萬曆元年（一五七三）、萬曆四十一年（一六一三）《漳州府志》及清康熙五十四年（一七一五）、光緒三年（一八七七）《漳州府志》爲主要參校本。

二、標點

（一）本書標點以一九九五年國家頒布之《標點符號用法》爲依據。鑒於古代漢語之特點，標點時不用省略號、連接號、破折號與著重號等。

（二）凡名詞并列而易引起誤解者，用頓號分開。雖爲名詞并列但不引起誤讀者，一般不加頓號。

（三）書名含篇名者，采用間隔號方式處理。

（四）整理時依據文章內容，對篇幅較長之文字適當劃分段落。

三、整理

（一）本書點校采用繁體豎排。通假字保留原文，一些不常用的异體字原則上改爲通用字。

（二）底本中「日」「曰」不分，「已」「己」「巳」誤刻、「戊」「戌」「戍」混淆、「大」「太」等混用的現象均徑改爲本字。其他明顯刻印錯誤的文字，酌情於頁下注説明。

（三）本書點校衹做文字校勘，不涉及史實考訂辨證。凡底本所載之史實與其他參校本文异者，僅於校注説明文本异同，而不做史實的考證。

（四）凡原文中爲避諱而改字或作缺筆者，一般改回原字。爲示尊崇而提行或空格者，均予取消。

（五）原文中凡屬歷史評價問題使用「賊」「寇」以及「忠臣、義士」「孝子、節婦」等褒貶用詞，均不予改動。

（六）凡底本脱簡、亂行、錯位處，於互相校補外，酌加校注。

（七）底本中使用的識別字號，如「〇」號，整理時基本予以保留。

（八）可於前後文以本校法得解者，或經他校可得者，或以理校法可明其訛者，或查檢年號干支有誤者，或已知其訛而暫無從校者，皆於校注中説明。

（九）底本中凡空白闕文，或字迹不清、無法辨識者，以「□」號表示，并於校注中説明。

目録

二希堂文集卷二

二希堂文集卷三

二希堂文集卷之四

二希堂文集卷之五

二希堂文集卷六

二希堂文集卷七

二希堂文集卷之八

二希堂文集卷九

二希堂文集卷十

二希堂文集卷十一

二希堂文集序

皇四子序

夫自上古結繩而治，後世聖人易之以書契，斯文之來尚矣！故日月星辰之文於天，山川草木之文於地，登龍於章，升玉於藻，莫不因其質之美而文之，以益其盛焉。二典三謨、《商書》《周誥》之爲文，堯舜禹湯、文武周公傳心之要道也。是故藴之爲德行，行之爲事業，發之爲文章者，聖賢之所以爲聖也。摛華靡於篇章，鬬一字之奇巧者，雕蟲之技、虚車之飾之所以爲譏也。徒修其内，而文不能見於外者，亦大雅君子之所弗尚也。故孔子於斯道之隆替，未嘗不寓之於斯文之盛衰。文所以載道，豈虚語哉！

三代以降，左氏《傳》、屈氏《離騷》、太史公《書》、賈氏《治安》、董氏「賢良三策」，紹上古之淳風，繼大雅之元音，雖其德未臻於盛，要皆其積有源，其流有光，堪以垂世而行遠。魏晋之後，變淳樸爲綺靡，化元聲爲冗薄，而文之衰極矣。至唐韓昌黎乃起衰式靡，天下復歸於正。同時若柳宗元，其後若歐陽、三蘇、曾子固諸人，代繼其踪；又有周、程、張、朱諸大儒繼起，遠接歷聖之傳，明道以覺世，而斯文之盛遂如日月之經天、山川之緯地，豈非以言之無文、行之不遠，而斯道之存，端賴斯文之盛以流播於天地間乎！

吾師梁村蔡先生，守道君子也，常爲吾言天地性命之奥，道心人心危微之判，堯舜禹湯、文武周公、孔孟周程張朱之心傳，而曰：「人受天地之中以生，必克己復禮，以全其天命之本。然民胞物與，以盡其功用之極致，斯不愧於天之所賦而成其爲人矣。若風雲月露以爲文者，藝也。然道德盛於中，而英華見於外，斯亦君子之所不廢也。」因出平生所爲文示余。余披讀之餘，而嘆先生之實爲有用之儒也。先生講學鰲峰，教人以忠信孝悌仁義，發明濂洛關閩，淵源有自也。及立朝，而豐采議論，嘉言讜議，足以爲千百世治世之良規，則又國家棟梁之任也。今觀其文，則溯源於六經，闡發周、程、張、朱之理，而運以韓、柳、歐、蘇之法度，如金聲玉振於有虞之廷也；如卿雲麗日，昭映霄漢，而爲中天之瑞也；如江淮河濟支流，衆派之終歸於大海也。所謂藴之爲德行，行之爲事業，發之爲文章者，吾於先生見之，抑又有説焉。先生之文，固足以繼昌黎之踪而抗歐、蘇矣！然先儒以爲昌黎因文以見道，今先生教人必先之以格致誠正之功、天人危微之判，而後繼之以文焉，先生自修固可知矣！吾以爲先生體道以爲文，并非因文以見道，請以質之先生與天下後世以爲何如也。

雍正八年八月。

皇五子序

夫文所以載道也。古之爲文，將以抒平日之所學，表生平之所見，發揮古聖賢之藴奥而已。設徒質而無文，文而不足以行遠，又曷足貴哉？今觀二希先生所作文鈔，見其文與道并暢，華與實俱修，未嘗不反覆沈吟而不能置也。夫韓、柳、歐、蘇四者，古之能文者也。考其詞，則有原有委，無虚浮龐雜之言。察其義，則有體有要，無裝飾造作之態。雖不足爲載道之文，要亦文之可以垂世而行遠者矣。先生居閩，以道自重。講學鰲峰，名利之心未嘗不弃之如敝蹝，而視之如浮雲也。凡通省之士，有慕道從學之徒，無不在所教之中。誠不慕名而名已馳於遠近，不貪利而利已與利物者孰大焉？因是以其體道之心，發爲覺世之文，高下抑揚之中，有剛强正大之氣；議論探討之際，有雅潔静正之風。八年以來，相聚一堂，所勖我者，在明物察倫之學、克己躬行之功，不樂以文章表見，恐溺於此，不免徇外而忘内也。然言之有物者行之自遠，積於中者必見於外，誠之不可掩也。先生平日知道畏義，服行不怠，積於中者素矣，惡能掩之哉？韓、柳、歐、蘇之文，至今讀之，猶令人贊慕而不捨，安知异時不更有贊慕不捨於先生之文乎？於是高先生之志，慕先生之文而序之於後云。

序

石璞未雕，識者罕焉。美玉清潤，輝光燦然矣。蒙霧未披，介乎疑似青天。白日有目，盡睹其清明矣。醇儒抱負，百代宗師。秋空無雲，滄海無波。風標峭峻，聞譽旁流。世之學者，仰之如泰山喬嶽，慕其道而不得其門，得其文而争先睹之爲快。

聖天子崇文重道，理學昌明。碩德鴻儒，後先迭出。我師蔡聞之先生弱冠登甲第，經史百家貫串乎胸中，而大道了然一本於中正。初居閩，講學鰲峰，教人以忠孝仁義之本，天地民物之理。古人未發者，先生發之，有缺漏者補之。著書十七種，皆關乎世道人心之言。誘人遷善改過，以成其德。先生之學所以關乎天下者，由其忠孝廉潔、端方正直之名聞於天下也。

詔入内廷，任爲宗伯，授經於皇子，余因得識先生面。戊申冬，奉特恩詔入隨皇子讀書，遂得與先生晨夕討論，而聆先生之教焉。先生之文，高乎丘山，浩乎江河。望之如海天旭日，岱嶽春雲，渺然而不可及。挹之如函關紫氣，天半朱霞，氤氲而無端倪。然論議則立千百世之良規。儒生奉之爲席上之珍，國家倚之爲棟梁之任。闡發鄒魯之心傳，而合周漢唐宋文人爲一手。觀其美，則既雕之玉；探其奥，詎非撥雲霧而睹青天乎？道學之傳，賴考亭朱子以繼濂洛之宗。而當時及門之士，如蔡季通博學强記，精通曆數，朱子一見曰：「此吾老友也。」《易學啓蒙》屬以起稿，其後《書》《傳》亦以屬蔡氏子。然則，蔡氏之學直接考亭，溯本窮源。先生因以其家學，蘊爲道德而發爲文章者歟！是爲序。

受業弟子平郡王敬撰。

編校姓氏

後學 汪由敦謹堂　李清植立侯

受業 王峻　趙大鯨　于枋　吴龍應　王廷琬　彭啓豐　周紹龍　王興吾　恒德　許琰　吴華孫　陶正靖　鄂敏　吴履泰　張先躋　田志勤　張湄　雷鋐　徐梁棟　曾豐　羅經　王葉滋　劉文誥　房璋　佘聖言　王材　陳天寵　張大宗　徐鐸　金志章　柴潮生　俞敦仁　陳鍔　潘中立　張聖訓　李國相　張士璉　柰曼　劉弘祖　徐熊　曹輯五　沈世楓　霍備　王櫓　席吴鏊　彭元堪　史鳳輝　史貽儉　陳邦勳　吴嗣富　陳霖　許宏聲　姚培益　郝世藩　林枝春　周景柱　蔡筠　張桐　黄鶴冲　何璘　朱發　涂逢震　顧景　李清雲　吴斗光　劉炘　鄭基　姚世倌　劉栻　季芳藹　李紘　艾芳　彭心鑑　李成龍　趙錫孝　鄭登瀛　聶蟾宫　鄭重　陳九齡　蘇石麟　王

文清　黎東昂　趙瑛　楊廷爲　高乃聽　李國祚　姚焜　蔣楷　繆敦仁　吳浣安　蔣
欄　蔣敦淳　吳周聚　趙永孝　郭應元　海齡　呂見龍　程揚宗　顧昺　官獻瑶　陳
飛　陳疇九　王煇　壽昌　陳竑　張乃會　楊大壯　譚玉鶴　盧士超　張聖教　巫近
漢　左方燾　施萬春　戴鉉　葉有詞　戈鍹　張廷簡　馬有聲　宋繡　張宗義　金士
奇　林鴻　袁銑　鄒子香　吳雲容　鄧里龔　劉人龍　較陳錫　常琬　程愫　梁棟　熊
蔚　郄瑛　張萬銓　何桂　沈廷鶴　王煒　孟濤　李倬　毛貢　林桂　張光華　周碩
勳　秦士顯　邱仲胆　張夢熊　佟保　朱元翰　朱超玟　陳世培　曾汪源　莊元　陰
日嶸　陳碧水　王世仁　黃光先　倪敬球　陳善綱　鄭文炳　郭起元　陳羅登　陳
用　陳洪範　葛廷光　鄭一志　游思試　黃梅　張文標　李應斗　許宗岳　范蕃祖　張
國鈞　鄭元觸　蔡本鋐　周溥　林瑩光　謝瓚　王勉　葉昌枝　張宗海　葉朝瑞　林
融園　李思哲　陳繩　鄧協仁　藍宗輝　陳昌宗　陳廣　顏英　黃上尊　程郊　林
應選　方大綸　李夢苡　陳天球　林玉樹　江澐　黎元　曹永進　李芹　鍾益　張問
達　陳嶠　賴源　賴鳳機　陳天錕　雷鳴夏　宋膺簡　張應雲　陳士鏡

同懷弟　鳴珂　可遠

侄　長淳　賓興　元成　長漣　煥章　長濠　長滄　重儀　必取　長
湯　淮　新　雲從　長洲　長淏　長潤

侄 黎光 式廓 本繩 鳳 本檍 蘭芳

外甥 朱輝

男 長漢 長澐 觀瀾 觀瀜 長洁 長汭

二希堂文集卷之首

聖主躬耕耤田賦 有序。

皇帝御宇之二年，始耕於千畝之耤，禮也。臣世遠謹按，耤田之禮其義有三：己所自親，以供粢盛，至孝也；躬習於農，以知稼穡，至恪也；對時育物，爲天下率，以勸田功，至勤也。行一事而三善備者，耤田之謂也。我皇上挺睿聖之姿，追皇王之化，闢四門以通言路，頓八紘以招茂才，飭官常以修百職，恤民隱以撫萬方，弊吏則揚清黜墨，移風則尚儉崇淳，祇祇庸庸，日旰而不遑暇食。期月之間，典則具舉，風教滂流。臣竊憬然知隆古以來，唐虞三代，其無以侔盛也。廼修耤田之禮，躬率三王九卿，秉耒而耕之，三推加一禮成，念農爲天下本，詔自京畿以暨河之南、山之左右，民有積逋，賜以緩徵。所在大吏，訪其地老農之儉勤敦樸，身無過舉者，寵優之，秩以八品。臣嘗推周頌思文桓二章之指，以爲粒民者，稷之所以配天也；豐年者，武之所以綏邦也。周家宗祖，世以農事爲緒，遂同疆界以陳常。天命匪解，克定厥家。盛德大業，播爲樂章。其聲鏗閎，盈於天地。我皇上仁育恩覆，無遠弗屆，而憲古修文，重農敦本，於前聖有光，宜有撰述，以摹萬國之歡心，導兩間之和氣。

臣世遠以遭逢之幸，拔自海表，簪筆螭頭，侍學鑾署。際兹盛典，媿無文章以華國；敢忘固陋，謹拜手稽首而獻賦，曰：

偉元聖之制禮兮，重耤田之親耕。洪卓爍以煒煜兮，維聿將其恪誠。詎鄉甸而無良農兮，匪大糦之所馨。謇獨俶此春及兮，用以供乎粢盛。駟玉虬以戾止兮，軫深耜之民情。所無逸以知艱兮，固王心之所寧。兆九域以豐穰兮，欻風聲之倰儯。魁萬乘其猶辛勤兮，矧細甚之農眠。度三時以著制兮，嬰王政之有成。惟輷輷以啟啟兮，舉德輶而若輕。斯憲古以修文兮，燀寓縣而光亨。

於穆我皇，德崇業廣。有典有則，以教以養。側席而求，有言惟讜。占善必録，擅長斯獎。施慶春溫，旁燭日朗。觀民則如風之行，涖官則如天之象。聽政不遑於曛夕，視朝早辨於昧爽。聲明旁溢於瀛寰，神化同流於穹壤。捷若驊騏之驫駥，應若龍鼉之鼓響。憙憙旹旹，巍巍蕩蕩。洵六五以四三，與天參而地兩。

於時歲在閼逢，律中夾鍾。農祥既見，韶景方融。天廟躔次，土𠩺瀧涷。史占初吉，瞽奏協風。天子乃順月令，撫時雍；念民力，敬天工；修王制，敕秩宗；前期祇肅，將有事於先農。於焉封人設其埒堳，稷官申其警諭。奉禮序其班階，大胥展其樂具。常伯獻播殖之儀，宗人省牲帛之數。其在群后百執，莫不攝威儀，竭誠素；恪恭待事，罔敢遑寤。

逮夫元辰既屆，曉色澄鮮。初晞溥露，漸斂游烟。葩瑤擁簇，雲罕連飜。象輿蜿蟺，豹尾飛軒。天子則被龍衮，佩蒼瑛。出青陽之左個，協鸞和於鈞天。介御間以剡耜，用稅於千畝之田。爾乃降金根之車，陟青壇之位。考鐘敔兮嚝鍠，舉焚燎兮焅煝。揚祝嘏兮正辭，搢珪璋兮大瑞。薦明德兮馨香，享孝誠兮斯醉。臚駿奔兮就列，篤邦祜兮以對。祀事孔明，薌鬯猶醙。乃下壝壇，乃就耕次。乃命廩犧，解韜出耒。乃命太僕，牽牛執轡。乃渙絲綸，金洪玉晬。自古在昔，農爲重事。矧是千畝，以享以類。曷敢不勤，加三爲四。爰推御耦，洪縻手試。騄驄犗而服紺轅，轊縹軶而馭黛耜。軼河鼓以比馴，象坤儀以爲利。

維時爾公爾卿，爲五爲九。凡厥庶民，薄終其畝。穜稑孔嘉，神倉孔厚。用以昭居歆，兆時障；鳩三農，康九有。湛湛露兮樂胥，侑壎篪兮我牖。垂髻兮髫童，掎杖兮台耇。其心兮克忠，厥角兮稽首。感大禮之既成，慶遭逢之非偶。皇上乃念畿以內，河以南，并太行之左右，繡壤錯而相銜。泙沛施膏，逋徵弛嚴。易潞活活，嵐憲霎霎。日觀之佳氣益釀，崧嶽之膚寸長瞻。既近輔以優渥，復薄海而均覃。考力田之賜爵，自漢世爲美譚。昏勞農以終老，揆鋤雲而觸炎。苟淳龐其可風，錫愚賤之華簪。俾皓顛以沾榮，庶糲藿其益甘。

耿聖人之作則，皎朝曦之方晝。濊霮霨之波施，廓天造之廣覆。彼連山之播穀，甫肇業而未究。粵唐虞之命稷，錯鮮食以在宥。至夏啓以牛耕，始少憩乎人勠。洎耤典之既行，畫鄉郊而井授。相陰陽以涉澗，豳可籥而口嗄。編周禮以勤民，爰吉蠲乎登豆。維斯禮之裔皇，值運會而重覲。炳千古而有光，召休祥之輻輳。書歸禾以爲嘉，禮餘三以爲富。易大有以占亨，詩多稌以擢秀。經有年之必書，斯豐登以屢遘。惟設誠以致行，故天錫之孔厚。賡衢壤以春熙，頌我皇之萬壽。

聖主親詣大學頌 有序。

粤若我昭代，誕膺天命。撫臨萬方，垂光錫祚。右文典學，昭灼涵煦。東西朔南，罔不暨訖。皇帝纘承鴻庥，明哲作則；帝王師儒之道，萃於一身。天下懷德秉義、博聞有道術者，莫不近文章，砥厲廉隅，争自奮於聖人之世。皇哉，中天之景象也！皇帝重念尊師講道，謁聖崇儒，風示天下，莫急於此。雍正二年春三月乙亥朔，天子乃盛法服，建龍旂，蹕清路，噦和鑾，躬詣大學。大昕鼓徵，淵淵皇皇，釋奠於先師。禮成，御彝倫堂，講明德新民之經，精一執中之旨。厥彰厥微，既繹既闡。王公卿尹，侍從之臣，聖孫賢裔，暨厥肄業成均之士，合二千有餘人，咸侍日月之旁，飫聞至德。天子乃頒綸綍，廣崇聖之配，隆褒德之典。傳經之彦，衛道之儒，孰已退而宜祀，孰未入而宜增。昇平日久，向學蔚蒸。擴博士弟子員之額，加五經孝秀之升。德化洋溥，教澤大洽。近光之士，八表之遥，龐眉童稚，莫不延頸企踵，鼓舞歡愉，曰：「聖人首出，天下文明，此其時也。」

粤稽唐虞，典樂有教，米廩有庠，五典有惇。直温寬栗，剛簡迪於厥中。時則四方風動，萬世永賴。亦越周文，亹亹翼翼，雝雝肅肅。靈臺辟雍，其典則隆，其意備美。故其詩曰：「肆成人有德，小子有造，古之人無斁，譽髦斯士。」惟無斁，然後能使斯士奮興。故其詩曰：「文王有聲，遹駿有聲。」又曰：「濟濟多士，文王以寧。」言文王作人之效，而賢才之爲國家寶也。爰及武王，陳書敬勝，訪範叙倫。師氏以德教國子，保氏養國子以道，大司樂以成均之法，治建國之學。政曰中和，祗庸孝友。故其詩曰：「鎬京辟雍，自西自東，自南自北，無思不服。」無思不服者，服之至也。長育有法，王心有加。故服之者，亦報以心也。我皇上孝以事親，誠以馭物，仁以恤下。推心以用賢，多方以訓士。所以豫養獎勸，漸摩成就之者，靡不曲盡。故能使近説遠懷，奔走忭躍。駕成周而軼有虞，漢帝圜橋之聽，唐宗建學之盛，宋代三舍之規，史氏所誇，又烏足云哉！臣世遠備員講讀，躬逢盛事。揚扢有懷，忘其鄙譾。謹再拜稽首而獻頌曰：

帝德廣運，表正萬邦。文同有截，化溥無疆。金樞丹穴，若木扶桑。光華所燭，錫極陳常。聲靈炳彪，於斯尤盛。五緯集祥，九州無競。迺稽古制，迺溯道宗。教學之本，伊維辟雍。鄒孟有言，後先一揆。夫子之道，我皇齊軌。如月印川，圓暉不滓。如日中天，萬世同晷。體厥大成，誕敷寓縣。息息相符，羹墻若見。二載季春，朔日既練。遂詣寢楹，舍菜初奠。笙頌西磬，其鐘在南。樂具奏止，事以在三。尊師訪道，磬折是甘。皇之沖德，海負淵涵。迺御彝倫，横經講義。菽粟爲膏，布帛爲賁。曰維大學，曰明曰新。克止至善，天下均平。曰維聖心，傳十六字。危微之幾，誠則無事。皇建厥中，一而不二。錫厥庶民，惟中是視。臣工生徒，百千其偶。亦有聖嗣，率彼賢後。圜橋聽觀，有孚盈缶。涣若釋冰，肅若拱斗。緬從洙泗，粤若放勳。聖聖則同，治教攸分。肆我皇上，爲師爲君。丕弘厥緒，咸秩其文。既祠崇聖，錫厥王封。兩廡群儒，亦折其衷。如衡之平，得禮之義。升進廣崇，毋失其類。焕我宫墻，教道扶樹。朝陽升梧，南山騰霧。經生復額，弟子增數。翕其從風，九閶湛露。皇矣帝德，於穆昭融。跨虞軼周，巍巍崇崇。天降時雨，滂沛沖瀜。化澤所協，以兆年豐。威加鹿塞，玉門韜弓。止戈爲武，在泮之功。小臣多幸，際兹昌辰。而目斯擊，而身斯親。懿我皇上，受福無垠。於萬斯年，保祐天申。

青海平定詩序

維我皇朝，受天眷命。道德侔於虞夏，土宇擴於漢唐。九服寧一，萬姓惠康。絶島窮徼，罔不置吏，争爲臣僕。其有不率，折之以威，懷柔震疊，赫臨乎方外。皇帝膺圖立極，纘列祖之緒。仁孝廣被，聖武布昭。虚己推心，知人善任。一民一物，咸釐聖衷。誠哉天下歸仁，四方以無拂也。蠢爾羅卜藏丹津，青海部落，偪近甘凉。曩以平定朔漠，天威所加，震慴納欵。聖祖仁皇帝嘉其歸誠，寵以王號，兄弟數人，皆膺顯爵。乃陰懷慓狡，内憒外巽，怙惡日滋，悖德滅義。潛通逆寇策妄阿剌布坦，阻兵安忍，同氣自戕，梟張豕突。皇帝哀矜庶頑，不忍加誅，遣使曉諭，敦誠順而撫之，用綏靖我邊疆。小醜執迷，不思悔禍，敢肆陸梁。帝赫斯怒，指授方略。雍正元年十月，命將出師，摧其部落，散其黨與。二年二月，我師乘機進克，勝氣兆於風雲，先聲震於沙漠。揚威疊勝，得降勿殺，訊得虛實，批空擣堅。鴞喪其林，兔迷其穴。乘其蹈藉，取彼鯨鯢。生擒羅卜藏丹津之母，并取助逆渠魁八人，俘男女數萬、馬牛羊數千。晝夜兼追，斬馘三千餘人。賊衣婦人衣，僅以身竄。三月乙亥朔，振旅凱旋。捷聞，群臣咸上功德，請御殿受賀。帝謙讓不居，曰：「是惟皇考簡用之將，豢養之兵，用宣乃力，克奏膚功，朕何有焉？但朕躬即皇考之躬，俟祭告諸陵，勉從所請。」臣等謹案前代撫外服遠，紀有功勳，然或利其土宇，或貪其寶物，横挑威釁，非以討罪爲心。即漢世之平東南越，服先零，定西域，史氏雖誇其事，然不免於好大喜功。唐平淮蔡，韓碑柳雅，鋪張揚厲，炳耀鏗鍧，然用天下全力，久而後克。孰若我皇上大仁大勇，不得已而用兵，不逾時而奏績。兵不過數千人，役不過十有五日。勞費少而成功多，較之高宗鬼方之伐，不需三載；方之虞舜有苗之格，未及七旬。此皆由我皇上神機睿算，動合天心。聖祖仁皇帝在天之靈，呼吸罔間。豐功駿烈，於是益光。由此橐不戰之弓，造可封之俗，申有截之威，受無疆之福。恭讓哲惠，中孚化邦，薄海承休。永永無極。臣等叨侍禁廷，受恩深重。

愧無江漢常武之作，揚厲神功。各賦近體詩六章，謹再拜稽首以獻。

日月合璧五星聯珠頌 有序。

臣聞天開景曆，表儀象以垂庥；德協乾行，彙祥符而昭應。惟神明之默契，自經緯之潛孚。凡當極盛之朝，必顯非常之瑞。然而司天入奏，惟是星輝雲爛之文；太史登書，無非日麗風和之兆。乃若三光聚舍，七曜同躔，合星辰日月以聯暉，歷元會運世而罕見。溯休徵於上古，傳盛美於伊耆。欣承隆遇於中天，快覩嘉祥於此日。欽惟我皇上堯天復旦，舜日重華。行健勵精，贊兩儀而成位；體元廣運，協五事以均調。時當御極之三年，令值春明之二月。仁風普洽，陽德方亨。慶兩曜之重光，瞻五星之聚彩。恍天衢之輯瑞，琮璧煒煌；儼玉殿之齊衡，璿璣璀璨。海天濤湧，雙丸如夾鏡齊飛；斗極雲開，五緯似編珠并綴。祥光繚繞，遍八表以騰輝；瑞靄繽紛，近三垣而拱極。而況日維吉午，恰符景命之辰；時正清晨，實際升恒之始。舍在娵訾之度，位屬乾宮；次當營室之躔，星名清廟。將行吉禮，示至仁大孝之徵；特顯苞符，昭峻德鴻功之應。而迺乾衷益懋，巽命謙承。辭大美而不居，表蒙庥於聖祖；却賀箋而弗受，謹告瑞於景陵。是天意凝禧，洵獨超於萬古；而聖心躋敬，更遠邁於百王。

臣世遠猥以庸愚，備員禁近。瞻雲就日，慚握管之難窺；紀月編年，喜簪毫之多慶。謹拜手稽首而作頌曰：

太極渾淪，兩儀肇分。五行順布，遞嬗絪緼。其氣在天，斯成七曜。其理在聖，斯成王道。王道之成，會其有極。惟純乃備，無非天德。維天之德，聖祖肖之。聖祖之德，皇帝紹之。皇帝膺籙，放勳嗣嚳。天心默祐，錫兹祉福。錫之維何？猗歟孔多。山川清晏，風雨休和。詩詠降康，史書大有。穟穟嘉禾，盈於千畝。祈穀圜丘，同雲沛澤。先天弗違，應念斯獲。惟兹庶徵，至治之輝。乃瞻上瑞，純德之歸。紀年當三，歲次在巳。朝野昇平，賡歌喜起。時維卯月，萬彙勾芒。和風翔洽，澹蕩春陽。吉日庚午，天齊七政。燦燦璇樞，何徵非應？其應維何？淺莫測之。管窺一二，若或得之。曉籌初報，曙色曈曨。咸池騰旭，焜燿璿宮。曰若聖祖，合體乾剛。皇帝敬承，健行有常。緝熙於爍，周於八埏。是用會合，爲章於天。粵有太陰，同度齊行。儼如雙璧，异彩晶瑩。曰若聖祖，中和參贊。皇帝敬承，剛柔合撰。以位以育，繼照重光。是用會合，如珪如璋。木德之精，厥名維歲。其位東方，豐登之瑞。曰若聖祖，仁育黎首。皇帝敬承，恩敷九有。年穀順成，悦豫且康。是用來聚，降福穰穰。南方有爛，伊維火德。居丙位離，文明是宅。曰若聖祖，丕崇禮教。皇帝敬承，於昭大孝。聲律身度，經曲燦列。是用來聚，有文有節。位中央者，厥名曰鎮。土德所鍾，光明黄潤。曰若聖祖，秉信立極。皇帝敬承，至誠無息。格於上下，神人以愉。是用來聚，萬邦作孚。西有長庚，德旺於金。齊其躔度，光彩森森。曰若聖祖，精義入神。皇帝敬承，裁制洪鈞。惟精惟一，執中以運。是用來聚，宣昭義問。辰星在北，清影潭潭。是惟水德，澄澈淵涵。曰若聖祖，睿智首出。皇帝敬承，亶聰如一。普天坐照，如日方中。是用來聚，昭明有融。惟兹日月，協於陰陽。惟兹五星，應於五常。若龍之圖，爻象顯設。若龜之書，九疇燦列。是昭至德，廣大精微。爰標奇瑞，集福承祺。伊惟上古，陶唐之世。璧合珠聯，遥遥盛事。道統治統，堯始明之。四千餘載，皇帝成之。丕顯丕承，其道大光。欽明恭讓，光被平章。昊天垂象，符兆顯然。二五叶度，億萬斯年。

河清頌 有序。

臣聞聖人在上，天不愛道，地不愛寶，是故河出圖，包羲則之以畫卦；洛出書，大禹則之以叙疇。蓋天地一元之氣，分而爲陰陽，播而爲五行。五行之生，以水爲先；而四瀆之水，又以河爲大。天降嘉祥，兆自河洛，理固然也。

欽惟我皇上四德根心，五氣順布。孝以事親，本愛敬之心以推暨乎百姓；誠以事天，體元善之長以涵濡乎群生。澄叙官方，揚清激濁，而百官以治心周蔀屋，愷澤旁敷而萬民以察。乃雍正四年十二月，自陝州至徐、邳、淮、揚，黄河清二千餘里，歷有數旬。臣聞陽氣生於冬至而盛於春，清於十二月者，陽氣寖盛，歲功方成，貞元會合之時也。清於豫、徐、揚、兖間者，宅土中央，萬派同流，四方之所和會也。經數旬如一日者，皇上中天之治，日新月盛，光被靡極也。仰惟聖祖仁皇帝深仁厚澤，涵育天下六十餘年。皇上丕承而光大之，以言乎心，則清明在躬；以言乎治，則清和咸理。觀乎人文以化成，故日月五星徵其應，人情以爲田，故嘉禾瑞麥發其祥。兹又見黄河之聿清，昭聖人之大瑞，天氣感動而地氣應之，地氣寧謐而河伯効靈，此三才合撰之至理，一德感孚之明驗也。乃天眷彌隆，聖敬日躋。群臣請陞殿受賀，皇上謙讓弗居，謂事天如事親，受寵若驚，敬畏弗懈。善則歸親，虔告景陵，恩推臣下，交儆懋修。詩曰：「昭事上帝，聿懷多福。」孔子繫《大有》之卦曰：「履信思順，是以自天祐之。」我皇上乾惕益深，位育益弘，翼翼謙謙，巍巍煌煌，所謂多福而天祐者，莫大乎此。臣叨侍禁廷，珥筆起居，領訓周詳，受恩深重。欣逢道寶之昭彰，竊慕賡歌之盛事。謹拜手稽首而獻頌曰：

巍巍帝德，上通穹昊。高明博厚，誕膺大寶。惟德之徵，五行順布。川泳岳輝，昭回呈露。百神受職，四靈來游。五緯垂象，萬派安流。惟河之清，千年罕覯。上瑞聿彰，光啓宇宙。皇心緝熙，雍雍肅肅。江漢秋陽，以濯以曝。至化所孚，洪瀾渟泓。清且漣漪，正在嘉平。河從西來，星宿濯波。既逾葱嶺，積石攸過。北繞河湟，亘於地軸。龍門磊砢，澔汧洄洑。元氣和會，誕降嘉祺。白魚赤鯉，朗映鱗鬐。一碧長空，素練成綺。陽亨歲成，榮光在此。貝闕何明，珠宫有爛。晶潔瑩輝，爽徹霄漢。豫徐兖揚，歷二千里。越有數旬，其清未已。凡兹臣工，歡忭盈廷。曰惟我皇，蕩蕩難名。自建極來，嘉徵懿鑠。是宜致慶，聿懷多福。惟帝曰俞，天實貺予。予加抑畏，永念前謨。皇考陟降，在帝左右。乃眷既渥，中以保祐。虔告皇考，以彰瑞應。篤叙明昭，丕承有慶。惟時臣工，肅然敬聽。謙尊而光，聖不自聖。孝思維則，歸善於親。推恩錫類，交儆臣鄰。昔在包羲，寶圖聿獻。亦越軒轅，魚人來見。黄龍蜿蜒，當舜之時。德水現靈，禹則覿之。我皇首出，邁帝軼王。有開必先，以有斯祥。誰則澄之，河伯呈之。河伯則辭，匪克爲之。曷爲不滓，洪鈞是使。洪鈞不居，伊誰之司。究厥淵微，惟聖成能。太極在心，即物即誠。廓然太虚，静正靈瑩。孰先感召，天一所生。四瀆之長，爰効其靈。功峻崑岡，澤浹環瀛。稼穡惟寶，明德惟馨。三事允治，萬象光亨。於千萬年，永奠清寧。

二希堂文集卷一

樂善堂文鈔序

雍正元年，世遠蒙恩特召入直内廷，隨侍皇四子、皇五子讀書，相晨夕者九載於兹矣。仰惟聖祖仁皇帝尊經典學，久道化成，我皇上聖以繼聖，學貫天人，萬邦作則，凡所爲詒謀燕翼、建極以錫天下臣民之福者，莫不是訓是行。訓誨皇子，尤爲精詳愷摯。皇子仁孝聰明，遜志時敏。自《四子書》《五經》《性理綱目》《大學衍義》諸書以及《古文淵鑑》《名臣奏議》之有關於學術治道者，莫不講貫習復，藴之爲德行，發之爲文章，不爲雕飾藻繪之辭，而皆有以合乎仁義中正之旨。八年秋九月，皇四子自訂其前後所作論、序、雜文、詩、賦，分爲十四卷，名曰《樂善堂文鈔》，命世遠序之。

夫所謂善者，在天則爲元，在人則爲仁。元者，天地之心，舉天下含生負氣、靈蠢動植喙息之倫，莫不有以若其性而資之以始。仁者，萬善之長，愛恭宜別，俯仰酬酢，莫不由惻隱之心以發。故在天曰「元善」，由天而之人曰「繼善」，賦之於人曰「性善」。吾性高明廣大，與天同體樂之者，必至於浹洽暢遂，烏可已而不自知。然其要有三：曰窮理，曰克己，曰虚心。人倫物則之原未徹，則好善之心不篤。《書》曰「惟精」，《中庸》曰「明善」，言善惡之介，當精以決擇也。然累於有我，曷以克樂？《大學》曰「慎獨」，濂溪曰「果而確」，言念之初生，當謹持而充擴也已。克則私去，私去則心虚。《易·大象》曰：「君子以虚受人，虚則誠，誠則公。」公則人我之界胥忘，咸之感以無心貴，故曰：天地萬物之情可見矣。皇子以此内治其性情，敦善行而不怠，因之著爲心聲，情深而文明，醇茂而雅則，皇子勉之哉！

古之人無斁，示我顯德。行樂己性之善，即樂天之善也；樂人之善，猶己之善也。以裕諸心，以措諸行。若穀種之生，生生而不息，親之若芝蘭之臭，聞之沛然若江河之決。善孰大焉，樂莫至焉，徒文云乎哉！

稽古齋文鈔序

世遠官翰林時，蒙聖祖仁皇帝命分修《性理精義》，親承誨旨者將一年。迨我皇上嗣登大統，累膺不次之擢，得侍日講，注起居，忝與經筵，沐恩光而親訓誨，至深且渥。又喜得侍書皇子，相與講貫討論，無間寒暑。人生遭逢之幸，報稱之難，無以逾兹。雍正八年冬，皇五子彙訂其古文、詩、賦，名曰《稽古齋文鈔》。夫所謂稽古者，豈徒博覽泛涉，專爲記誦組織之學，與文人學士爭雄長、競才名而已哉！稽古忠孝之大節，根於天性而不容已，發揮流露於云爲動靜，而罔不充浹，則敦本明倫之實昭矣。稽古聖狂之分、義利之判、是非得失之所由然，因革損益、升降污隆之所由著，則謹幾慎動之功懋矣！皇子至性過人，孝恭肫摯，與皇四子朝夕相聚，飲食居處同，所讀之書同，所作之文同，怡怡愉愉，歡悦無間。日體皇上之訓，以勖其德業，以慎其起居。故其發之文者，光明洞達，微彰畢露。若綱之在綱，若玉之在璞，若珍藏寶物之生於溟渤廣淵，任人搜取而不竭，此豈文人學士習爲靡麗雕鏤者所得舉似其萬一哉？《書》曰：「其稽我古人之德。」程子曰：「稽古正學，明善惡之歸。」言力行之必由於稽古也。皇子其日以古人之所善者爲法，古人之所非者爲戒，即以己所自作之文之所善、所非者，以自律其躬，而考其言行，所善者必躬自行之，所非者無躬自蹈之。夫集中所載經書、性理、歷代帝王名臣之論，皆究研精微，慷慨論列，使見者鼓舞奮興，悠然神往而不自禁。他若雜文、詩歌，皆心得所發也。皇子誠因文以考行，敬德而不違，則動巽之益日進無疆矣。

歷代名儒名臣循吏傳總序

學術之與事功，孤卿之與庶尹，殊途而同歸，百慮而一致者也。民受天地之中以生五性，粹然至善，用直内之功敬修而不怠，方外之功集義而無歉，則元善之長充，周而不可窮。先聖傳心之學於是乎在。上之爲論道經邦之儒，次亦爲一民一物之所恃賴，故曰：同歸而一致也。譬之原泉廣津，發自崑崙，放而爲河海，流而爲百川，潤桑田而匯沼沚，皆是物也。顧人生而静而後質，與學之所近，或偏得其一體。漢唐以來，通經履道之賢、匡君定國之彦、親民濟物之選，代不乏人。就其合同而論之，三者本一，無事於分。其本充者，其末茂。使董廣川大用於漢，文中子及遇興唐，功不過於蕭、曹、房、杜哉！程朱大儒也，明道勸神宗防未萌之欲，以十事進君，能堯舜其君者也。及出令晋陽、扶溝，化理昭彰，非守令所當法乎？朱子在朝四十六日，進講奏疏，名臣風烈，萬代瞻仰；及觀其浙東、南康、漳州諸治績，豈兩漢循吏所易及乎？且如司馬公、許魯齋，復何分於名儒名臣哉？故曰：無事於分也。然使語魏、丙、姚、宋以精一之學則粗矣！抗召、杜、卓、魯於魏、陸、韓、范之列，則遜未逮矣。三者之中，又各有等級次第，則亦不必於合也。方今天子神聖，道統治統萃於一身，以至道醇修勖士類，以皋夔稷契望臣鄰，以廉謹仁明飭吏治，一道同風之盛，於斯乎遇之。

高安可亭朱先生服儒體道，負開濟大略，入爲卿士，出爲牧伯。由冢宰陟台輔，以襄聖天子之盛治。與世遠同事禁廷，一日語世遠，欲纂漢唐以來至於宋元名儒名臣循吏等傳，各爲一集，合爲一書。世遠在鰲峰書院時，故嘗校刊先儒諸書。又私纂《歷代名臣言行録》，實有素心，顧以均服職事，未遑手録，屬諸同志四五人分纂傳論，高安公定其領要，重申討論。世遠亦旁覽廣搜，細加參訂。再閱歲而書告成，事蹟繁多，年代久遠，或恐有紕漏舛錯之譏，要可爲高山景行之藉。士幸生堯舜之世，懷三代之英。三者之中，服膺砥厲，備其全體，固足以求志達道，成曠代之人豪。即得其一節，亦足以寡一身之過。淑躬而濟物，藹藹吉士。維天子使人材之盛比於成周，風俗之美躋於陶唐，是則編輯是書者之惓惓也。

歷代名儒傳序

聖人之道具於經，故必知道而後能明經。然傳經亦所以存道，自孟子後，漢儒有傳經之功，宋儒有體道之實。漢初，董江都學貫天人，定一尊於孔氏，罷申、韓、蘇、張之學，儒之醇者矣！然伏、毛、孔、鄭諸儒各有傳經之功，不可忘也。有宋周、程、張、朱五先生繼起，直接孟氏之傳，聖道如日月中天，道統之所由集矣。而其時師友之相與講習，而衍派者，何其盛也！輕漢儒者，以爲徒事訓詁，而少躬行心得之功。不知代經秦火，漢儒收拾於灰燼之餘，賡續衍繹，聖人遺經賴以不墜。漢朝得收尊經之效，定四百年之基。六朝反之而替，唐貞觀因之而昌，漢儒之功，其可掩乎？議宋儒者，以爲研精性命，恐少致用之實，不知修己盡性，功施靡極，使程朱得大用於世，隆古之治可復也。宋季指爲僞學，國隨以微。魯齋之在元，略見施用，有經邦定國之功。明初，正學昌明，成、弘之際，風俗淳茂近古，嘉、隆以後，人不遵朱學，術漓而政紀亦壞，非其明效大驗歟？譬之談周家王業者，漢儒其后稷、公劉、古公也，宋儒其文、武、成、康之盛治也。今尚論文、武、成、康，而忘后稷、公劉、古公之肇基累仁，可乎？然使但稱后稷、公劉、古公之能興周，而不及見文、武、成、康之盛治，其遺憾也不又多乎？我皇上尊經重道，作君作師，超越百王。漢宋以來，諸儒特增從祀兩廡，天下靡然嚮風矣。高安朱先生體究正學，服膺儒行，論道經邦之暇，與世遠議修《歷代名儒傳》，因屬其及門安溪李君立侯纂爲傳論。李君通經考道，得家學之正傳。自漢至元，編摩閱歲。高安公與世遠又討論而考訂之，毋取其濫飾節而墜行者，雖有儒名必黜；毋取其隘服古而清修者，確守先緒必録。學者苟能志道以明經，復因經以求道，不岐於异説，不汩於功利，明善克私，惟恐不及，以兼收漢宋諸儒之益，將藴之爲德行，行之爲事業。國家有用之儒，彬彬然輩出矣！

歷代名臣傳序

名臣傳之始於漢，何也？秦以前，《左氏》《史記》簡而備矣！秦無名臣也，削陳平、趙普，何也？羅豫章謂立朝以正直忠厚爲本，陳、趙於四者有歉焉，非所以示訓也，故削之也。苟其心有可原，雖闊疎如陳寶、張浚必録之，苟其心有可議，雖事功如陳、趙必削之，猶名儒之不列揚雄，循吏之不列趙廣漢也。廣漢猶純用鈎距之術，揚雄爲莽大夫，故均削之也。漢唐以來，人材輩出，後先相望。略綜其概，雍容翊贊，有始有終者，魏、丙、第五倫、姚、宋、王旦、李沆、韓、富也；才本王佐，學爲帝師，諸葛武侯、陸宣公、范文正、司馬文正也；身爲開國功臣而遂相之，紀綱百度者，蕭、曹、房、杜、耶律楚材也；抱負經綸，鬱不得施，嚮用方殷，遽奪之年者，賈誼、楊綰也；頗見施用，功在天壤，竟以齟齬不究其材者，裴晋公、李忠定也；屹如山嶽，不可動摇，所遭不偶，蹇蹇匪躬，王嘉、李、杜、楊震、褚遂良、岳武穆也；苦心調護，輸忠報國者，狄梁公、李鄴侯也；劭德高年，蔚爲國瑞者，高允、文彦博也；盡行所學，魚水相歡，貞觀致治，幾於三代，魏鄭公偉矣！蘇綽、王朴雖偏安之臣，未可小也。安邦戡亂，德盛禮恭，郭令公尚矣！周勃父子、温嶠、李晟、祖逖、宗澤、孟拱、察罕帖木兒，或功已成，或志未就，亦足欽也。謀略蓋世，寵利不居，張子房高矣！東京鄧禹亦可嘉也。抗節不屈，則張、許、段、顏、文信國、余闕最烈。直言不諱，則汲黯、鮑宣、劉蕡、陳瓘、胡銓最顯。合千數百年之巨公碩彦，崇勳峻節，彙次成書，若聚之於一堂而親聞其謦欬緒論也。若設身處地，而親見其設施張弛温恭之度，剛明英卓之概也。觀其人，論其世，名臣之行事備，而古來用捨得失，君子小人消長之故，亦略可考矣。編次者誰？自漢至隋，南城張君百川也；唐至後五代，漳浦藍君玉霖也；宋至元，安溪李君世爾也。高安公既定其規模，三君纂討之。世遠僭加修飾之。高安公又從而潤色之，蓋高安公贊襄密勿於帝廷，時聆疇咨之訓，賡明良之歌。世遠又簪筆起居，忝在講筵侍從之末。四載以來，每親聞聖天子之所以誨飭臣工，示以忠誠體國、忘私忘家者，諄懇詳盡，非語言記注之所能繪，可以垂之千百代而爲典謨。爰推本此意，與諸君合訂此書，以備朝夕之省覽，起臣子之興觀，有志之士奮乎！百世之下，以斯書爲階梯而上溯焉。皋益甘傅，周召可比隆也，漢唐以下云乎哉！

歷代循吏傳序

昔在帝堯，克明峻德，平章百姓，協和萬邦，帝治之隆，萬古爲昭。及考二典終篇，而知時雍之化雖本於峻德之明，實因内有九官，外有十二牧，師濟盈朝，循良布列也。内無九官，不能以成都俞吁咈之盛；外無十二牧，則承流宣化者闕焉，又何能官得其職，吏當其材，蒸爲風俗哉？十二牧之職，即漢之刺史、牧守，宋之節度、觀察、廉訪、轉運等使也。帝之咨十二牧曰：「食哉惟時，柔遠能邇，惇德允元，而難任人。」蓋亦不外養之撫之，厚德以風之，飭屬以安之而已，此後代循吏之極則也。欽惟我皇上留心民瘼，選飭吏治。凡廉聲丕著、實績昭彰者，必加以不次之擢。反是者，則降且黜。天下親民之官，争自濯磨，以成時雍之化矣。竊謂親民之官，以廉爲基，以仁爲本。引而近之欲其親，格而禁之欲其嚴；理之欲其明，措之欲其簡。慮民之不給也，爲之課農桑、訓節儉、輕徭役、廣積蓄。遇有故，則賑貸之又加詳焉。慮民之不戢也，爲之教孝弟、敦睦婣、懲誣黠、息訟争，以事至者，誨諭之又加詳焉。根於中而不徇乎外者，賢守令也。結歡上官而不體下情者，民之蠹也。自恃無他而張弛不協者，誠不足識不充也。視猶傳舍，因爲利藪者，本心既失，殃及其身者也。審此數者，其於帝廷咨牧之意、聖天子懷保之心，庶有合乎？

南靖張君季長學古通務，有守有爲之士也。適高安公與世遠欲修《歷代循吏傳》，屬其手纂。既成，加以厘訂，與《名儒傳》《名臣傳》并梓以行。世遠不揣固陋，敬論之於簡端，以質天下之有志於化民成俗者。

四書朱子全義序

聖賢教人之法，莫切於四子之書。解四書者，莫備於朱子。朱子之解四書也，有《集注》，有《或問》，有《中庸輯略》，有《論孟精義》。議論往復，則散見於文集、語類諸篇。讀四書者，即朱子之書，三復之而義具矣！四子之書，平近無奇。長國家者，恐人之不肯誦讀而玩索也，於是以經義取士，定爲程式，使自證其心得而發揮其蘊奧，非由此者，雖奇材异敏、魁閎博通之士，不得以自進。又恐人之背馳其説、附會舛錯而莫知所折衷也，於是以朱子之注頒之學宮，使天下讀是書者有所依據，而返之於身，以措之天下國家者，可不留餘憾矣！沿習既久，學者視爲具文，甚者惑溺於异説，汩没於講章，厭弃傳注，支離剽竊，無有力究聖人之微言大義者。嗚呼！朱子之學不明，而四書之義亦因以晦矣。朱子竭一生之精神以作《集注》，精微洞徹，銖兩悉稱。然必參之《或問》，以暢其説；參之《輯略》《精義》，以致其詳；參之文集、語類，以博稽其義類而辨别其旨歸。其覽之也全，故其研之也悉，其知之也至，故其行之也力。以之爲文章，則是非不謬於聖人；以之建功業，則巍然爲命世之豪傑。然則，今之讀四子之書者，專求之朱子之書而已足，而朱子之書簡帙浩繁，無力者若不能徧致，又不能合聚於章句之末，以得其要約之方也。

柏鄉相國魏貞庵先生有憂之，采朱子諸書，彙於《集注》之後，名曰《書朱子全義》。先生輔弼兩朝，聲績論著，炳烺天壤。顧此書尚藏於家，未鋟以行世。歲庚寅，季子念庭來守吾漳，始出以授詹兼山先生校而刊之。兼山爲吾漳隱君子，考訂既核，剞劂成書。念庭屬世遠序之。世遠海濱末學，何能窺見萬一？顧嘗讀此書，而嘆其義藴之畢該、編次之盡善也。前乎朱子之解四書者，朱子或則存之，或則爲説以辨之矣。後乎朱子之解四書者，其佳者多不出朱子之範圍，其自詡爲奇异可喜者，皆朱子《或問》中之所刊駁而不遺者也。其駕空躐等、恃超悟而誇新得者，皆朱子所彌近理而大亂真者也。其句釋、字解，使本文語意反以沉晦，則近世之講章，而朱子所詆爲俗儒者也。方今天子神聖，久道化成，特躋朱子於十哲之次。凡朱子之書，靡不通貫而表揚之。是書之出，適當其會，吾知天下之讀是書者，由朱子以上，求之四子，沉潛反復，不囿於科舉，而有以自奮其身於聖賢之歸，治隆於上，俗美於下，則貞庵先生之嘉惠後學，誠宏且遠也。念庭克承父志，而梓之以行世，亦可謂繼述之大者矣！

薛敬軒先生文集序

文以載道也。古之人，文與道合而爲一。今之人，文與道離而爲二。合而爲一者，本之躬以立言，發乎邇見乎遠。離而爲二者，馳騁以爲工，靡富以爲博，觚骳險僻，使人割斷難句，以爲此真古文也，不知其離乎道也遠矣。聖賢之文如日月經天，江河行地，由其根柢深厚，故其發於言者，不求工而自工。自孔孟以至程朱，無异道也。

有明薛敬軒先生由程朱而上學孔孟者也。當其時稱之者，或曰「今夫子」，或曰「真鐵漢」，或曰「本朝理學一人」，或曰「學已至於樂地」，亦可以得先生之爲人矣。今讀其文，和厚易直，止求於理之至當，達其意之所欲言。若不顧執器滯言之譏，要其言之不合於道者，鮮矣！抑吾於先生贈送之文更有取焉。人生有友朋之贈答，有仕宦之往來，道益廣則言論益多，名益沸則慕其文者益夥，豈能逃之以自高？先生之贈守令，則勉以守令之職；贈監司，則告以監司之道；贈同朝，則勖以直己行道，務以達其欵欵之忱而後已。嗚呼！此皆惻隱之心所發也。向使先生欲見才於文，而馳騁以爲工，靡富以爲博，骪骳險僻，割斷難句以爲古，豈不堪與文士度長絜短哉？然終不肯以彼易此者，欲使文與道合而爲一也。朱子曰：「古之聖賢，其文可謂盛矣！然其初豈有意學爲如是之文哉？」有是實於中，則必有是文於外。先生得之矣！

楊龜山先生集序

道學、經濟、文章、氣節，四者合而爲一者也。俗儒不講，以道學之人、論多迂疎而不適於用，詞尚質樸而不合於時，其爲人大抵簡易平淡，未必有一往不可回之氣。嗚呼！爲此言者，猶夏蟲不可語於冰，井蛙不可語於海，其無與於道也審矣！夫學貴有本，無本之學，縱修飾補苴，無用於世；有本之學，其根沃者其葉茂，本聖賢所以出治者，發而見之事業，是則莫大之經濟也。與師友講明而論著，罔非載道之書，是則莫大之文章也，可死可辱；而浩然之氣，剛大常伸，是則莫大之氣節也，吾於楊龜山先生見之。程門高第，稱楊、游、尹、謝，獨先生之學最著。上接濂洛，而下開考亭之統。其傳又最廣，而余獨嘆先生經濟之宏、氣節文章之高。士子懷奇抱异，散處下僚，未有不以才大用小自傷淪落者。先生浮沉州縣四十年，自爲徐州司法，歷知瀏陽、餘杭、蕭山諸縣，絶無出位求進之心，非所謂進不隱賢，必以其道者乎！及其晚節立朝，人方持禄養交以竊榮貴，先生嚴氣正性，章數十上，排和議，收人心，肅軍政，論三鎮必不可弃，方田、水利、花石綱之害必不可行；李邦彦、李鄴之徒必不可用。使從其言，豈有靖康之禍哉？當蔡京貴盛之時，先生以一縣令抗之，卒之浚湖瀦水之事格不行，是其氣固已蓋天下也。當王安石邪説盛行之日，先生抗疏排之，是能放淫辭以閑先聖也。讀其文，發揮義類，抒寫性情。然則，先生之氣節文章何不備哉？或又以爲先生於數者實所兼長，豈知皆本其平日明善復性之功所流而貫之者乎。夫宋儒之中，夷猶恬曠，莫先生若也。然其樹立議論，卓卓表見如此，亦可以知其餘矣。因序先生之集，爲發其大凡，以見士貴本實勝也。

居業録序

《居業録》向未有刻本，世遠始見儀封張先生於三山署中授以是書，曰：「玩此，則見理自明，心自静。」且曰：「人可不自奮哉！敬齋先生一布衣耳，巋然獨立，蔚爲一代儒宗，遂至從祀廟庭，享食百世，人可不自奮哉！」世遠讀而識之，不敢忘。至是將以受梓，因不辭固陋而序之，曰：

當正道顯晦，异學争鳴之日，徒得一二拘謹之人，不足以追踪往哲而振拔流俗。謝上蔡稱孟子强勇以身任道，所至王侯分庭抗禮，壁立萬仞，由其氣足以勝之也。朱子曰：「曾子大抵剛毅，故能獨得斯道之傳。」子思行事他無所考，如孟子所云「何等剛毅」，由是觀之，血氣之氣不可有，義理之氣不可無，豈故爲矯异哉？不如是，則無以仔肩斯道，而畏縮囁嚅之態必不足以挽頽風而起末俗也。然苟非其心之細、見理之明，則雖揚躒踔厲，不過湖海豪氣，矜己傲物，與聖賢道義之氣何涉哉？詳考敬齋生平，以求放心爲要，以居敬窮理爲宗。其研極天人、剖析理欲，真不遺餘力矣。而其剛大之氣，發見於語言行事之間。觀其主白鹿之教，毅然以斯道自任。與白沙同游康齋之門，至譏其凌虚駕空，儱侗自大。羅一峰、張東白皆當時鉅公，往復論辨，無所屈攘。斥佛老，痛抑功利。使其立朝，則伊川經筵之疏、横渠召對之言，斷可爲敬齋信之也。且使敬齋少貶其道以徇於人，勢位豈不可立致？然終不肯以彼易此者，見理明而浩然之氣勝也。張先生平日得力於是書者已久，兹特刊布以開示來學。世之學者，苟能不懾於卑賤，收其心，養其氣，於以入聖賢之奥不難矣。

周易淺説序

閩自龜山先生載道南來，理學之盛甲於宋代。沿及有明，風流未歇。正嘉之際，姚江以良知之學倡天下，龍谿、心齋流弊益甚，獨閩之學者卓然不爲所惑。同時若虚齋蔡氏、次厓林氏、紫峰陳氏，尤其較著者也。虚齋之學，篤守程朱。《經書講義蒙引》尤爲學者所宗，《存疑》《淺説》相繼出，遂與并峙一時。次厓蓋私淑虚齋者，紫峰則虚齋之高第弟子也。自宋元諸儒以後，言講義者，必推三家。我聖祖仁皇帝《御纂周易折中》，旁求遺書，於三家《易説》多所采録。顧《蒙引》《存疑》皆久已行世，惟《淺説》尚未重梓，以故其傳未廣。雍正十年，先生裔孫孝廉松茂謁選至京，携其書屬余序以付梓。余惟《易》之爲書，絜凈精微，廣大悉備。邵子言其數，程子言其理，朱子兼之，發明象占，實指爲卜筮之書。以前民用夫數，未始不本乎理，理未始不兼乎數。君子居則觀其象而玩其辭，動則觀其變而玩其占。數先生之指一也。先生之解經也，探羲文周孔之精意，而出以淺易之辭。語必求其可據，不涉於影響，亦不務爲艱深，使讀者了然於文義之間，而體玩服行，庶乎可以歷進退存亡，而不失其正矣。嗚呼，《易》之用廣矣！大聖人尚欲加年學之以寡過，况其餘乎！本之以孚，守之以貞，而因時以善其用，又能懼以終始焉，此寡過之方也。松茂能褒揚祖德，俾是書得與《蒙引》《存疑》并垂不朽，且使天下知我閩學之精且詳如此，有志者亦可以奮然興矣。

學規類編序

中丞儀封張先生以伊洛之傳開閩中正學，仰體皇上崇儒重道、訓飭士子之意，特設正誼堂於三山會城，手訂《學規類編》一書，示學者以從入之方、用功之要。書成，命世遠序之。因述先生之意，而竊有言曰：

堯舜禹湯文武周公之道，至孔子而大明。孔子之道，至孟子幾息而復明。孔子、孟子之道，至周、程、張、朱久息而復益明。凡其循循啓迪，皆使人復其性而已。其要有三：曰主敬，曰窮理，曰力行。不主敬則無私之體何以澄之？不窮理則天下古今當然之，則何以考之？不力行則所謂道聽塗説而已，何由有以復其性之本然哉？明儒有言：「道學不明，士子或趨於勢利，或溺於詞章，或流而入於禪學。」世遠竊以今世之病，大半在於勢利，詞章其後焉者也，禪學又其後焉者也。士子束髮受書，凡父所以教其子，師所以教其弟者，不過以拾科第取利禄爲急務，身心性命有如外物。甚或攀緣趨附，以爲進身之階。幸而得志，則以持禄固位、肥身保家爲長策。其有能卓然自立，成一家之言，以垂不朽者，有幾人哉？宋之眉山、明之北地，詞章之雄者也。雖其於道未能有聞，然素所樹立，類皆高自位置，有所不爲，豈肯與夫已氏者決榮辱得失於夫夫之口哉？今之以詞章自名，而不雜於勢利者，實未數數見，故曰：今世之病詞章其後焉者也。宋朝當理學昌明之會，周、程、張、朱數君子比肩而起，德性問學之功昭昭若揭於天壤。學者有厭苦於格物窮理之煩者，倡爲心學之説，恃其超悟淩躐等級，一以致虚立本爲宗，其弊不爲佛氏明心見性之學不止，是以有心斯道者起而攻之。然其爲人大都義利辨取與嚴出處，正特以學術之差有以誤天下，後世不能不急爲辨耳。今之人，方且營營逐逐於外而無所止，尚慮其流入爲明心見性之學哉？故曰：禪學又其後焉者也。先生以一代醇儒，當倡明絶學之任，欲返禪學於道，藥詞章以正，而力啓夫勢利者隱微深錮之病，首刻是書，尤爲深切著明。學者苟能純主敬之功，窮理力行，以復其性之本然，將歷聖相傳之道，萬古猶一日也，洛閩之學其復興乎！

濂洛風雅序

以詩傳其人，不若以人傳其詩。以詩傳其人者，詩不傳則人不傳，猶茂樹之一葉、廣夏之片瓦也。以人傳其詩者，人傳則詩亦傳，猶桂林之枝、崑山之玉也。以詩傳其人者，幸則爲陶五柳、杜少陵，使人讀其詩而想慕其人；不幸則爲宋延清、劉夢得、温飛卿，使人讀其詩，反因以議乎其人。以人傳其詩者，雖其遺調屬思，不與詩人争一字之奇、一韻之巧，要其流風餘韻，使人觀感而興起者。諸先生若曠代同堂，此倡彼和也。

儀封張先生以人傳其詩者也。生平讀書明道，及所以修己而撫民者，一以濂洛諸君子爲宗。自濂洛下迄羅整庵，既訂其文集若語録，刊而行之矣。兹又彙其詩，訂爲一集以行世。先生蓋懼人之逐逐於詩，而不思其人以可傳也，且曰：「詩以道性情。諸先生之詩得性情之正者，發乎情，止乎禮義，三百篇之遺意，或庶幾焉。」向使諸先生不思以人傳，第思以詩傳，鏤心刻骨，區區於聲病對偶之間，勿論其人，無甚足稱者；而其詩亦爲無所關係也久矣。真西山先生曰：「古今詩人吟諷吊古者多矣！斷烟平蕪，淒風淡月，荒寒蕭瑟之狀，讀者往往慨然以悲。工則工矣，而於世道未云有補也。」夫君子之論詩，亦有補於世道而已，是則先生之意夫。

古文雅正序

康熙乙未歲，余自京師回閩。家居數載，評選歷代古文，自漢至元，約二百三十首。子弟及門，私自抄誦，未敢以問世也。雍正元年，特召入京，與同志李君立侯、張君季長參論考訂，又是正之高安朱可亭先生。迨季長作令長洲，取以授梓。余因而序之曰：

是選也，采之各家文集者若干篇，采之二十一史者若干篇。若漢魏之叢書、文選、文粹、文苑、文類，以及名臣奏議，偶有所喜則登之。文雖佳，非有關於修身經世之大者不録也。言雖切，而體裁不美備，則賢哲格言不能盡載也。其事則可法可傳，其文則可歌可誦，然後録之。不及《三傳》《檀弓》者。《檀弓》，經也；《三傳》雖傳經也，不及《戰國策》者，多機知害道之言也。荀、韓、莊、列不載者，斥异學也。嗚呼！虚車之飾與犬羊之鞟交譏也，不加體察躬行之功，徒誇閎博雕鏤之用，先儒之所羞稱也。言不能以足志，文不能以行遠，亦大雅之所弗尚也。措之爲君臣、父子、夫婦、昆弟、朋友之倫，發之有經國大業不朽盛事之美。言爲心聲，辭尚體要，斯集之所由選乎。凡余所評論，自寫心得。不倫不次，貽笑大方，弗恤也。名之曰《雅正》者，其辭雅，其理正也。

重修漳州府志序

康熙庚寅春，柏鄉念庭魏君守吾漳。余時在京師，君以治漳之政下詢。余曰：「夫正己清操，撫民率屬，君之本所學以措之治者，無待余言也。顧吾漳郡志，自萬曆至今闕百年矣。此政事之大者，非君莫可。」君慨然曰：「是吾責也。」治漳三年，政洽民和，百廢俱舉，君已得其山川、户口、風土、人情盛衰因革之大概。余時守制家居，謂余曰：「都中所言，今可行矣，願以相屬。」余退而惨然不寐者久之，曰：「嗚呼！故老盡矣。薦紳老成備知明季國初之事者，凋喪無餘。余小子何知，敢與斯役？且吾漳自百年以來，兵燹頻仍，典籍散失，守令將校尚有不能紀其名，况於鄉曲里巷匹夫匹婦之微，其孝義節烈，烏能家考而户按之也哉。顧及今不修，後將益難！」因與陳君石民、李君麟蒼、陳君少林、汪君嘉仲等，經始於癸巳四月。君不憚搜羅，不惜縻費，凡九閲月，用就厥緒。甲午春，余以服闋入都，人物、賦役二卷未及定稿，陳、李諸君相與續成之。首末序論，以及義例傳記，君又增損而潤色之。是冬，剞劂告成，君以書來屬余序之。

余惟賢人君子之爲善也，非有所慕於其名也，而名卒歸之；庸人之不能爲善也，非有所顧於其名也，名亦不及焉。然迨其身已没，其子若孫往往以得載志乘爲榮，以不得與爲辱，豈非恒性之若秉彝之好有不可泯者耶？維漳建郡始於唐初，僻陋瀕海，然山水峭洌，鬱積雄奇。有宋朱文公莅郡以後，陳北溪、王東湖兩先生親承其統緒，道術既一，禮法大明。勝朝陳剩夫、蔡鶴峰諸賢又起而賡續之。沿及明季，周忠愍、黄石齋、何黄如諸公，氣節文章，尤巋然爲天下望，流風餘韻，至今猶存。吾漳人之不自菲薄也，得無望前修而加勵乎！且夫訪古者考其山川，審時者識其風土，察變者詳其沿革，官斯土者雖千世百世之遠，猶得按其宦迹姓氏而知其賢否，有所鑒於前，斯有所惕於後。而凡生斯地者，知科名爵位本不足重，要惟砥行修名者之得垂休光於無既也。是則君所以修輯是書之意也夫！

漳志山川小序

清漳多名山大川，梁嶽、大峰、太武、天寶、天柱雄跨羅列，南、西、北三溪環繞迴流，各滌其源，相爲支派。蓋漳之爲地，負山瀕海，山川居十之七八，可室廬而居、田畜而食者二三耳。然山水峭冽，鬱積清奇，故其爲人大都負氣岸，尚節概。歷觀史册，漳之在朝者多正人，斯亦山川之靈也。舊志志山川，條貫脉絡仿《禹貢》成文，今仍之。百餘年來，或地以人傳，名以義起，增潤之功所不免焉。

漳志學校小序

詩書禮樂，所以造士；德行道藝，所以考其賢能也。萃郡邑之士學於學宫，欲其以聖人爲法，聖人無不可學而至也。仿《周官》黨正州長之意，有社學，有義學，欲使比閭族黨皆知學也。書院者，聚其英而教之也。建立學田，賢司牧體朝廷養士之心，恤其私而厚其餼廩也。故類聚而附之。自有宋仁宗用范仲淹之議，詔天下州縣皆立學，漳於是乎有學。紫陽莅厥土，風徽懋焉。婚喪嫁娶，一遵禮法，大儒之澤也。世祖加意膠庠，重頒臥碑。今上《御製訓飭士子文》以廣厲學官，向學之士彬彬然盛矣！

漳志藝文小序

著書總目，自《漢書》以後多有載，所謂藝文是也。然止紀篇名而已。近代志書則采其文録之，非繁也，紀營建之初終，明政治之好醜，載川岳之靈秀，考古者咸於是乎稽之。然言之無文，行之不遠。欲以垂不朽盛事，難矣！漳雖僻爾，龍湖以一代之才啓宇於兹。詩則初唐正聲，表奏則文以儒術。風徽所被，嗜古之士後先相望。守土賢大夫若他鄉前達，又各有撰述，有留題高牘，雄編爛簡策矣！

困學録序

吾師儀封張清恪公所著《困學録正編》《續編》，仲子師載校梓竣事，郵京師屬世遠序之。世遠讀畢，肅而嘆曰：

中州，古稱理學之區。國朝則湯潛庵、耿逸庵二先生最著。先生宗仰潛庵，而與逸庵相師友。其學以立志爲始，復性爲歸。生平所自勉及所以勉人者，一以程朱爲準的。深憫世俗之汨没於勢利，惑溺於辭章。其高明者，又爲姚江頓悟之學所誤。大聲疾呼，如救焚拯溺。嗚呼！先生之於道可謂不遺餘力者矣。憶康熙丁亥歲，先生巡撫吾閩，世遠年方二十有六，先生使郡守禮致。晉謁之際，授以《讀書録》《居業録》二書，曰：「由此而體究程朱，由程朱而上溯孔孟，由孔孟而上溯堯舜，道豈有二哉！」侍學二年，奬誨有加。每念庸虛，不甘暴弃，不敢忘所自也。先生生逢明盛，遭遇聖祖仁皇帝及今皇上眷遇之隆，始終一德。聖祖每稱曰「天下清官第一」，皇上賜之匾曰「禮樂名臣」。學術事功，炳燿天壤。生榮死哀，鮮有倫比。世遠獨嘆先生躬行實踐之功，爲不可及也。立心以忠信，不欺爲主本。先生自少至老，未嘗一言欺人，可不謂不欺者乎？整齊嚴肅者，主一之功。先生自私居以至群萃，未嘗戲言戲動，可不謂主一者乎？學必先義利之辨，而大發其惻隱之心。先生分巡濟寧，時值歲饑，携家資數萬，賑活數十萬人，所屬倉穀不待申請，輒行賑糶，幾以此得罪而不顧。自中書洊歷内外，至大宗伯，常俸之外，未嘗受一錢，寸絲粒粟皆取之家中，深惡古節度之進羡餘以自浼者。凡有公餘，悉爲恤民養士之費，可不謂義利凛然而滿腔惻隱者乎？自古聖賢莫不以好善爲心，先生見人則勖以第一等人事業，有一善好之不啻口出。撫閩時，訪求讀書敦行之士，知其人則令所屬資送，未得其人則令薦送，來見則接以賓主之禮，延入書院，厚其既廩。月三四至，躬爲講論。爾時閩學大興，窮鄉僻壤，翻然勃然，至今風聲猶昨。及身爲大臣，薦達皆天下之選，及已薦而人不知者何限此？所謂身有之，故好之篤如斯也。或以爲先生温厚和平，而風節未甚表著，此又耳食之見。先生歷官四十年，未嘗以私干人，人亦莫敢干以私。撫閩三年，舉劾悉當，吏肅民安。撫吴，則直劾督臣噶禮之奸貪，疏辭有除兩江之民害，快四海之人心，天下傳誦。卒賴聖明，公道得伸。夫爲大臣而稍動身家之念，守令監司苟有攀援之私者，罪狀昭彰，尚依違繫戀，欲上彈章而不能自決。先生直節勁氣，憂國忘家，雖朱子之參唐仲友、許魯齋之劾阿合馬何异？大儒風節，萬古一轍。俗子徒以其小才曲辨，而傲體道力行，篤學守正之儒，亦見其不知量而已矣。先生刊布諸書，合理學、經濟、氣節之彦，共五十餘種。所自纂輯者，則《學規》《養正》諸書，集解則四書、濂洛關閩書及《正蒙》等書，皆刊行於世。斯録多先生心得之言。自效力河工，以至垂没之年，皆有成卷。策躬覺世，言之重、詞之切，總不外自爲聖賢與勉人共爲聖賢之心。先生往矣！撫卷沈思，懼玷河汾之門，常羞櫟社之木。用志余愧，非能表揚萬一也。

大學衍義補參訂序

余嘗謂朱子《小學》一書，内篇萃《十三經》之精華，外篇采《十七史》之領要。修身齊家之道，悉備於此。若西山《大學衍義》，則《大學》之統匯也，合經、史、子、集而條其篇目，附以論斷擇焉而精，語焉而詳。道德具備，法戒昭然。由《小學》而讀《大學衍義》，本末精粗，體用隱顯，一以貫之矣。有明邱文莊公廣之曰《衍義補》，即治國平天下之要，分爲條目，次其源流，定其取捨。忠言偉論，絡繹聯貫，亦西山之功臣也。南匯顧子凝是敦修慕古，奮然爲有用之學。讀文莊之書，摘其要，補其闕，間附以己見。其言平正通達，要可措之行，以不悖乎《大學》之旨，顧不自信質余而求序焉。余惟俗學之溺人久矣，卑者以發策決科、希世取寵爲事，其高者務記誦、工詩文以爲終身之業。在是，凝是有慨於此，覃思博覽，手録是書以研之已者。公之人，所謂學欲博不欲雜，守欲約不欲陋者耶？抑余聞之程子曰：「天德王道，其要衹在謹獨。」謹獨者，曾子釋《大學》之要旨，誠正之實功也。凝是勉之，由暗室屋漏之不欺，以定道義文辭利禄之取捨，匪惟知之實，允蹈之矣！

四書集注衷義序

雍正二年秋，吾友鄭君淡之以書來曰：「某近爲《四書集注衷義》，凡朱子前後説，參互考訂，以歸於一。附以宗廟明堂、井田郊社圖制。方梓以問世，願得一言以弁其首。」書方至，而淡之旋已下世，余未見其書，不敢輕爲之序。越二年，黄君雙玉寄數卷示余。余讀之，潸然曰：「嗚呼！此吾亡友淡之玩心研志十數年所成之書也。」淡之爲吾漳名宿，試輒冠軍。篤行敦義，著於漳江。余自翰林，十載家居，常與東江諸友談經論文，相勖以宋儒之學。淡之博觀内考，究研澡浴，胸中常有不可窒塞磨滅之氣。今天子御極，下詔舉孝廉，當事首以淡之應薦，病不能赴以死。嗚呼，天之祐善人也，其謂之何哉？是書以朱子定厥中，旁采諸儒，下及近賢，皆取其有合於朱子者録之。其涵泳白文，運衆説而出之者，尤簡直有體。余嘗謂讀書者，貴在心得躬行，不徒尚講明。然講明所以寫其心得，而啓天下，以服習訓行。漢儒之解經，重在講明。宋儒之解經，多有心得。程朱之書，如麗天行地，尚矣！餘則講明與心得有不能兼者，即明代之蒙引存疑，雖并垂不朽，然蒙引之心得爲多。我朝四書講義首推平湖陸先生、安溪李先生，堪以覺世而垂後。他如汪武曹諸賢，考辨采録，非無足取，然揚己徇外之意多，求之躬行心得之功微矣。夫言者，心之聲也。心發於聲，不可欺也，不可掩也。余非敢輕論前輩，蓋嘗探討而體驗之，然後知其不可誣也。今《衷義》之書已行於世，識者自有定論。顧考其篤行以觀其論纂，猶逃空虚者之聞足音矣。其及門高第黄希上諸子參訂而刊布之，均可傳也。

四書尊聞録序

蓋嘗觀於六經諸子而後，嘆《四書》之語切也。觀於古注疏及有宋以來諸儒講義而後，嘆朱子之心細也。讀六經諸子者，但即《四書》爲權衡焉，足矣！讀《四書》者，但究研朱子《集注》及《或問》《語類》諸書以爲參會焉足矣！明成祖詔儒臣修《四書大全》，其擇焉不必精，語焉不必詳，然會聚諸儒講解，以資考核，有功於學者不少。嗣後《蒙存》《淺達》《説約》

諸書，發揮衍繹要之，皆使人體之於身，驗之於心，發之於文，措之於事焉，斯已矣！誦聖門之問孝也，則宜反之己曰：「我當如此以盡孝。」誦聖門之問仁也，又必反之己曰：「我當如此以求仁。」誦誠身之旨，則曰：「我如何擇善，固執以誠吾身？」誦知言養氣之説，則曰：「可使吾之氣有怵於私利，而不剛大充塞乎？」夫苟不能體之於身，驗之於心，發之於文，措之於事，雖遍觀廣取，何益於我？苟能體之於身，驗之於心，發之於文，措之於事，雖單辭隻句，皆可以勉之終身，進而上希賢聖。然踐履必先以講明參考會通，而後心静理明，庶其有以體之於身，驗之於心，發之於文，措之於事乎！則講明之功亦烏可緩也。

長洲戴生景亭閉户窮經十餘年，志尚不凡。自《四書大全》以及《蒙存》《淺達》諸書，罔不究覽。又參之我朝平湖陸先生、安溪李先生講解，擇而存之，彙爲《四書尊聞録》。既成，求序於余。余讀其書力索潛思，簡而該詳，而有要不必旁搜遠覽，而儒先義藴畢具。讀是書者，可以體之於身，驗之於心，發之於文，措之於事矣。夫今之士，但思發之於文而已，其三者皆視爲不甚切之務。夫不能驗之身心，其文亦不能親切有味，不能措之於事則所謂道聽塗説而已。我國家正學昌明，超軼前代。皇上崇聖右儒，學貫天人。每當經筵進講，便殿燕見，輒剖示精微心源，若接聖教之所薰蒸，天下學術日進於醇。戴生之爲是書也，其日以勉人者自勉，以不負發憤下帷之苦心，以應文明之會。而讀是書者，益復體之身心，以措之於事，無徒思以發之於文焉則幾矣！

桐城夏氏忠孝節烈録序

萃一門之中，而克全君臣、父子、夫婦之倫，豈非揭天經、扶地義、植三綱五常，亘萬古而不滅者哉！桐城夏孝子某，少有至性。六歲喪母，持服如老成人。父病，割股以饋。及葬，廬於墓，始終如一。孫忠烈公某，初授黄陂縣丞，用薦補麻陽令。未行，賊至，公出没烽火矢石間，血戰死守。城陷，賊署僞守，公指賊駡。賊解其左右手，猶駡不休。賊遂斷其舌、剜其目、戕其足以死。有女適潘氏者，夫死，僅一女，守節十八年如一日。有女適江氏者，未有子，江君以應試卒於旅次，柩至，焚香沐浴更衣而逝。忠孝、節烈，萃於一門，吁！何其盛也。或謂割股非孝，詳考孝子生平，始有無方之養，終有廬墓之誠，其割股乃孝心懇摯，不知其所以然而然者，此所以爲純孝也。或謂縣丞小官，難與古死節名臣并傳。夫位高而不死，其罪甚於卑官；位卑而能死，其節過於高官。此論古之權衡也。忠烈公不以陞職而有諉責之心，不以官微而苟忍求活；不受僞職，至解支體，猶烈駡不止，此與唐之張許、宋之文陸何殊乎？二女之賢，一以生一女而守節，一以未有子而殉夫，此皆權於義之所當然，以行其心之所安者，可謂仁矣！余讀《宋史》，見崇安劉氏自忠顯公韐慷慨殉君，子子羽、孫珙等皆大節炳著。一門之中，以忠謚者五人。建陽蔡氏自牧堂公發篤學守道，子元定、孫沈等皆登聖賢之堂。一門之中，以賢名者九人。此皆吾閩之表异特出，垂聲千載者。今以夏氏較之，其不可與比隆矣乎！彼科名爵位，烜赫蟬聯，爲庸夫俗子所羨慕，而志節碌碌無所表見者，嗚呼，淺之爲丈夫矣！

黄氏宗譜序

古者建國立家，宗派秩然。《左氏傳》言君卿大夫世系，明晰精詳。而《國語》史伯論祝融裔苗，絲毫不紊。蓋簡籍可稽，流傳可證，所以推一本篤宗支，恩誼通流，敬歡備至，意念深矣。後世民版之獻久廢，户口之數，祇屬虚文。越鄉遷徙者，往往而是。文編散失，氏族無可考憑。漢晋以來，韋孟、陸機之倫，世德家風，咸有陳述。間或遠推夫受姓命氏所自出，年代荒遼，豈其盡有可據者耶？是以近世君子每汲汲乎家譜之修者，追本之思也。而斷自譜牒所可稽以爲始者，致慎之志也。予謂宗子設而後族姓聯，寢廟修而後情禮聚。宗支興廢，程張每慨乎其言之，至於花樹韋家宗會，法猶有取焉，豈不以遡祖考之情，通親愛之誼，能使本心孝弟，油然而自生也哉。嗚呼，以父母之心爲心者，必能愛其兄弟；以祖宗之心爲心者，必能睦其宗族。仁孝之理，秩叙自天，爲人爲子者，必有所不容己於斯也。

温陵黄君澹園，閩之望族也。雅厚以文，令魏郡之東明，著有惠政。既營其家廟，復輯自先世譜牒可紀者以爲家譜，追本之思、致慎之志，皆於古有合。仁孝之思，又足以聯之。黄氏其世昌乎！予故因其請而序其端云。

此序爲孝廉李君鍾旺代作，而先生稍加點竄者也。李君窮經學古，持躬不苟，賫志以殁，先生每悼惜之。故附於集中，因藉以傳焉。受業雷鋐識。

二希堂文集卷之一終

二希堂文集卷二

安海詩序

皇帝誕敷文德，敉寧武功，曆數綿長，版圖式廓。敷天之下，覆幬涵煦，罔不率俾。其有阻疆自雄，傲虐不共，則赫然奮雷霆之師，擣其區域，畏威輸誠，争爲臣僕。臺灣故紅毛地，鄭氏竊據三世。皇靈遠播，命姚公啓聖、施公琅削平，奏績，置一府三縣。四十年來，休養生息，衍沃富饒。顧土著鮮少，火耨草闢，多閩粤無賴子弟。地廣則易以叢奸，民雜則易以召亂。加以重洋浩淼，官吏有傳舍之思。兵役更番，不盡馴性。制撫控馭，阻於鞭長。康熙辛丑夏四月二十三日，群不逞之徒叫號嘯聚，蹂我民人，賊我總帥。安平副將許君雲、游擊游君崇功、北路參將羅君萬蒼，各率偏裨血戰死之，賊遂據有全臺，服優衣冠，相稱以名號，文臣逃遁澎島，賊勢益張。五月五日，制府覺羅滿公聞變，投袂而起，别母夫人曰：「兒不翦滅此，見無日矣！」晨夜疾馳，軍於鷺島，大治樓櫓，調八郡之兵，尅期進取。提帥施公先已提師駐港，滿公素知南澳鎮總兵官藍公忠勇，檄以副之。將校卒伍，分路責成。撫軍吕公調餉佐軍，不科井里，應時而具。部署既定，合大小戰艦六百餘艘，兵萬六千餘人。滿公釃酒臨江，天氣霽朗，義聲昭布。將一其心，士百其競。覘知賊將内訌，頒發文告，設幟懸賞。賊弃逆效順，自相攻擊。六月十三日癸卯，自澎湖齊發。丙午，施公遣其裨將林亮、董方乘潮入鹿耳門，諸軍銜尾繼進兵。已過險，人懷必死之心。乘勝克安平鎮，轉戰七鯤身。賊衆尚數十萬，藍公率精鋭由西港登岸，繞出賊背，紅礮鍧裂，賊遂大奔。薄至官寮，悉衆相拒，復大敗之；走塗角堤，又連敗之。癸丑，長驅直入，府治悉定。先是，滿公未至厦門時，邊郡洶洶，城市山村惶惑轉徙，米價沸騰，訛言流布。既至，泛舟之米四集，平糶輯奸，市不改肆，人不知兵。群策畢張，紀律大肅。衆於是知賊不足平也。向使滿公不蚤鎮厦門，則内地山莽四伏，鷺門盡逃，澎湖將潰。施公雖激厲三軍，而兵少餉涼，其能浹旬奏績乎？即滿公駐厦門，不檄藍公同征，亦未能成功若是速也。三旬治兵，七日奏績，宣天子詔，縛其渠魁，撫其脅從，不殺而威，不令而行，此皆由皇上知人善任。皇天眷祐，篤生良傑，同德一心，式遏亂略，豈偶也哉！吾漳處最濱海，回思鄭氏之亂，海孽山妖同時并作，酷餉焚巢，言有餘痛。今兹之喜，不啻口出，作爲詩歌，用志永久。名曰安海者，謂是役非徒平臺，邊海郡縣皆安之也。既安於臺警方熾之秋，必能安之於臺地克定之後。溯厥亂源，選用廉能，布昭德教，芟其莠民，漸次更始。我閩人實世世食德，孕育蕃息，歌詠於靡窮也。世遠忝在史氏，有采風之責。因與陳君元麟、張君福昶、郭君元龍彙摭篇什，以付之梓焉。

桐城張公焚餘草序

世遠官翰林時，侍安溪李文貞公，嘗爲余言：「先進張文端公之爲人，舉其大節，傳其逸事，以爲美談。」因曰文端公卜相一年，遂初致政，君臣之際，恩禮始終，圭璋之品，有瑜無瑕。今仲子洗馬君懿哉淵乎，光遠有耀者也。世遠心識之不敢忘。洗馬君，即今宫保丞相，天下所稱爲桐城公者也。皇上龍飛，公由卿貳晋尚書，遂陟政府，且命授經皇子。世遠以菲才，蒙恩起用，亦濫厠講席之末。公不余鄙辱誨愛之，晨夕禁廷殆將五載。私喜拳曲之木，上邀不次之恩，得受繩削於廟廊之上。又喜得追隨諸巨公後，若條風細雨之吹潤萬物也。公一日出其詩一册，命世遠序之。公自翰林供奉二十餘年，禀學於家，服勞於國。所爲詩，根心諧律，藻耀春容，大旨不外於忠孝，而出之以慎厚平中。若天門日觀之峰，而托基厚阜也。若汪洋澔㴢，納溝瀆、包蛟鼉而育魚蠏也。若壺中之冰、太璞之石也。我聞在昔有以人重其詩者，有以詩重其人者，有詩與人并重者。以人重其詩者，程明道、邵堯夫也；以詩重其人者，孟襄陽、韋蘇州也；詩與人并重者，蘇廷碩、張曲江也。亦猶父子之間，有以父重其子者，韓魏公之於忠彦也；有以子重其父者，李德裕之於吉甫，吕公著之於夷簡也。有父與子并重者，范文正忠宣也。

國朝百年來，父子繼相，自公而外，指不多屈。所謂詩與人并重，父與子并重者，後之人其必有以位置之矣！公自名其詩曰《焚餘草》，蓋嘗毀於火，於記憶中得之。斷自康熙六十一年以前，後集尚未編定。公遭逢堯舜，蚤作夜思，臯陶明良之歌，召伯卷阿之音，吉甫清風之頌，揚扢㜳和，與日俱新。世遠又將執筆掛名以自耀焉。

家忠烈公遺詩序

吾蔡在閩多理學節義之士。明季流寇之亂，捐軀殉節者，四川威茂道忠愍公諱肱明，長沙司李忠烈公諱道憲，其最烈且著者也。雍正十年，表弟陳君矩亭令長沙，即忠烈公之死所也。彙刻公遺詩，合前後輓詩，都爲一集。世遠讀之，不禁憮然三嘆也。當獻賊之破武昌，下襄陽而窺長沙也。撫、藩、監司以奉吉藩爲名，相繼遁衡州。時太守入覲，公攝行守事，練兵措餉，爲死守計。賊知公愛百姓，曰：「不降，吾且屠長沙。」公泣曰：「寧殺我，無殺百姓。」即手刃乘城者數十人，賊駭而退。總兵官尹先民陰送欵於賊，與戰詐潰，長驅逼城。公急出百姓十餘萬户，以孤城自誓。城破被執，脅公降，公怒罵不屈。使先民説公，公罵曰：「恨不斬汝萬段。」手批先民，先民羞走。賊擲刃揕公，胸血濺賊首，仆地。賊膽落，以刃加頸。公揚眉舉足自若，賊斷公足，裂其眉，截其兩手。罵益烈，鈎舌毀齒，抉眼劓鼻，寸磔以死。先是，公被執時，有役九人從公不去。賊先殺其五人以懼公，公不爲動。公既死，次及淩國俊。國俊者，九人之一也。國俊曰：「俟我葬吾主，後受戮。」賊許之。國俊枕屍，呼天大哭，解衣裹肉骨葬之城南醴陵坡。還詣賊，賊義而釋之，國俊曰：「是我藉義名以偷生也。」遂自經死。事聞，贈公太僕，謚忠烈，廟祀勿替。兵使者堵公引錫爲具衣冠改葬，籍諸紳士從逆者産爲公祠田。吾鄉倪君康年令善化，倡新公祠，復祠田之被侵没者。撫軍丁公學孔、趙公申喬相繼表墓蠲祠事，以國俊從祀。

公以名進士起家，死時年方二十有九。所爲詩清幽峻肅，凜凜皜皜如其人。嗚呼！自古國家多難，擾攘急迫之時，豈無賣國求降，偷以全軀，身躋顯秩者？顧其後世子孫以爲榮乎否乎？即其鄉之人以爲榮乎否乎？引而近之乎？推而遠之乎？公死已近百年，而凡官斯土、居斯地者，莫不憑弔噓唏，感仰而不能自禁，况於譜系之末、梓桑之舊乎？忠愍公之死，緣松藩鎮帥朱化龍内叛，脅降兄弟妻子，家衆死者三十二人。公之死，因尹先民欵賊，忠義所激，感及從役，豈不長垂天壤乎？淩國俊，一徒隸耳，一旦捨生取義，遂使官紳兆姓瞻拜敬慕，歷千百年而不衰。然則偷生者貴乎？義死者貴乎？讀斯詩者，可以慨然奮矣！

李思亭同居詩序

余同年友李君思亭兄弟八人，奉母以居，合爨而食，恂恂然，雍雍然，門以内無間言也。

康熙丙申冬，思亭自爲百韻詩紀其事，孝愛友恭，溢於言外。吾漳紳士各爲歌詩以美之，思亭曰：「吾非以自多也，吾懼其合而離，離而不克復合，故述先訓以勉吾子弟，令吾子弟各勉其室人，以和娣姒。幸得相親相忍，以永無斁也。」余曰：「賢哉！思亭思深哉！」周子曰：「家難而天下易，家親而天下疎也。」凡事疎者非難，親者爲難。又推而論之，多者非難，少者爲難；顯者非難，微者爲難。是故國難於天下，家難於國家之中。猶有父子兄弟，長幼尊卑之等也。身止一耳，身爲難，身之中猶有耳目手足，百骸之司也。心無形耳，心爲難，心之發爲意，而意之誠又最難。苟能誠意，則正心修身齊家治國平天下，一以貫之。是故君子之致力也，以誠意爲先；其立範也，以齊家爲要。賢哉，思亭兄弟八人，猶一氣也。娣姒則聚八姓爲一家，合子姓童僕又百人，而無异詞焉，豈非誠之所積哉？聞思亭之治家也，總其大綱，出入會計，皆仲君主之，餘各安其業，以讀其書。仲君賢而無私，故至今安之。夫家人之暌，始於婦人克勤克儉，非婦人所難，病在於自私，自私而因以化其夫若子，而家道壞矣。由斯以言，非獨思亭之賢，亦仲君與諸兄弟、娣姒之厚於天性，互相勉以至於此也。思亭將宦京師，推此心以理民育物，立愛立敬，始於家邦，曷有涯哉！余兄弟三人，亦奉母以居，食指不及思亭三之一，惴惴然懼吾誠愛之心不足以聯之也。讀思亭之詩，不禁慨且慕也。於是乎言。

黄元杜文集序

人材之所以不及古，而國家少可用之才者，由爲士者識趣卑近，志量薄狹淺陋，株守時文一册，以爲平生之事業在是。遇督學使者按臨，試高第，則翹然自喜，雜於儕偶，則拂鬱不悦，久而後忘之。值省試之期，則又取向所株守者而加温習焉。被放，則又拂鬱不悦，又久而忘之。如是者，循環以至於終身，老死而後已。即幸而得第，亦不過與時俯仰，隨事補塞。無志氣以鼓之，無師友以勵之，無學識以充之。遂至以得第爲成材，居官爲事業。自非志尚卓然，不囿於折楊皇荂者，烏足以語經國之大業不朽之盛事哉？

邵武黄君元杜，少負不羈，所讀經、史、子、集，一發之於文，欲與古作者匹休。康熙戊子歲，儀封張清恪公撫閩，開鰲峰書院，延有志之士修書講學其中。元杜侍其尊君存庵先生來與是選。尊君爲閩中名孝廉，拒耿逆，不受僞職，倡學家鄉以終老。元杜本其淵源，刻自砥礪。余時亦侍先君子，得厠講席之末。讀元杜之文，略見一斑矣。歲辛卯，元杜舉於鄉，文益工，學益懋。顧漳浦、樵川相去千餘里而遥，不能繼見講論如鰲峰時也。雍正十年，元杜謁選來京，以其全集示余。其優柔夷愉、俯仰揖讓之態，絶類歐公；其論古諸作，雖不及坡公志林之雄健湧出，然疎暢洞達，亦坡公之流亞也。惜其屈處於閩山海嶠，不得操大手筆以撰述當世之人物，以鳴國家之盛，然其精氣光怪，自燗爍出没瓌异而不可掩也。兹元杜將令鳳陽，行矣勉之！歐、蘇二公以文章名世，顧歐公之令夷陵、守滁州，蘇公之守杭、徐等郡，皆政事殊絶，志節偉然。出爲循吏，入爲名卿，元杜勉之！清恪公之提命，依然在耳也。尊君之蘊蓄，數十年未試者，皆於元杜乎，發之不在馳驟聲名，而在循分盡職，本經術文章，以治一邑之人，擔荷一世之事業，所就寧有涯哉？余是以序其文而傳之，并以贈行焉。

陳峻侯詩序

松溪陳峻侯來鰲峰書院從學於余，能矯然自拔於俗。凡余所與諸友相砥礪者，多迂而鮮當，峻侯獨深信而篤好之。峻侯爲建寧知名士，試於學使者，屢冠其曹。善古文，尤嗜詩歌。嘗自名其集曰《激鳴草》，積數千首矣。鰲峰所作，又成一集，亦以「激鳴」名。峻侯家赤貧，廓落不羈，所遇多坎坷，余不知其所謂激鳴者，豈激於其遇而云然耶？抑見夫俗學卑靡已甚，士子浸淫日久，不屑屑然與世儕伍，故激而鳴耶？建寧故理學之區，流風餘韻，猶在人間。充峻侯之所學，立志日以向上，檢身如不及吾，烏能知峻侯之所造哉！峻侯在書院，與同安許保生志相同，道相合，其唱和亦最多。保生之詩以雅贍勝，峻侯之詩以清逸勝。要考其格調，以審其性情，二子者其徒以詩見乎？其不徒以詩見乎？是在二子之自勉與世之知二子者。

晋陽靈雨詩序

康熙六十年歲辛丑，山右大饑，平陽、汾州尤甚。左都御史今相國高安朱公銜命往賑，賴以全活者無算。雍正元年，朱公與余同事禁廷，爲我言設賑事宜，且曰：「陽曲令沈君治行爲山右第一。」余曰：「吾姻也。」時已心識之。後山右人又爲我言沈君治陽曲。陽曲，省會地。能恤民造士，上憲胥役，若旗兵有舞法者，執治不貸，無敢嘩。他郡縣獄有難讞者，皆曰當畀沈君云，尤樂言其祈雨一節，三祈三應，官民驚嘆以爲神。君嘗三任山右，初令陽曲，次牧沁州，後守汾州。兩膺天子特簡，皆有惠政。越庚戌歲，沈君以需次入京，携《靈雨詩》一册示余。余因得詳爾日民情。蓋自庚子秋至辛丑夏，歷三時不雨，求輒不應。君率紳士步行百二十里，至五臺山神祠禱焉。是夜即雨，連三日夜大雨，陽曲之四隅莫不沾足。君歸，中丞率大小屬郊迎，萬民擁道歡呼忭慶。余於是嘆天人之感甚神，而誠信之無不可格也。平日誠以治民而民信之，則凡有事於民莫不應矣。誠以事天而天信之，則凡有禱於天莫不應矣。何謂信於天以信於民者？卜之何謂？信於民以誠，以治民者，卜之誠之，道貴豫而忠於民，即所以信於神。沈君平日行善於民，爲民植福，民心服且信焉。故天亦信之，三祈而三應，其偶然歟？非歟？詩以道性情，且紀實也，不必工，要亦本於誠而已。

陳少林游臺詩序

吾友陳少林年未及壯，隨其族兄總戎公從戎閩粵間。既又涉江湖，歷吳楚，寄寓黔中。黔中舉茂才第一，旋游國學，歸漳浦。漳浦，舊鄉也，時年三十餘矣。從令君陳莘學先生爲講經之會，又應中丞張清恪公之招，講學修書於鰲峰書院。少林通書史，嫻經濟，至是又澤以宋儒之書。七試於鄉不遇。康熙辛丑五月，臺灣告警，鎮帥殲焉，副將以下或死或竄，文臣逃歸澎湖。制府滿公躬駐厦門，訪求熟悉臺灣事宜、嫻猷略者，以幣聘少林於廬。少林慷慨赴幕，曰：「賊草竊，無遠略，相吞并，不難平也。」滿公曰：「子能爲我涉波濤、冒矢石，親從事於行間乎？」少林遂行。當是時，滿公居中調度，提帥施公、總戎藍公分將一萬六千人，少林以制府軍師周旋二將間。六月，師克鹿耳門，遂復安平鎮。大戰七鯤身，連破數十萬衆，長驅定府治。少林與施、藍二公商善後之策，而後告歸。滿公官其一子把總，曰：「吾固知子淡於宦情也。」衆咸爲少林稱屈，少林曰：「吾何功哉？控制調遣，滿公功也；遣將先入鹿耳門，施公績也；大戰七鯤身，遂定府治，藍公力也。且吾以一書生，提一筆管，掉三寸舌，往來行間，親覩天子威靈，將士用命，七日而殲巨寇。上紓朝廷南顧之憂，下定鄉井揚波之警，吾榮多矣！吾何功哉？」先是，少林曾修《臺灣縣志》，凡所憂虞規度，先事而中，故滿公知而聘之。歲甲辰，少林重游臺灣，感舊興懷，作憶昔長篇一首、七律八首，録寄京師示余。余時與總憲錢塘沈公同讀而贊之，曰：「憶昔即杜子美之北征也，七律即子美諸將之什也。雖所遇不同，然其忠愛愷惻之心，未雨綢繆，深情雅調，孰謂古今人不相及哉？」余是以序而傳之，并其前後游臺諸作著於篇。

王直夫詩序

余與直夫爲總角交。當是時，直夫善詩，余學爲古文。浦中人貴耳賤目，多輕直夫詩者，余爲之序以張之；輕吾文者，直夫以詩彈之。直夫詩旋見賞於令君陳心齋、督學沈心齋兩先生，名大沸，余文亦不爲當世巨公所弃。直夫以實著，余亦竊盜虚聲也。直夫所爲詩，從近體入，沉鬱雅健。近所作古風、樂府，氣味淵蔚，意理蓄足，其不懈而力於古者耶？余嘗謂詩與文難兼，詩中古與律又難兼。古稱詩文并擅者，唐昌黎韓公、宋東坡蘇公耳。顧二公文勝於詩，古勝於律。吾黨陳少林、藍玉霖、陳石民、陳非楚以文名者也，作詩亦好古不喜律；莊元仲、李鱗蒼、袁子楚及直夫以詩名者也，作文用短節而不事雄暢。就文而言，傳記與序論難兼。少林優於傳記，玉霖長於序論。就詩而言，子楚長於古，元仲工於律，陳李諸君亦各有長。今直夫善古，律而兼之。然則，直夫所願讓於古人者，其韓、蘇二公歟？抑余聞詩以人傳，以品高。善詩者，推陶、杜氏。朱子晚年好讀二公詩，不用於光寧，慕靖節之田居也，憤和議之誤國，嘉少陵之忠君也，亦二公之素所樹立然也。今春，余主教鰲峰，直夫贈以詩曰：「願言斷菜根，萬事恣揮霍。」直夫之勖余者至矣！近又以詩來曰：「離索足咨嗟，厥守求其是。」直夫之自勖者至矣！

鹿洲初集序

吾友藍鹿洲與余少同學，同受知於令君莘學陳公、督學心齋沈公、撫軍儀封張公。九試於鄉不遇，選於庠，貢成均。朝之名公卿大夫，莫不高其才、重其學。天子召見，授廣東潮州普寧縣，且曰：「以彼其才，任府道綽乎有餘。」未三載，以不善事監司削籍，潮之官紳士庶各斂金爲輸其所坐官逋千七百兩有奇。太守延修府志，制府禮爲上賓，事多咨訪而行。代刻其古文若干卷，鹿洲郵書屬余序之。

余惟今之爲古文者，患在氣不充，又在學不適於有用。氣不充則雖掇拾妝飾，貌爲古質而薄弱短促，氣不能貫三五行，古人所謂「言之短長與聲之高下皆宜」者安在也？學不適於有用，則雖激昂慷慨，抑揚反復，而中無所有，不能發而有言，即言之亦不能疎暢而洞達，所謂「坐而言起而行」者安在也？

鹿洲負不羈之才，敦内行，通經史，曉達治體。平生語經濟必曰諸葛武侯，言文章必曰韓吏部，以振古人豪自命。尚論古今，敷陳事理。洪纖高下，振耀而傑出。奔溢閎肆，若夾山雨後之江溪。巨石之裂，懸崖絶谷，使見者震駭驚愕，退伏而不敢迫視。而按其言，則又切近合機宜，不如是不可以行，如是行之則必有效，鹿洲其可謂善養其氣，卓然爲有用之學者矣！

方鹿洲召見時，例赴吏部試，同列皆踧踖，循故事。鹿洲獨奮筆上五千言，奏陳五事。天子下其議，多施行。非抱負不偶者，能如是乎？及作令，觸怒監司，人或勸其承意屈節，可以免禍。鹿洲曰：「吾嘗歷澎臺，涉大海，出入風濤雷浪，冒矢石，入窮山密箐，雜諸劗髮鑿齒、刳耳文身之衆，觸毒霧，受惡瘴氣而不懼，况吾蒙恩作天子令，其肯毁方詭道以媚監司哉？」卒以此獲罪。三歲而後得脱。粤之人，自上達下，莫不飲食愛助，延請禮重，争迎致之恐後。此非有浩氣者，能如是乎？以是氣而發之文，其聲不更大以宏乎！且使居官之日稍有歉，心粃政事，後且無顔以對彼都人士，况能使之飲食愛助、延請禮重、争迎致之恐後？且爲刻其文以傳世乎？雖然，義理之氣，氣也；血氣之氣，亦氣也。有用之用，用也；觀其所養，亦用也。鹿洲得無有未純於義理之氣，恃其用而果於一用乎？鹿洲今年且過五十，磨礱浸潤，學益粹，養益深，蓄其氣以裕其用，以發之於文，吾知文且進而駕於古，而又豈徒以文見哉！

雪巖詩序

吾漳林子牛美鬚髯，善談論，博雅能詩，尤長於樂府。由柳河東而上摹漢魏者也。漳故有名進士曰鄭白麓、戴麥村，白麓閎博有史才，負不可一世之概；麥村以風度勝，晚年詩尤工擅。當是時，二人齊名於漳。顧凡有論著或商確事宜，皆曰：「必吾子牛也。」

康熙癸巳歲，余修郡志於漳城，鄭、戴已亡，傷故友之淪落，諸如修古舉廢及興名賢祠宇，子牛每助成之。或急就之章，余窘迫無以應者，子牛從旁私以其稿授余，余於是嘆鄭、戴二君之亟稱子牛，狎愛之不虚也。邇來廓落不遇，家益貧，目疾又劇。昔唐張文昌善詩而盲於目，得昌黎鼓而張之，身名俱顯，而目亦痊。今子牛之才之遇大類張文昌，惜乎余之不能爲昌黎也。子牛之詩，咏古撫時，悲壯清峭，令讀者悄然以思。近以新詩惠余，及和余都門所作，名公卿見者莫不嘉許嘆詫，問曰：林夢斗何人？則對曰：「吾漳林子牛也。」

八閩試牘序 代督學沈公作。

方今天子神聖，海内向風，人文蔚起。天下懷奇抱异、俊乂閎博之士，莫不自奮於清時，蓋數十餘年於此矣。康熙壬午冬，例遣學臣視學四方，天子曰：「凡所爲培植人材，體朕意以興多士者，莫亟於此。」召翰詹詞臣赴内廷再試，命下之日，賜御書，諄諭倍至。某以不才，謬膺閩中任。竊念閩爲理學之區，才士之藪，年來風氣日上，使者將何以仰報聖天子責成之至意也？説者謂校士之道在公與明，以余觀之，公非難，而明實難。夫公所以難者，身家與功名累之而已。余本寒素，通籍三十年，不別治生，以長尺寸。先民之言，聞之素矣。又見家藏金穴，朝有白交，覆轍相仍，曾不旋踵，維名與利直浮漚視之耳。然遂謂余操鑑之不差，則又不敢。歲科兩試俱刻期一年報竣。下車伊始，静候郡縣送試，動需時日。通省試畢，彙册送部，檢點磨對，前後約計三月有奇。八郡一州，山峻水駛，舟車再歷，亦越三月有奇。其中監臨校射以及簿書案牘，紛披交迫，鮮有寧時。閩省生童統計幾二十萬卷，明經、太學又若干。焚膏繼晷，翻閲再三。雖應世叔五行俱下，猶懼弗給也。且夫才多者，苦於額少，聚纖離緑耳，而整轡中原，僅於控勒馳驟之間，微分先後，權衡稍失，則騏驥長鳴矣。才少者，又苦於充數之難，求結緑於碔砆，求照乘連城於礝碱，安知不有一二瓦礫者乘間而投乎。自惟入闈以來，精神勞瘁，時月亦所不知。余家在浙，如在萬里之遥；九重至尊，如在咫尺之近。豈身家功名兩念，尚足纏繞其胸哉！今所以刊布若干篇，公之同人者，以明余苦心所在，不忍聽其荒烟埋没，非敢云轉移風氣，以品題文章自任也。雖然，文所以載道也。制義者，代聖賢以立言。非知道者，其言之不能深切著明。是故經傳所以培其根也，諸子史集所以長其識見而閎其議論也。余不揣固陋，欲於風雨争飛、魚龍百變之中，擇其語有根柢、辭尚體要者，以爲之坊，堂堂正正，意在斯乎！但明之一字，自昔難之。狐裘反衣，古今同嘆。余雖額額不負此心，終不敢謂是編有當於海内諸君子也，尚其諒我而教我哉！

九閩課藝序 代撫軍張公作。

國家以制義取士，非徒使人敝精勞神，獵取詞華，組織文字以爲工也。蓋以從古聖賢之言，無過於四子之書。讀者玩心力索於此，則内自家庭之間，以及於事君交友、治國平天下之道畢具於此。而又恐人之目爲平淡無奇而不加意也，於是乎標以題目，定以科名，不入彀者，雖有高才，無由自見。此朝廷取士之深心，使天下晝然而出於一者也。近世之士，循名者多，務實者少。師之所以教，弟子之所以學，皆曰：此科舉之學而已。因科舉之故，始治經書，視經書之言止供科舉，負聖賢覺世之心，辜朝廷取士之意。嗚呼，其可嘆也已！陳北溪曰：「聖賢學問，未嘗有妨于科舉之文。理義明則文字議論益有精神光彩，躬行心得者有素，則形之商訂時事，敷陳治體，莫非閎中肆外之餘。」非虚語也。洪惟我皇上好古重學，加意作人，《御製訓飭士子文》，使士先德行而後文章，欲使讀四子之書，爲四子之文者，黜華崇實，躬行實踐，以自奮於聖賢之歸也。乃積習成風，未能盡去。士子窮年矻矻，含毫蘊思，與己之身心，漠不相涉，豈非有心世道者之所深憂哉？余奉命撫閩，竊不自揆，仰體皇上先行後文之意，刻《學規》《養正》諸編及周、程、張、朱、許、薛、胡、羅之書，先後刊布。又念制義一途，所以闡發聖賢之奥義，而拜獻之先資也。下車以來，觀風月課，披閲既多，擇其尤者，得二百餘篇，屬長洲汪武曹太史再加評定，梓而行之。夫閩理學名區，賢才輩出，素稱海濱鄒魯。其人大抵閎博俊乂，崇氣誼，尚名節，不屑爲脂韋苟合之態。故其爲文多瑰奇瓌瑋，不肯蹈常習故。又其發言出論，多有合於儒先之旨，不至於窈冥昏默，茫然莫得其旨。歸因刊訂是篇，舉生平所誦習者，間附評語於篇末。非敢云有所發明也，鼓士風所以培元氣，重經書所以崇聖學。且令天下知宋元明諸儒之書，與四書相表裏。始焉潛心體玩以爲文章，既又因文章以自律其身心，端其行誼，則於朝廷設科之意庶乎無負，而聖賢垂世立教之深心亦於是而見矣！

雷用見時文序

汀州多敦樸則古之士，而長汀寧化爲之最。蓋有李元仲、黎媿曾二先生之遺烈焉。元仲親受業於黃漳浦，抗節不仕，論著褎然成一家。媿曾則師友元仲，私淑漳浦，爲監司，有治行，古文亦閎博有法。蓋流風之所漸遠矣。寧化雷生定國，字用見。幼失怙，事母以孝聞，兄弟相劘切。年少博覽强記，意氣自豪。晚乃益究宋儒之書。丁酉歲，其族弟貫一來鰲峰書院，從學於余，用見以書來曰：「近見先生《學約》，益見返躬切己之功矣。」夫同堂執經，面是心違者有之，用見乃能聞風相慕，余則愧歉，用見要不可不謂强有志之士也。庚子夏，貫一自汀過余，携用見時文一册求評定。貫一歸，而用見死矣！古來鋭志進學之士，爲壽命所阻，未及覩其成、究其用，淹然以没者，代皆有之。用見好古，古文余未及觀，時文根柢盤深，以先正爲準的，説理尤有心得之言。門弟子數十人，多有文名。將梓其文而丐序於余。余嘗慕用見而未得見者也，又悲夫評用見之文而用見竟未及見以死，執筆之下，不禁泫然焉。

吕澗樵時文序

澗樵與余爲己丑同年友，長子舉於鄉，又與余同在乙酉之歲，故余呼澗樵爲年丈。澗樵中州名宿，卑牧善下，不余挾也。嘗考漢唐以來，家世之茂，推有宋吕氏爲最。文穆公、文靖公以碩輔著，正獻公、滎陽公師友二程，德業又加懋焉。南渡以後，東萊先生學宗關洛，蔚爲大儒。越明代，則有明德先生，重光而趾美。澗樵則明德先生之裔孫也。余嘗謂中州多沕穆之氣，而澗樵得之獨厚。吕氏世代多賢，而澗樵承之無忝。既以詩名天下矣，所爲時文渾簡高潔，其根極於理要者耶？夫時文之不振也久矣，氣多浮華，辭寡體要，塗澤其外，不由心得剿襲；其詞不根素，學無心得，則察理不明，無素學則致用不裕。時文之得失，即士品之所由純疵。士品之純疵，即國家得人不得人之所以分。記曰：「事君者，先資其言，拜獻其身，以成其信。」時文乃拜獻之先資。况代聖賢以立言，士子反躬，能無自恧乎？澗樵有慨乎此而反之，抑亦可觀其志尚矣！澗樵父子同朝，皆有聞望，嘗同余兩分京闈，賞晰獨深，故澗樵屬余序而傳之。

李訒庵時文序

宋時，名儒傑士多以兄弟著者，程氏以伯淳、正叔著，張氏以子厚、天祺著，蘇氏以子瞻、子由著，吕氏以進伯、與叔著，皆由其家學之茂，兄弟自相師友，故其學術文章巋然爲振古命世之傑。吾師安溪文貞公有介弟二人，仲曰訒庵先生，季曰耜卿先生。耜卿能通十三經，範身以禮。訒庵先生博涉群書，以六經宋儒爲歸宿，涵養充粹，坦坦施施，義所不可，輒形於色。少登賢書，令楚之嘉魚，廉能多惠政。康熙庚寅，報最入都，補户部主事。世遠時爲翰林，朝夕侍文貞公之側，兼得承先生之教，涵育和煦，如春風之扇萬物也。先生之致政歸也，世遠嘗爲序以送之；其亡也，又嘗至湖山爲文以哭之。兹序先生之文，敢自外乎？

時文之學，前輩謂之經義。經義者，謂其躬行心得，善會聖賢之意以立言，根柢深茂、詞理雅正、心細學醇者得之。嘗讀文貞公之文，精確高古，爲制義以來第一。先生之文，規範與同。其探微豁冥，游衍縱送，有剛健婀娜之態。昔伊川自謂：「某之學與明道同，异其异處，所以爲同也。」今先生之文與榕村《藏稿》同，异其异處，亦正所以爲同也，同异之際微矣。世遠方編校《文貞公全集》以傳世，又嘗讀耜卿之古文，嘆其皆經傳精液。若嗣刻先生古文，余當復序而行之不辭也。

錢弱梁時文序

觀其文，可以知其人焉。觀其文，尤可以知其政焉。其文之和雅冲邃者，其人必易直而子諒。其文之雄舉傑出者，其人必有特操。其文之切理諧事者，其人必空明而洞達。其人如此，其政亦因之。

余同年友錢君弱梁，江以南之宿老也。沉浸乎經史，講明乎經濟者有年。其爲文，簡古高闊，長短應律。余讀其文，蚤識其爲人。康熙丁酉歲，以廣文卓异，令吾閩之莆田。余道過莆，莆之人爲言錢君之治，廉而不劌，核而不苛，民生其共，吏不敢犯。莆爲劇邑，而君治之綽有廉能聲。余於是知文章之道，果與政通也。因爲序其文而傳之，且以告夫世之能文章、取科第者，皆將有民社官司之守。或貪污其身，或庸碌無所建明，豈惟上負朝廷設官位事之意哉？夫且對其文而滋愧矣！

二希堂文集卷之二終

二希堂文集卷三

皇五子奉命祭告闕里文廟序

堯舜禹湯文武周公之道，至孔子而集其成。漢唐以來，尊崇效法，各致其隆。至我皇上而立，其準心源，契道法，昭封五代以報功，詣太學而親享，巍乎焕乎，古未有也。雍正八年九月，重建闕里文廟告成，黄瓦畫棟，悉仿宫殿制度，搏拊、干戚、罇俎、豆籩之器，頒自上方；皇上御書碑文，勒石垂之永久。禮部奏請遣官祭告，上特重其典，詔皇五子承命以行。世遠與皇子晨夕相講論者八年，於此矣可無一言以敬獻乎？

夫清明在躬，志氣如神，希賢聖而則，古先皇子平日之澡浴者然也。兹奉君父之命以往，未事之先，蠲潔其心志，儼恪其身容，齊肅有加焉。入聖人之里，游聖人之門，仰瞻大成殿、大成門，皇上之御筆也。門曰「聖時」，曰「弘道」，皇上之所手定也。瞻聖人之像貌，盥薦奠斝，明禋拜稽，如睹其温良恭儉讓之休也，如聆其金聲玉振之範也，如親其博文約禮之教也。共祀一堂及兩廡者，爲四配，爲十一哲，爲七十二子，爲漢唐以來諸儒，示我周行，如臨師保，顔子之克己，子路之喜聞過，孟子之集義，皆可師也。漢儒之傳經，宋儒之體道，皆可誦而可法也。先哲後賢，内聖外王，其揆一也。皇子念之哉！

禮畢，謁孔林，如泰安州祀事泰山。夫孔子之道，猶泰山然。登泰山之巔，必由泰山之麓。精義入神，必始於敦倫體信。孔子曰：「孝弟之至，通於神明，光於四海，無所不通。」孝弟其至近而可循者乎！曾子傳一貫之旨以告門人曰：「夫子之道，忠恕而已矣。」忠恕其至切而有要者乎？此與登山之説何异？皇子念之哉！

肅將君命，祇謁聖居。近取諸身心道行於家庭，對越昭事，罔有斁焉。此之謂有恪，此之謂受福，此之謂敬親，此之謂法聖。

送儀封張先生祭告闕里序

維孔子道高德厚，實與天地參而四時同。漢唐以來，代有封號贈謚，優崇之典，未登於極。皇上膺眷嗣統，君臨萬邦。孔子之道，契其心源，會其有極，以作則於天下。敬學尊師，褒封王號，上及五世，厥崇厥隆。

雍正二年四月，議遣大臣往闕里。天子顧在廷諸臣，非澡身浴德、被服造次必於儒者不可以肅將祀事，對越有光，特簡禮部尚書儀封張公銜命以往。公中州巨儒，朝之元老，服膺聖教，羽儀王國。嘗開府吾閩，閩之人沐雨化焉。繼撫江蘇，吴之人飫至德焉。其初又嘗觀察山左，駐節濟寧，人士至今歌思之。兹以大宗伯之秩，銜天子之命，登闕里之堂。奉璋奠斝，明禋告虔，升降揖趨，有恪有度。聖孫賢裔，魯國諸生，肅恭彬濟，環觀拱立。公本其所學，誨誘諄諄，使夫讀聖人之書者，必服聖人之行。直内方外，博文約禮，希聖有立而後即安。且以廣聖天子崇聖尚學、育材化士之意，身有之。其將事也虔，其誨人也篤，非公孰則勝任？天子且有後命，許公竣事，便道家鄉省覲太夫人，展孝不匱寧親，道故水邱，桑麻夷愉，一月衹復厥命，顧不樂哉！世遠在公門墻，受教最深，榮斯行也，敢敬序之以爲公贈。

送李少司馬巡撫廣西序

雍正二年夏四月，天子特簡兵部右侍郎臨川李公巡撫廣西，朝之士大夫咸慶得人。余與遇於朝，問所以治粤西者，公曰：「吾一污之不染，肯使吏漁吾民哉？吾劾其尤者，餘則威約而化導之。吾問餽之不通僚屬，顧得以次受所屬之獻；吾嚴之吾又不刻焉，酌劑而稱平之。關鹽雜徵，戾於民者，吾核而減之。粤西地雜猺獠，吾勤而撫之。凡吾所屬，例有入之公者，吾除之；義可贏留者，吾貯之。所司以爲養士、恤民、賚兵之費。凡所支用，必與僚屬士庶共見之。吾惡夫古之進羡餘以自浼者，非大臣之所爲也。」余曰：「是固然矣！人患才少，君固恢恢治不可急，氣不可勝，健而能巽，人乃大和。」公曰：「寬居仁行，尚克懋修。」又問所以興教化者何若？公曰：「吾將爲閩之常衮也。粤西僻處一隅，文教未弘，吾將與之敦行學古，俾彬雅之風衡於上國。」余曰：「諒哉！郡擇其尤者，飭所屬以禮敦，遣萃之書院，立名師以董之，暇則身親而奬誨之。婚喪賓祭，酌古今之宜，因其人情風土，制爲簡易之禮以通之。禮行化洽，俗以永淳。常衮烏能域公哉？」公深頷之。余惟學術治術之要，明與誠而已。不明則不足以達事理之要，不誠則不足以立萬事之本，而表裏始終不能符貫。古有讀書談道而因循撍婀者多矣，又或英氣過勝，視事太易，動而得礙，則蹜踖反甚於前，此皆明誠不足，學術微而治術淺也。公粹於經學，善文章，嫻治道，閎博俊偉，一切富貴毀譽不足以動其心，而慨然以天下自任。上有堯舜之君，而公之所以事君者，必不肯後於堯舜之臣。竊謂非聖主不能知公，而非公亦不足以副聖主之用也。昔韓范開府涇州，時有西夏之役，教養未遑。程朱大儒，遭時不遇，設施僅試之一郡一縣。今聖天子在上，四方風動，用公爲巡撫，苟能明誠兩盡，何士之不可化，何俗之不可厚，何猺獠之不可格，何俊髦之不可興哉！夫明之過爲矜氣，爲苛察，非明也。誠之至，爲《易》之「乾惕」，《書》之「抑畏」，詩之「豈弟」，《禮》之「子諒」，皆誠也。公必有以處此矣！余與公同學有年，志相同，道相合，常相勉以所不足，所相期許者又未敢以輕喻之人。於其行書以序之。

送鄂少保相國經略西陲序

昔宋蘇文定公有言：「天下不可一日而無重臣。重臣者，在朝廷之中，士大夫不敢安肆怠惰，而緩急之間，能有所堅忍持重而不可奪。」文定之論，可謂篤矣！而吾謂國家之得重臣爲最難，必卜有明聖首出之君委任，既專恩，禮兼隆。而爲之臣者，又必有學問深醇之氣、正直之操、忠厚愷惻之懷，謙牧善下之度。凡政令之否臧，四方之利病，人才之賢否，進退九服四裔之向背順逆，莫不引爲一己之事。譽毀愛惡，榮辱利鈍，一不以介於其中，然後能同德一心，可内可外，可將可相，無所往而不宜也。雍正十年壬子秋七月，欽命少保大學士一等伯鄂公督巡陝甘，經略軍務。公，朝之所謂重臣也。天子之所敬信，體貌有加，天下士大夫所望以爲鵠者也。先是，公總制雲、貴、廣西三省，吏服民懷，丕績遠播。烏蒙之變，不逾時而奏克。天子召入政府，以三省所治專而不咸，宰相所理淵而溥。公夙夜寅恭，襄贊亹亹，明良之契不能旦夕離也。兹以準噶爾餘孽尚稽天誅，兩路大將軍進師凱旋未奏，命公往經理宣撫之。公此行，揚皇威於萬里，宣明聖天子之德意。周爰諮諏，悉心謨畫。相事機之會，度戰守之宜。何以搗其巢而得其要領，何以防其逸而遏其衝，以及糗糧、芻茭，長運、短運之何以順適於輿情，供億輸將，官與民市、民爲官役之何以底於克協。或召募土兵，可以省遠徵師旅，抑或威信所敷，不戰而可以坐屈蠢爾，搤其吭而革其面。夫陝甘之民，天子加恩，數倍他省，蠲其常賦，增其物直，貸其宿負，恤其疾苦，申其化諭。今見公至，吾知士民益誦德歡呼，將士之益踴躍用命也。昔唐開元盛時，遣宰相張説巡邊，立平康待賓餘黨，奏罷邊兵二十萬人。説之學術品望未必及公，而巡邊之績甚偉，《綱目》大書以美之。宋仁宗使韓范駐劄涇州，不數月也，元昊稱臣請和，西鄙晏然無事。嘉祐、治平之盛，實基於此。公之望實堪與韓范比肩，而準噶爾餘醜又非元昊等夷。我聖朝威靈，皇上仁明聖武，又非唐宋二代之比。且我聖祖仁皇帝所赦之九死而一生，卵翼以長者，乃敢父子忘恩抗背，其不可逭也必矣。天子命公三閱月回朝，蓋以小醜不足以煩公之久駐，而旦夕承弼，其丕應昭受爲弘且遠也。世遠與公同事禁庭，公不余鄙，辱誨勵之。嘗與余語性學之原、經世宰物之方，知公之所以稱重臣之選，膺帝眷之深者，豈徒在聲績之外著哉！

送傅少宰巡撫浙江序

吏部右侍郎傅公以乙巳秋七月特簡署浙江巡撫，越七日馳驛以行。聖主知公久，資公以經理者，不徒東南一道。浙爲重地需人，暫得公之重治之。先是，公以翰林家居十年。今上在潛邸時，聞公名，使傅皇子。公啓導維慤，以嚴見憚，不妄交一人，恪勤乃職，六年如一日。御極以來，知公可用，授内閣學士。又二年，知公果大可用也，陞吏部侍郎。未數月，知公無所不可用也，遂有撫浙之命。世遠以癸卯歲蒙恩特召，與公同侍書皇子。公又嘗主鄉會兩闈，世遠忝與同考。兩年中，晨夕相聚，未嘗數日離。茲之往也，其可以無言乎。

公氣質高明，剛方不撓，常懷澄清吏治、撫民育物之意。自起用以來，聞望馳於四國，浙民何幸而得公涖止也。嘗讀《易》，至「中孚，上巽，下兑」，解之者曰：「自二體言之爲中虛，以一卦言之爲中實。中虛者，中無私主，至虛能生明也。中實者，中無妄念，外累不能入也。故能豚魚皆格。」孔子繫之傳曰：「柔在内而剛得中，說而巽，孚乃化邦。以卦具柔剛之宜，有說巽之美，故孚能化邦也。」諸葛武侯治蜀下教，謂：「參署者，集衆思，廣忠益也。人心苦不能盡，苟能慕元直之不惑，幼宰之勤劬，則亮可少過。」武侯之用心，即中孚之義也。公謂余曰：「君欲以序贈行，幸少頌而多規也。」公之虛誠，即此其一矣。世遠鄙人也，頌何足爲公重？又何能有以規公？敬取《易》之所謂「中虛中實」，孔子之所謂「柔剛說巽」，武侯之所謂「集思廣益」者，以效古人頌規之義。

送黄侍御巡按臺灣序

臺灣居海外，在南紀之曲。東倚層巒，西界漳州，南鄰粤。北之雞籠城與福州對峙，地近河沙磯、小琉球。周袤三千餘里。孤嶼環瀛，土壤沃衍。禾稻不糞而長，物産蕃滋，果樸、嬴蛤、硫磺、水藤、糖蔗，無所不有，固東南一大聚落也。自鷺門、金門迤邐以達澎湖可六百餘里。又東至臺之鹿耳門，旁夾以七鯤身、北綫尾，水淺沙膠，紆折難入。明嘉靖末，海寇林道乾據之。道乾後，顔思齊勾倭人屯聚，鄭芝龍附之。未久，荷蘭誘倭奪之。鄭氏破荷蘭，爲巢穴，傳三世。今天子聲教四訖，鄭氏擒滅，設官置吏，休養孕育垂四十年。去歲，群不逞之徒煽惑莠民，撞搪嘯號。賴天子威靈，將帥用命，舟師直入，七日奏克。天子特注意臺灣，簡監察御史中有敦實廉能，嫻猷略，知治體，可任以股肱耳目者二人，往按其地，黄君偕吴君膺新命以行。余與黄君同門友也，夙知君家學素履。君兄弟五人皆有聲績。長公、次公以督學清正，晋秩爲卿。君年最少，由吏部陟臺中，能直己行道，不矯激沽名，爲聖主所倚信。以夏四月至閩，余一見，即爲臺灣慶得人。君自童子試，至登進士第，未嘗出都門。茲將出波濤，航大海，奉天子命以綏輯群黎，神志肅定，忠慎恢廓，古所謂大丈夫者，君其人矣！

夫臺灣鮮土著之民，耕鑿流落多閩粤無賴子弟，土廣而民雜，至難治也。爲司牧者，不知所以教之，甚或不愛之，而因以爲利。夫雜而不教，則日至於侈靡；蕩逸而不自禁，不愛而利之，則下與上無相維繫之情。爲將校者，所屬之兵，平居不能訓練而又驕之。夫不能訓練，則萬一有事，不能以備禦，驕之則恣睢侵軼於百姓。夫聚數十萬無父母妻子之人，使之侈靡蕩逸，無相維繫之情；又視彼不能備禦之兵而有恣睢侵軼之舉，欲其帖然無事也難矣！今海氛已靖，臺地乂安，監司守令皆慎簡之員，則所以教而愛之者必周。總戎藍君，又平臺著績人也，所以練而輯之者必至。君與吴君從容經理其間，慎簡乃僚，罔不同心。臺灣之人，行將數百世賴之，豈徒南粤之奉伏波、峴山之傳叔子已哉。余淺人也，烏知事宜，然地近梓桑，不能不關心於勝算。君之至，自能不擾而核，不肅而威也。

送林太僕序

太僕寺卿莆田林公致政將歸，余以趨走内廷不得祖餞，爲文以送之曰：

余之知公也，在二十年以前，余之得交公也，在雍正癸卯之冬。公學懋而識充，氣醇而守固。余一見如舊識，公亦不余疎也。公嘗令京畿，以清惠著。奏最入都，授工部主事。旋晋臺中，陞光禄寺，歷通政司，不數月而至僕正。公感上知遇，勉思報稱。前後區處條奏，皆中機宜，天子韙之。每發議施行，同朝咸器重之。公今行矣！莆中山水明秀，風俗醇美，經濟節義，儒林之彦，指不勝屈。公家自唐九牧著聲，迨文肅公以來，科名聞望，爲閩中第一。公本其素履施於有政，風流所漸，其益則弘。公又嘗爲朝廷耳目之官，位躋三品。聞天子之訓誨，至親且久。兹蒙恩以冏伯之尊，合引年之典，優游林下。進都人士，日體王言，涵濡德教，務爲有用之學，不沾沾於佔畢章句。敦本行飭廉隅，不濡染於私利，惑溺於愛憎毁譽攻取之塲，勖以誠敬。絶其朋從，循守禮節。去其侈泰，使髦士俊民皆卓然自奮於聖人之世。又日與耕夫野老歌咏太平，話桑麻，言慈孝，此樂何極，此責匪异人任也。公又向余言，來歲欲訪陳石民、李思亭於漳州。興化與漳州爲鄰郡，公至與陳、李二君講禮敦俗，因材長善，人倫東國，恢恢乎介休郭有道也。

送李訒庵歸安溪序

户部主事李訒庵先生，吾師安溪公介弟也。康熙甲午秋九月請假南歸，世遠與諸同人餞之於郊，爲文以送之曰：

先生此去，可謂賢矣！或曰：「先生可以不去，先生有相國爲之兄，有編修爲之子，子若弟登賢書者二十人，絡繹長安，相晨夕也。先生其何必於去？」世遠曰：此先生之去之所以爲賢也。先生以宏才宿望爲户部曹。秩滿將遷，歷臺省，躋卿貳，非必席父兄之勢也，而先生淡然。先生以爲調陰陽，燮理弘化，伯兄已爲之。生平所未竟之業，留以屬之群從子姓焉，何必於不去。雖然行矣，將何以爲祝？士大夫得志在朝，則循分供職，補過盡忠；及退而家居，則以孝友廉潔、經明行修飭諸子弟及鄉之後進。風俗人才，類繇此長，非徒林泉之樂也。此又吾師之夙懷而未得請者，先生竟飄然遂所願云。

送錢孟輔出牧嘉定州序

余與孟輔交在康熙己丑之春，余時始得第，官翰林，獲交於孟輔外舅阮君菜亭及菜亭之姊聟朱君沃洲、沃洲之弟均實。菜亭敦内行，樂善好施，尤尊師喜友，雅重讀書人。二子曰朝采、亮采，力學飭身。孟輔與沃洲之二子曰式先、曰承三，皆與同師均實，共學一堂，余咸得讀其文，相期於有立。其明年，余給假省覲，家居之日多。今上龍飛，余再官於朝，重申舊好，則菜亭已退老，朝采由兵部陟吏部主政；亮采以甲辰成進士，承三登賢書；沃洲以召見入都，授平越太守，咸得晤敘京師。孟輔又隨作令四川，承三作令郃陽，調繁蒲城。十餘年前，朋好舊游，或得第成名，或居官奮績，余於是嘆讀書飭行之果不負人也。未幾，亮采將出令山左，孟輔將牧嘉定。孟輔先來告别。余惟人生聚而散，散而仍聚，聚而不能不散者，其常耳。士各有志，惟所樹立，不在官之崇卑、遇之順逆，要以無愧衾影、師友、民物者，出而著循聲、樹偉績，斯可以稱人豪矣。孟輔爲令，有廉惠聲。適有丈量之役，奉委協理。歷數縣，爲國爲民，此心兩無所負，遠邇稱之，可謂信於民矣。内陞刑曹，中丞嘉其才守，薦擢今職，可謂獲上矣。親民之官，至於民信、獲上，何事不可爲者。其尚有未罄厥誠，悉厥心力，稍涉於榮利，不自發奮，以無負此數十年來戚屬朋儕之所講論期許哉。孟輔行迫，不及祖餞，重之以辭，併書以遺。承三及亮采，各自振勵無怠。

送黄張二縣令序

雍正三年秋七月，江右黄聚生將令於浙東，山右張軼玉將令於粤東。二賢同游吾門，負志操，嫻問學，相善也。將行，謁余求贈言。余曰：「去歲此日，二子猶舉子也。今聖天子澄清吏治，重進士之選。甫釋褐，即用爲牧民之長。嗚呼，可不勉歟！吾子平居見爲令者，張弛之不平，教養之無術，貪庸之可鄙，莫不嘆息痛恨於其人。今自爲之，可不思所以大反其道歟？夫縣令者，親民之官也。欲天下之均平，人被堯舜之澤，非親民之官不可。親民之官，其要有三，曰：息訟、薄賦、興教而已。民以事至縣者，胥役不擾，無守候之勞，分其曲直，懲其誣黠，誨諭之又加詳焉，則訟自息矣。民有惟正之供者，爲案實立限，使自封投櫃，主以信使，投畢躬自稱平之；榜列明示，歸其有餘，使補其不足。如期至，則民自不欺，輸將恐後矣。擇士民之秀者，聚之於學，課文飭行，月三四至。又於暇日，適山村里閭，言孝弟農桑之事。其有家門敦睦、守分力田者，表厥里居，或造訪其家以榮之，而教道興矣。夫吾仍以爲諸生者爲縣令，未有不能守淡泊者也。吾常思父母斯民之義，未有不興除恐後者也。事上貴恭不貴屈，馭民以誠不以術，如是而已。昔漢宋之世，守令多入爲三公，名儒常始於簿尉。吾子勉之，豈惟一邑民命之寄，實爲一生發迹之始。有暇即當讀書，非尋章摘句之謂，謂非讀書，無以明於修己治人之道而振勵其志氣也。」二子聞言，皆不吾迂。遂各書其一以贈其行焉。

送鄭逸溪令興化序

雍正三年秋七月，余同年友鄭君逸溪謁選得江南之興化，余爲文以送之曰：

君，吾閩之興化郡人也。古之名人有治行者，所莅之縣，即以其縣名之，若陳太邱、陶彭澤是也。不必居是官也，但能以學行光遠有耀者，人亦以所居之郡名之，若吾鄉之李延平是也。君清修狷介，博覽，善古文詞，抱所學以玩之，心貴己而殊俗。兹之往也，以誠中發爲嘉績，异日人將以所治之縣，稱之曰「鄭興化」。君又益勉其學，而懋其修，窮理克己，恐不至焉，則人又將以所居之郡稱之，亦曰「鄭興化」。君子薄好名者，而未嘗不曰立名。人之稱斯名也，得則兩得矣。君則如何而克兼享哉？《詩》曰「惟其有之」，是以似之。

送陳石民令益都序

吾漳陳君石民以行誼文學著於鄉。或曰陳君真孝廉也，或曰陳君其博雅人也，或曰有用世之責者也。三者，非溢也。雍正三年乙巳七月，謁選得山左之益都令試驗。時冢宰高安朱公稱其學行，引見之日，天子曰：「聞汝爲陳孝子，具見端方老成，不與衆偶。」諭山東撫臣，視其才果優殊，擢之勿以次。嗚呼！天盡海飛之處，篤學自勵，行善於家，得聞於人者少矣，況能達於九卿乎！達九卿者少矣，況能揚於王庭，動聖天子之褒嘉垂問乎！此以見士貴闇修，不徇名譽；亦以見太平有道之世，有善必録，有美必稱，聖主之燭幽揚陋爲可風也。余與君同郡共學，同修《漳州府志》。《賦役》二卷，君所手纂，則君之優於繁劇可知。君又嘗著《清漳風俗》一書，與余同講行《文公家禮》，則君負化理之才又可知。君行矣！以孝治則天下無可慢惡之人，以廉治則所屬無貪鄙之習。君又董之以政，勸之以學，感之以誠，微獨益都而已，優於天下可也。

送王完璞分巡貴西序

黔中，古牂牁地。明永樂間置省，嘉靖始開科，荒瘠可知。舊設監司二，曰貴東，曰貴西。貴西則轄邊西四郡者也。雍正六年正月，特簡監察御史王君完璞駐節分巡。完璞由翰林改户曹，擢御史，負經濟略，有制而從容，天子嘉焉。陛辭之日，訓誨賞賚備至，勖哉此行也。親民之官，可以爲所得爲，然事繁而所及小。督撫勢重，可以爲所欲爲，然地廣而所見難周。監司之職，無其繁與其難，而可以爲所可爲者，可以察屬，可以安民，可以訪蠹，可以興學。昔馬伏波在駱越，申明約束，能使數世奉行馬將軍故事。常觀察治閩，廣勵人才，遂使閩中文學抗衡上國。完璞勉之！養其根，去其莠，期其立，俟其成。專己者不虛，干譽者不正。苟安者庸，助長者蹶。毋徇己私，毋耀聰明。循此以往，何所不可爲。吾子期者，我將遂聽風聲焉。

送張又渠出守揚州序

蓋昔者吾師儀封張清恪公之撫閩也，清操正己以率屬，推誠心與之共治，懲其不率者而警勸之。視民之利病若己隱憂，不爲不去不止。其有沐浴詩書、敦善行者賓禮之，以養以誨。比及三年，治效蒸蒸，官無貪刻之習，士有耻不爲君子之心。流風餘韻，至今歌思不置。人咸稱其撫吴時，劾制府之奸貪，風節稜稜，聖主褒嘉，天下傳誦，不知其治閩丕績有過於撫吴者，蓋真儒之澤遠矣！雍正九年正月，仲子户部郎中又渠，天子特簡出守揚州。

君能世其家學，清修厚德，釀之於庭除，發之於民物，熟悉於人情物態，綜理庶務，亦可以當繁劇而無不足。將行，向余言曰：「此行也，報稱之艱、繼述之重萃於一身，蓋其難也。」余曰：「君以爲難，則不難矣。揚州，東南繁華一大都會，五方雜處，富商大賈輻輳，逐利之區。民未知儉，示之以樸。民未崇厚，示之以睦。民未知禮，示之以冠婚喪祭，燕飲服用之各有限制。察所屬之貪刻玩愒者而懲創之，躬率之以介潔，待之以誠，示之以不假。易有悉心力爲民者，不因小眚而去之，爲之擔荷而顧惜之。奸胥豪猾，不使撓吾法，伺吾懈隙，而生其玩悍之心。薦紳士子憚吾之剛方峻肅，而樂吾之子諒易直，振厲而培育之。夫如是，則可以上報聖天子簡用訓誨之盛心，而無愧清恪公之學術治術矣。」揚州爲清恪公治化所敷，又嘗奏除洛地税歲六百兩。甘棠之愛猶存。君行矣！自古父子垂聲一代，并爲偉人者，史不多見。若范文正公之有忠宣，吕晦叔之有原明，皆由其家世確誠純茂、鬱蒸融液而成。以清恪公卜之，余知君之能迪前光而求世德也。

送從子濟川南歸省覲序

從子濟川由吏部學習，以母老乞假南歸省覲。朝之士大夫嘉其誠孝，各爲歌詩以爲壽母之獻，濟川其可以自慰悦而榮其親矣。雖然，人子之所顯揚其親者止此乎哉？體《孝經》

「愛親敬親」之説，將必不敢惡於人，不敢慢於人焉。體曾子「守身」之訓，將必一舉足、一出言而不敢忘父母焉。養志以誠，守己以廉，待人以信。講明踐履，不染於俗。异日規樹，將必有大者焉，庶可爲顯揚之實矣！汝往矣！嫂氏賢淑，天人所祐，爾壽而臧。明秋，汝尚于于而來，移忠移順，移治於官，斯固賢母之所樂也。

二希堂文集卷之三終

二希堂文集卷之四

安溪李先生壽序

君子之壽於世，莫大乎與人爲善，與人爲善之心，是天地之心也。天地之大德曰生，生生之理，所謂元也。元者，善之長也。於時爲春，於人爲仁。君子體仁，足以長人，體生生之理於一心，而衍之於無窮也。人之心本有是，天地生生之理牿於氣，囿於習，而善心之遏絶者多矣。仁者完其理，充其心，以及於物，其道之行，則舉君民而堯舜之，其學之傳於天下後世，胥千百年而不敝焉，所謂壽也。吾師安溪公少禀异質，自弱冠時體驗乎經書，沉潛乎宋儒之學者有年，長而不懈，老而益加明焉。方其入中秘，躋禁近，教習庶常，禮闈取士，時薰其德，而善良者不知凡幾矣，天下巍然奉公爲正學之宗，而公方退然自挹損也。天子命公督學京畿，旋膺巡撫重寄，助朝廷分陝之化，深且溥矣。迨由冢宰陟政府，護持元氣，激濁揚清。所獎拔士，初不令其恩自己出也。嘉謀嘉猷，入告我后，天下莫能窺也。欽惟皇上濬哲文明，崇經重道。公出所學以佐吾君，凡諸經書性理，躬自編摩。上親加訂正，自朝至於日昃，亹亹不遑。聖君賢相，相得益彰，用紹明前緒，折千百年之中，廣錫類於天下，天下靡然向風。昔韓魏公元勳盛德聞人，有一善則曰「琦不及也」。然嘉祐治平之際，不聞其君臣相與闡微言、剖大義也。二程張朱一登仕籍，即以格心爲急，懇懇焉，務積誠意以動其君，然所遇無明主，故其教不能自上而下，未有遭逢堯舜，主臣一德，矻矻孜孜，如日中天，明以覺世者也。乙未秋，公自政府假歸，所爲家規鄉政，本至孝至弟之心以行於家，以達於鄉，以普於物。泉漳時方亢旱，獨湖山前後陰陽順序，年穀豐穰，豈非善氣之所積歟？生生之理，善之長也，己與物之所共也，貴與賤之所同也，何間於在朝在野哉，體吾仁以及之而已。公所識拔甄陶之士，前後成名者衆，或以功業見，或以道德顯，獨世遠碌碌無似，惴惴然懼辱公之門也。今歲應中丞陳公之招，主鰲峰書院，竊不自揆，欲本公之學，推公與人爲善之心，聚九郡之士而諄勉之，使不牿於氣、囿於習，以復其善心之本。然而學殖荒落，尚恐咎戾之不能自逭也。秋九月六日，值公嶽降之辰，謹率鰲峰諸弟子望湖山而祝焉，各爲歌詩，世遠敬序之如左云。

蔡母林孺人八十壽序

吾族於閩稱故家，散處漳泉間。康熙戊申，族兄介溪公隨其叔父莅任諸暨，道出浦城，卜居焉，至今族姓繁衍，文物蔚興，遂爲西山望族云。庚寅仲冬，余丐假南歸過浦，適值嫂氏八十設帨之辰，諸子若孫咸請一言侑觴。余曰：「欲觀嫂氏之德者，觀於其家而知之矣。」介溪公傳至於今四世，子三人，孫七人，曾孫二人，又所撫猶子三人，三人所傳又有子八人、孫二人，猶與介溪公一脉合聚而居也。余既羡同居之美，嘗細舉以問其家諸孫，廷鑣等告曰：「是皆吾王父母之訓也。王父以壬午年考終，王母時年七十餘，猶手營家計，總其大綱，而誨以德義。平居嘗召諸子婦輩，命之曰：『凡吾子婦，無私貨，無私積，無因小利而忘至親，毋以小嫌而成釁隙。讀書者勤於家，貿易者勞於外，凡有所入，悉歸之公。』又曰：『凡家之不和，多起於婦人。婦人之患，在於各私其夫，各私其子。各私其夫，雖其夫之兄弟不顧；各私其子，雖其子之雁行不恤。分離乖隔，寖以成大，汝等戒之。吾一門合食者，子姓童僕將百人，汝等惟以親睦爲心，無多言，無生事。不率此訓者，非吾家婦也。』治家以儉，待下以恩，故雖食指繁多而家計不啬，事務叢雜而踴躍争先。大小尊卑，各事其事，無間言也，以至於今。」余聞之，不禁爽然若有失也，曰：「是豈不可以風世乎！」夫家者，國之本也；和者，福之聚也。雖有貴顯富厚之家，而其父兄子弟之間稍有離心，家之衰也日可俟也；雖有貧窮困苦之家，而其父兄子弟之間常有和氣，家之隆也可預卜也。今嫂氏能以其訓訓之家人，四世同居，如膠漆之固、琴瑟之調焉，此在古人猶難之。余方將聞之當事以旌其閭，以表其德，庸不出一言以進一觴乎！余又觀諸子弟賢而能文，秀而不凡，光遠有耀，自今基之，因書以爲序。

孫封君壽序

孔子曰：「人之生也直。」解之者曰：「生之理本直也。」又曰：「非此則不生也。」直之發爲剛明，爲公正，爲惠愛，是皆生之理也。剛明之反爲暗弱，公正之反爲邪私，惠愛之反爲薄狹，則生之理已失，雖生猶寄也。孔子繫《易》曰：「天地之大德曰生。」又曰：「生生之謂易。」何以明之？天有太極，健行不息，二五遞衍，變化生生，惟人也得生生之理以爲生，故直養無害，則可以塞天地、貫古今。彼年壽之生，氣也，數也。然理足以生氣，亦足以起數。《詩》曰：「樂只君子，遐不眉壽。」《書》稱「壽考康寧」，必次於敬用五事、念用庶徵之後是也。衆人蚩蚩，非無年壽之生，徒與蠕動卉植芸生於大造之中，非吾所謂生生之理也。抑天有生生，而所生之物，若山峙川流，其苞孕涵育，又生生而不息，斯亦如人之裕生生之理者，其子若孫又各衍生生，而總以歸之其大生也。合河孫封君，其諸所謂備生生之理者歟？

封君少孤力學，憤俗學之弊，以儒先之書及古文振興之。範族和鄉，有疑者争者，群往質焉，咸釋難平心以去。邑有岢嵐州兵米數千石，歲饑，建言於官，以米平糶，以價予兵，其抱經世之略多此類也。長子無端被禍，封君入獄，手刃讎人，遂弃諸生，所以律身誨子者益篤。合生平行事觀之，庶所謂剛明、公正而惠愛者歟。子三人，皆成進士。叔曰嘉淦，與余交最篤，爲國子監司業，通經飭行，人以爲陽亢宗、胡安定復出也。乙巳正月二十有八日爲封君七十有一初度，諸生咸走徵余言以侑祝，因舉生生之説以爲壽，而證之以《易》《詩》《書》所云焉。昔歐陽崇公懷好生之心，有子文忠公爲一代偉人。胡文定家範尤嚴，戒子曰：「立志以明道，希文自期待；立心以忠信，不欺爲主本。」諸子致堂、五峰果有名德司業，兄弟勉之，克己修身，學爲世用，光大高明，歸於大成，使人稱曰：「是某公之子也。」所以壽封君者，不更顯且大歟！此亦天地生生之至理，故推而及之。是爲序。

何介伯六十壽序

吾浦當明季時，何黄如先生氣節文章，與石齋黄先生齊名天下，至今稱「黄何」云。先生之嫡孫曰介伯，嘗刻先生遺集，屬余序而傳之，余於是益稔知介伯之爲人。介伯性行温良，交游不苟。少補龍溪弟子員，壯游學京師。家居以詩自娱，興至徜徉山水間。又嘗修築宗祠，不惜己力。值兹六袠之辰，同人屬余爲文以壽之。余嘗謂世俗澆漓，後生小子，轉觚琢樸，鄙菲前輩，巧吝日滋，見老成之渾質則指以爲陋也，見長者之風範則詆以爲拙也。

元氣已削，壽命何足言？甚有結納自豪，豐衣美食，而至親一介不與者矣；可己之費恣如泥沙，而祖宗先人事則弃之如遺，且與族衆争絲毫者矣。人心風俗之隱憂，豈細故哉？介伯自浦之鎮海遷居郡城，合族而聚，子姓繁衍，登科第、游黌序者，踵相接也。介伯厚以居心，和以睦族。自兹以往，日取乃祖忠孝大節、諫垣抗疏、野處思君者，與父子言慈孝，長幼卑尊，以敦以序。《書》曰：「立愛惟親，立敬惟長。」則元精之妙合者，此也。日取乃祖勤學好問、注經研史、日夕不遑者以勗子姓，懦者起，怠者奮。《詩》曰：「我日斯邁，而月斯征。」則族屬之熾昌者，此也。余自十載家居，嘗惴惴懇懇於此，亦夫已氏所譏爲陋且拙者，故因介伯之序而論及之，以當侑祝。

壽退巖七十初度序

夫壽之大者，莫過於聲績流乎無窮，而子孫賢而有立，位不必居高也，貴善厥職焉；子姓不必貴顯也，貴世厥家焉。謂其爲德之興而光之遠。

歲甲辰八月一日，退巖伯兄七十初度，子弟在都門者，群徵世遠一言以爲壽。世遠不能文，以親故，亦不敢文也。兄自幼敦行，善屬文。登甲子賢書，謁選得廣西興業令。地僻山深，猺獞習爲盜，前官莫治。兄初視事，許以自新，不悛者擒置之法，有龔渤海之風。逾年，丁外艱歸，民遮送饋金，却不受，粵西人至今稱之。服除，補任邱。任邱，畿輔地，當南北孔道，往來供億，歲率用銀數千兩，往例設十二里輪值，民苦焉。兄悉肩之，一錢不以擾民。邑東北被水，田廬漸湮，百姓請開欽堤，河官持不可，兄曰：「朝廷設堤，本以爲民，吾豈可避考成不爲民請命乎？」遂泄之。奉命賑災，實政均沾，胥吏不得毫髮私。凡兄善政多端，皆此類。爲令十二年，以引年歸，邑人立書院於西關以志思。

世遠去歲奉召進都，夜宿任邱，旁近民聞有蔡姓自閩中來者，争問曰：「吾父母安否？此吾邑第一好官也。」對曰：「吾兄也，康强猶昨。」則大喜，奔相告趨蹌，敬禮有加。余於是喟然嘆興曰：「一隅戴德，千秋俎豆，豈不信夫！彼封己以自戕者，獨何人哉。」在任邱日，不用内幕，以二子自隨。二子長賓興，次元成，皆孝廉也。他人有利父得宦資以爲己地，二子獨以廉惠佐父牧民，二子賢也。家貧，公務有不充者，仲弟詒皇鬻産資之，不惜己私以成兄之仁，仲弟賢也。是時從弟藐村爲山左魚臺令，亦以廉明著，燕齊賢令，有「二蔡」之稱，從弟賢也。賓興後登乙未進士第，今爲令長寧，能傳父教。藐村奏最入都，今爲工科給事中，獻替於天子之前，聲藉公卿。元成、詒皇亦以公車在都，詒皇又將爲令矣。所謂子姓賢而有立者，吾知其涵濡勖勉以競爽而鳴鏘也。《詩》曰：「樂只君子，民之父母。」又曰：「樂只君子，保艾爾後。」以此壽兄，其亦怡然矣乎。兄自先世分派居泉州，王父太僕公與吾先人同官於朝，兄弟相敦善。今吾復與諸群從子姓同聚京師，悦情話而規德業，静言思之，竊有餘幸。因稱觴而念祖，且以侑勸也。

熊封君壽序

雍正六年八月十一日爲巖叟先生七袠之辰，子編修暉吉叙次美行，求余一言以侑觴。余閱之，憮然曰：「是古之所謂孝廉也，可以壽世矣。」漢時重孝廉之科，或舉孝，或舉廉，或孝廉并舉。東漢始分爲四科，然不聞得人盛於孝廉也。孝廉取實行不試，順帝時，左雄始奏試之，諸生試家法，文吏課章奏，然不聞已試之後得才盛於未試也。隋唐以來，專以文辭第甲乙，故今謂登乙榜者爲孝廉，名似而實亡矣。先生學成，雋於鄉，應孝廉之稱，三上公車不第，以父母暮年，絶意進取，承歡膝下，色養志養無忝，可謂孝矣。性介潔，嘗曰：「薦紳不苟求，猶人不爲丐；不苟取，猶人不爲盗。」可謂廉矣。司教彭澤，敬學勸行，不沾沾於文藝之末，其所謂師道立則善人多者乎。水有源而木有本，吾聞先生王父大仰公以冒刃救父傷目，睛突出，人稱爲「孝眼先生」，則孝之所由來也。父脱塵公以還金見稱，則廉之所由來也。先生萃祖父之美，以體於身，以教於人，光啓開麗，克昌乃後。編修勉之！孝者，仁之本也。由愛敬之心推之，至無不愛，無不敬。孟子所謂「親親而仁民，仁民而愛物」，皆孝之所流也。廉者，義之立也。由不爲穿窬之心推之，至於事各有宜以協天，則南軒所謂「無所爲而爲」，是皆廉之所充也。先生之篤行流光，人子之顯揚褒大，止此而已，又多乎哉！敬以此復於編修而以壽先生焉。

二希堂文集卷之四終

二希堂文集卷之五

諸羅縣學記

諸羅縣學原在善化里之西，茅茨數椽。康熙四十三年甲申，鳳山令宋君永清署篆諸羅，因縣署移歸諸羅山，始就羅山議建。丙戌，郡丞孫君元衡攝縣事，建大成殿、櫺星門。戊子，宋君復來署篆，建啓聖祠。乙未，遭颶風，屋瓦門墻皆圮。今令君貴陽周侯憮然曰：「是吾責也。」是歲十月興工，修庀破壞，大成殿、啓聖祠則易故而新之。又建東西兩廡以祀先賢先儒。東有名宦祠，西有鄉賢祠。啓聖祠之東建明倫堂，西建文昌祠。迤西爲學舍，以便肄業。櫺星門之外周以墻，榜曰「禮門義路」。墻之外爲泮池。皆前所未有也。靡白金千五百有奇，侯獨肩之，不擾民。丙申六月告成。世遠時應中丞雷陽陳公之招，主鰲峰書院，吾友陳君夢林客游臺灣，周侯介陳君以書來求記，且曰：「諸羅僻居海外，諸生觀化聿新，願有以教之也。」世遠寡陋何知，爰即鰲峰諸友相與砥礪者而告之曰：

君子之學，主於誠而已矣。誠者，五常之本，百行之原，純粹至善者也。人之不誠者，無志者也。人之無志者，由不能盡其誠者也。誠以立其志，則舜可法而文王可師，其原必自不欺始。程子曰：「無妄之謂誠，不欺其次也。」其功由主敬以馴致之。程子曰：「未至於誠則敬，然後誠也。」敬也者，主一無適以涵養其本然之謂。由是而謹幾以審於將發，慎動以持於已發，則合動静無一之不誠也。雖然，由明以求誠之方，惟讀書爲最要。朱子曰：「讀書之法，當循序而有常，致一而不懈，從容於句讀文義之間，而體驗乎操存踐履之實。」學者率此以讀天下之書，則義理浸灌，致用宏裕。雖然，非必有出位之謀也，盡倫而已矣。孔子曰：「愛親者不敢惡於人，敬親者不敢慢於人。」吾父子兄弟肫然藹然，盡吾愛敬之忱也。克伐怨欲之心，何自而生哉？始於家邦，終於四海，皆是物也。庸近之士不能返其本、思其終，但以爲讀書得科名而吾名成矣，榮閭里利身家而吾事畢矣。其幸者得一第，其不幸者則老死於布褐而已矣。其天資厚而習染輕者，居是官也，猶可以寡過；其天資薄而習染重者，則貪没焉而已矣。夫此身父母之身也，天地之身也，民物所胞與之身也。以父母之身、天地之身、民物所胞與之身，顧可不返其本，思其終以貽父母羞，以自外於天地，以爲民物所詬病哉！

諸羅雖僻處海外，聖天子治化之所覃敷，三十餘年於此矣！巨公名人，相繼爲監司守令其間，風俗日上。今若萃一邑之秀於明倫堂，相與講經書之要旨，體宋儒之微言，告之以立誠之方、讀書之要、倫理之修，經正理明，則善人多爲國爲民，胥於是乎賴，非徒科名之盛也。陳君爲我言，周侯清修幹固，百廢具興，引人於善，惟恐不及。吾知所以長育人材，化民成俗者，必有道矣！

合祀陳黄二先生碑記

唐陽亢宗爲國子司業，告諸生曰：「學者所以學，爲忠與孝也。」西山真氏喜誦斯言以示學者。蓋以忠孝之理蘊之於心，則爲所性所命之精；發之於用，則爲事父事君、憂國理政、仁民育物之實。古之大忠大孝者，恩怨不得而譽毀，時世不得而磨滅，俎豆千秋，崇隆如山嶽，炳曜如日星，不可掩也。當明文皇篡位，詔至漳，教授陳先生名思賢升明倫堂，鳴鼓集諸生曰：「此堂明倫，今日君臣之義安在？」諸生從之者，陳子應家、曾子廷瑞、林子旺、伍子性原、鄒子君默、吕子賢，縗絰設位，爲舊君哭臨如禮。當事執送京師，咸以身殉。迨明運既終，石齋黄先生抱剛直不回之氣，丙戌三月五日死於金陵，及門蔡子春溶、賴子繼謹、趙子士超、毛子玉潔繼至，抱其頭哭曰：「師乎魂其少須，吾即來矣！」四子同時就義。嗟乎！君臣之義，師弟之情，無所逃於天地之間。吾漳鬱積清奇，代多偉人，一則抗節於明初，一則殉身於明季。其精英靈爽，雖謂之萬世不死，可也。嘉靖間，學使邵公疏請祀陳先生於泮水之前，以六生配，有司春秋致祭。後因傾頹，寄主於名宦祠中。石齋先生則經制撫學使疏請祀之鄉賢，而四子尚闕。夫陳先生直斥文皇之篡明之有天下者，皆文皇子孫也，然邵公疏請之，肅廟允而祀之。黄先生忠於勝國，然制撫學臣共疏請之，我聖祖仁皇帝允而祀之，此以見秉彝之好，萬世維公，而褒節録忠，尤興朝之盛事，其關於風教倫常豈細故哉！

漳人議欲特祠奉祀，而限於土木之役，僉曰：「郡城芝山朱子祠後堂以黄勉齋、陳北溪、王東湖、陳剩夫配，前堂開敞軒豁，敬於堂之東奉祀陳先生，以六生配。堂之西奉祀黄先生，以四子配。夫文公平生講明踐履，大端不外於忠孝。觀其居家立朝，公誠懇摯，剛大之氣塞於兩間。二先生及其徒生於數百載之下，在三之誼，守之不渝，前後相輝映，如此可以升文公之堂而無愧矣。」適際督學按部，所屬紳士咸集，斂金爲進主入祠之費，并置春秋祭田以永其祀。是日也，衣冠而拜祭者近千人，亦可以頑廉懦立矣。

清苕書院碑記

皇帝御極之四十有二年，例應分遣廷臣視學四方。上特重其選，召翰詹詞臣試者，再復飭大臣保舉，非聞望素優學行兼至者，不得與是選。而吾師吴興沈公，適膺閩中之命，閩之學臣不統於督撫自公始。歲科既竣，三山人士構祠於烏石山之陽，扁曰「清苕書院」，公鄉有苕溪故也。於是博士弟子員再拜稽首，而志之石曰：「今之稱學使者，莫不曰惟公與明矣。」今公兩試，所取文武士凡二千九百九十一人，纖毫不雜以私，可不謂公矣乎？公所巡歷，群無留良之嘆，可不謂明矣乎？公亦可以上報聖主，而下對諸士矣。雖然，竊謂此不足爲公异也。方今天子聖明，文治振興，諸學臣争自祓濯以佐太平，誰肯厚自封殖，目迷五色，以爲國家羞。況公一代偉人，了此宜無難者。所難者，公之清之慎之寬厚而忠恕，淪浹我閩耳。公之始入仙霞關也，向天與神告曰：「自兹以往，某有敢負此心者，不復過此關。」爾時聞公言，未即信也，及試一二郡，衆乃大服。即除補起復諸事例，亦飭胥吏，都不用一錢，吏胥至互相語曰：「公身自如是，我復何言也。」往時，學使者巡歷所至，供億頗煩，公省其費十之七，口：「吾寬一分，則民間寬一分物力也。」帷帳服物，下至纖悉器具，試畢一一還歸本州郡，不私毫末也。試之日，晨向天九叩，曰：「願天牖其衷，使得佳士也。」所親僕從及吏胥，足迹不得到場中，巡察封識甚嚴也。公又嘗言：「吾於才多處苦遺珠，才少處又苦濫額，美惡祇於毫厘，辨之蓋其難也。」諸生補弟子員在三十年以前者，不置下考，其他下考亦減從前之半。體聖天子優老恤才之意也，終任未嘗苟徇，有司褫革青衿一人正試外，課詩賦雜文以敦古學，新進文武生每月有課。病學者鮮熟傳注，特頒條教，示以限年讀書之法，語諸生語懇至如家人父子，且曰：「士貴立品，汝輩苟無品，即獵取科第，擁高官厚禄，吾不忍見也。」至武選一途，世久目爲具文，且或視爲利藪。公曰：「吾爲朝廷慎選舉，爲國家儲將才，何可輕也。」試策論後，躬自校射，射中者即行面試，文理優而與前卷字迹符者，然後取之，防代筆且倩射也。嗚呼！以公之公與明如此，以公之清之慎之寬厚而忠恕之，益以成其公與明如此。小子等敢一言以斷之，曰誠而已矣。昔溫公稱劉忠定一生惟誠字，縱横妙用，無處不通。趙清獻日所爲，夜必焚香告天，無他，誠故也。誠則純乎天理，而萬善隨之。今夫學使之官，苟誠有不足，則重於文而輕於武，勉始而懈終，慎大而忽小，身家誤之，苟可以爲之念誤之，左右壅蔽誤之。彼其初豈不嘐嘐然自命哉，理不勝私故也。公至性過人，學有原本。心與天理相往復，天理盡則人情畢周。若農夫自謀其田，梓人執其斧斤準繩以度物，故能兼此數善如此。今歲科兩試已畢，公所自盟於天與神者，可以告無憾矣。閩中之士，無論遇不遇，言及公，至有感泣者。即至山村里巷，野老行商，兒童走卒，莫不欷歔感嘆，謂數百年來未有也。是豈浙水閩山所流衍鬱積磅礴陶鑄而成者歟？抑由我皇上，求治育才，知人善任，故公應會而生歟？公异日立朝，必能規樹大業，傳之無窮。小子等幸得厠公門下，亦宜不自菲薄，痛加刻勵，倘异日或身立名成，使人指而數之曰：「此某公所得士也。」庶無負公一片誠心，而稍以報公於萬一也。夫公諱涵，號心齋，浙西歸安人，丙辰進士。公之曾伯祖謚襄敏，諱某者，於故明萬曆中督學吾閩，閩人亦立碑頌德云。

月湖書院碑記

國家定鼎六十餘年，令漳浦者以十數，未有立生祠者。有之，自四明陳公始。公爲介眉先生令子，本其家學，由翰林出宰漳浦。邑故繁劇難治，公廉以居身，儉以養德，法立令行，邑人抵掌慶曰：「六十年來無此矣。」邑賦役故偏累，小民黠者往往相緣爲奸，公既至，究徵收法，均保甲，以二百家爲保，家第其口之多寡，而籍之以供役，五年一編丁，即按而增損之，令民各爲親供，計其實産，自封投櫃，雖至親無所波及。其始也，奸猾皆以不便病公，公毅然行之。至於今，公私利賴，課不懸於籍，吏不呼門，是則公之良法美意，大有造於吾邑者也。邑忝號名區，自高東溪倡學於前，陳剩夫、黃石齋繼起於後，彬雅爲閩中最。公益加鼓勵，以文行交修勖多士。月訂兩期，講《五經》《性理綱目》諸書，兩期課古今文詩賦。崇正學，闢邪教。十餘年間，砥行立名，通經博古之士比肩接踵。嗚呼！公作興之功不可忘也。康熙戊子二月，總督浙閩梁公、巡撫張公，以南靖地雜山澗溪谷，萑苻時竊發，廉公才守上於朝，調公南靖。邑人相率列狀請留，不可，則歸取田器，塞縣署門，桔槔耰鋤山積。公每出，則號於道曰：「公毋去。」公感百姓之厚也，揭示通衢曰：「吾在邑十三年，無善政以及爾民。今又煩苦我父老子弟，心甚弗忍。雖然，此上命也，吾不行將獲譴。吾雖在靖，心猶在浦也。」衆皆感泣。會有金藩司公子令粵東者，道過浦詣公。至門問故，衆跪伏曰：「吾儕以留賢父母不得，故如此。」公子曰：「吾爲百姓，屈從角門入耳。」次日公子出北關，數百人焚香，遮送於道曰：「公子行，幸爲百姓徧告當事，還我使君。」六月十一日，聞及公將行窮鄉僻壤，扶老幼至者及萬人，環跪泣曰：「公毋去。」公乃入太學李生家，紿衆曰：「吾爲若等暫居此，若等請得命留矣。」衆大喜，比昏稍解，以數十人臥李門。度公之出必由東門也，更以百人守東門。夜過半，公假城守二騎，間道由北門去。臥李門者覺，疾走東門，問守者，守者曰：「無之。」馳至北門，公已出矣。更相率追送十里許，泣別而歸。時六月十三日也。嗚呼！士君子束髮受書，肆其譏評，以古廉能自命，一行作吏，或迫於上司之供億，或苦於酬應之繁多，夙昔清操消歸何有，親朋相規，動云見諒，雖有小善，寧足贖耶？公莅漳浦十三年，凡百艱辛，皆備嘗之，勁節凌霜，久而不變。其政事又彰彰如是，公可謂真讀書人不負家學者矣。公爲政嚴明，奸胥豪猾，動繩以法，持之急。至有造語以謗公者，平之萬喙同聲，無賢愚一出於謳禱。余於是嘆公道之在人心，而廉吏之果可爲也。公去後，邑人斂金得二百有奇，構祠城北門，名曰「月湖書院」。月湖者，所以表公之清且明，又公鄉有月湖故也。公諱汝咸，字莘學，號心齋，浙之鄞縣人，辛未進士。

尤溪劉氏新修祠堂記

昔范文正公有言：「吾族人雖有親疏，自吾祖宗視之，則均是子孫，固無親疏也。」文正公敦本睦族之心，百世猶將見之，用能父子繼相，子孫繁昌，仁孝之所積也。孔子曰：「慎終追遠，民德歸厚矣！」君子率親率祖，仁義之心，盎如厚之至也。

劉生叔翰從余學於鰲峰書院，爲我言：劉氏世居尤溪，徙小溪，復自小溪徙居縣之福昌坊，歷百餘載。王父軔白公始得林氏舊宅，坐縣之屏山，曰獅麓。逮康熙己巳，伯父非聞公架一堂四榻以妥先靈，額曰「念祖堂」。乙未七月，又擴而新之，上下爲堂二，祀始祖以下，左爲夾室，祧主規制，一如禮經。落成，求余記其事。

余曰：非聞公之創始，衆昆季之合謀，皆可嘉也。劉氏其興乎？古者有爵始得立廟，然亦止祀其四世、三世、二世而止，始祖之祭，自程子始以爲宜，近代因之不變。君子以爲合族之道，親親之意於是乎寓，非必以爲僭而不行也。然末俗鮮念祖之思，煥其私居，祖祠廢闕，經始之人，尤難之又難。今劉氏世篤其厚，成兹肯構，將見入斯堂也，定祭獻之儀，明尊卑之序，本范文正公祖宗無親疏之意以視之，則族不期睦而自睦矣；本孔子追遠之意以行之，則祭不期敬而自敬矣。歲時相聚，父與父言慈，子與子言孝，兄言友，弟言恭，敦詩説禮，工賈力田，各安其業，非特科名之盛，族姓之繁昌而已，將風俗人心於是乎賴之。叔翰之在吾門，余嘉其能行古道者，持此説以復於其群從，諒不吾迂也。

鶴山祖祠碑記

嘗聞之安溪李文貞公曰：「以父母之心爲心者，天下無不友之兄弟；以祖宗之心爲心者，天下無不和之族人；以天地之心爲心者，天下無不愛之民物。」是心何心也？即元善之長資始統天之心也，張子西銘備言此理親切而著明，龜山楊氏猶疑其涉於兼愛，程子非之。余謂今之人不患其兼愛，但患私利之心一起，自至親以及民物，鮮不秦越視之矣。惟由分殊而推理一，事天必如事親，然後元善之心常洽，而親親仁民愛物胥是賴也。

吾蔡爲閩望族，分居泉、漳之間。族弟經五世居同安，以先墳在南安，雍正四年構祠堂於南安之鶴山麓，祀自高祖以下，置祭田數頃，以供歲時薦享。先是，雍正元年豫構書齋於祠之西，買山二址，歲收其入以爲子孫延師之費、肄業膏火之資，前後靡白金三千有奇，規模宏闊，垂之無斁。經五其可謂以父母祖宗之心爲心，而有合於西銘之旨者矣。經五至性過人，好善樂施，聞於遠邇。尤敦一本而重九族，藹然克克其元善之心，其可不謂賢乎？世之素封，有華衣美食，自奉甚侈，及義所應行則鄙瑣，是甘爲子孫守財，其子孫驕盈庸昏，不能保而有之。平日之焦心，悉力銷歸何有。經五節食飲，樸衣服，毅然爲遠大之規，迪前光而裕後，澤天休之迓，舍是將何以焉？昔范文正公置義莊，聚族百口，嫁娶喪葬各有定式，惟文正公精誠貫百代，故閱世而不衰。子忠宣公純仁、五世孫司諫知柔，治平、政和間各能申定規則，嗣守成緒。經五勉之！誠孝之心日以益篤，惇叙式穀，寖以光大。諸子若孫，亦宜循理守分，勵業敦修，率祖率親，吾蔡之興也有日矣！經五名廷魁，以大夫職榮封其父母云。

浦城蔡氏義田記

雍正五年十二月，余族孫廷鎮謁選來京師，既邀恩命，贈父爲奉直大夫，因述贈君臨終之言曰：「吾少遭亂離，貧窶播遷，賴先人之庇相聚，以有今日。所有薄田，吾敢以私吾子孫哉？吾授汝千金構祠堂，祀吾王父伯瑜公以下；旁建書室，爲子弟肄業。汝其無忘父志！」吾又聞古之人有范文正公者置義田以贍族人，其言曰：「吾族人雖有親疏，自吾祖宗視之，則均是子孫，固無親疏也。」文正公聚族百口，吾今自伯瑜公以下，聚浦城者亦百口，吾心慕焉。吾以歲入百石爲烝田，供春秋祭；以百石爲書田。書田者，分六十石爲延師之費，四十石以供應試。凡童子試於郡，人錢五百；弟子員應歲科試者，人一千，省試者四千；入成均者不與焉；試於禮部者八千。又以三百石爲喪葬婚娶及賑孤恤寡之需，凡有父母之喪者，人與之錢八千，葬者五千；娶婦者六千，其力能自贍者不與焉。凡族之孤者寡者，計口授穀，口歲二石；其力能自贍者不與焉。又以二十石給守祠者，俾司其啓閉及灑掃書室，歲以爲常。凡義田歲所入五百二十石，其百石直祭者主之，其四百二十石擇族之賢而家不貧者主之。凡九歲，則合族之長者而定其所給之數之多寡。蓋閱歲久，生齒繁諸，有不齊者勢也。凡歲所給有贏餘者，則於次年視族之貧者施之。族之長者，議之必公必誠，無餘則止。吾子孫雖貧，不得取以自利。凡自伯瑜公以下，各體祖宗之心以爲心，尚克勤乃業，事乃事，毋逾乃分，薄乃愛敬，吾可以瞑目矣。其自伯瑜公以下實寵嘉之，蓋廷鎮所述以告余者如此，因屬余文以記之。

余聞而肅然曰：「偉哉，可以風矣！」《周官》三物，一曰六德，二曰六行，三曰六藝。然六行不敦，則六德何由而見？雖誦習六藝何益焉？夫孝者，沃其根也；友者，培其幹也；睦者，葆其枝也。婣與任恤，咸本此焉，厚之至也。今贈君既沃其根，又培其幹，又葆其枝，有子能賢善繼善述。自今以往，願諸子孫共敦一本，各勵前修，主斯田者，如用己財，無濫心焉。受所入者如獲意外，無争心焉，是謂大同。子孫其逢吉，將必有達者出焉，顯揚而光大之，豈徒無壞前規哉！余有志焉而力未能，喜斯舉也，於是乎踴躍而爲之記。贈君名維坤，字星六，自泉州徙居浦城云。

默廬記

吾友陳石民以「默」名其廬，屬余記者有年矣，余未有以應也。康熙甲午春，余以服闋將還朝，石民復請曰：「《默廬記》，願卒爲我成之。」余惟默之時義大矣哉！孔子曰：「默而識之，學而不厭，誨人不倦。」聖人之教學，固必以默識爲先也。《易》曰：「默而成之，不言而信，存乎德行。」德修於身而行見於世，其功必要於默成。默之時義，顧不大哉！抑孔子繫《易》之辭有曰：「敬以直内。」宋儒申明其説曰：「主静」曰「主一」，夫無欲，故静所由默也，而其功在定之以仁義中正無適，故一所由默也，而其要在於整齊嚴肅。石民其亦有見於此歟？

石民，吾漳之真孝廉也，事其尊人，飲食寢處，視無形，聽無聲。尊人失明二十載矣，年五十餘，兩目復覩，君子以爲孝感所致，可不謂真孝乎？居一室，小閣疏窗，左圖右史，食貧飲淡，無競於里閭，不干於官長，可不謂真廉乎？真孝真廉，斯亦默之效也。嗚呼！學問無窮，收斂則愈廣大，謹密則愈精明。石民進德修業，厥基培矣由直，内主一之功以馴，致乎其極，昔賢不難至也。或曰，石民非默者也，與之談經論文，則滔滔不倦；與之語古今成敗、論安民出治之方，則亹亹而不窮。郡邑有司詢及時政，侃侃言之無所避。石民非默者也！余曰：此正所以成其默也。君子之學期於用世，默非槁木死灰之謂也。大儒程、朱，皆有得於聖門默識之學者，伊川經筵五，疏言之不厭其詳；文公在朝四十六日，進講者七，奏疏無慮數萬言。通乎此者，可以得默之義矣！

他齋記

他齋者，吾友陳君少林之書室也，屬記於余，余問之曰：「吾子之以『他』名齋，何也？」曰：「此他人之室也，余賃而葺之，而居之，故『他』之云爾。」余曰：「然哉！少林之意念深矣。」君子食無求飽，居無求安，君子之所志者大，食與居皆倘來之物也。少林豈僅爲居室謀者哉，其他之也固宜。抑又聞之陳仲舉云：大丈夫當掃除天下，安用一室爲？少林學識弘裕，達於治體，正而不迂，通而不隨。使其得立朝班，必能獻可替否，垂勳竹帛。使其居一室，處一邑，亦能補救一方，澤及生民。余交天下士多矣，得此於人蓋寡。今之以他名齋也，少林其猶有四方之志乎？惜乎吾力微而少林已將老也。雖然，君子之用捨不關於一人，而關於天下。關於一人者，榮身保家之士也；關於天下者，用之則爲世欣，不用則爲世戚，是有用之學也。安必斯世之果我用哉，安必斯世之終我舍哉。

葵心齋記

皇上御極之元年，世遠蒙恩特召入京，侍讀皇子。越雍正七年冬，皇上命平郡王隨皇子讀書，世遠因得與朝夕講論。王仁孝忠勤，好學不倦，有藏修之所，名葵心齋，屬世遠記之再三云而不懈，世遠其何敢辭。嘗聞君子之象物也，義各有取，沼沚蘋蘩取其潔也，宗彝作繢取其仁也，粉米取其養也，黼黻取其斷也。記稱：「若松柏之有心取其貞也，惟貞故能歷四時而不改柯易葉也。」王之以葵心名齋者，取向日之誠也，誠之時義大矣哉！我皇上嘗面訓臣工曰：「誠爲萬善之本。」凡人念念事事皆循天理即爲誠，誠則無私出一言而欲迎合上意。私也，即非誠也。行一事而欲邀民譽，私也，即非誠也，即欲垂名千萬載，亦私也，非誠也。惟循乎天理，無所爲而爲，方爲無私，方爲誠，其功又在敬敬而後能誠大哉！王言真萬世之極則矣！王之名齋也，其有頃刻不忘君之意乎！頃刻不忘君者，忠君也，愛君也，敬君之至也。何以爲忠君、愛君？敬君，即所以忠君、愛君也。何以爲敬君？一動一静，一言一行，皆循天理，自敬其身，即所以敬君也。《傳》曰：「進思盡忠。」言忠之貴於思也。《詩》曰：「心乎愛矣，遐不謂矣？」言愛之根於心也。又曰：「夙夜匪懈，以事一人。」則敬心無間於夙夜也。無不敬則無不誠矣，王其勉哉！

昔兩漢之稱賢王，推河間東平爲最。史稱河間修身好古，造次必於儒者。造次必衷於儒，誠也。東平之對明帝也，曰：「處家爲善最樂。」爲善而至於樂之不厭，亦誠也。王其益篤於敬以造於誠。日體皇上之明訓以律其身，以忠於國，以無忘名齋，惓惓不已之意，漢之二王又烏得專美於前哉！

別有天記

別有天在梁山下，邑治南十里許，湮没者久矣。甲寅之亂，先王父避居梁麓，乙卯始得之。初入有潭，潭上蓋以大石，旁二石夾而起附於潭，分其半覆之，瀾漪瀠洄，黛蓄膏渟。水聲動，則群魚畢集，可垂短竿釣。天陰，似有物憑其中，疑爲龍，故名蟄龍潭。從潭上行五六十步，峭壁嶄巖。右方有石突起，廣且平，旁夾兩流，宜於亭，因預名之曰「夾流亭」。復南行二十餘步爲戴石閣，閣中可坐三四人。從閣折而東，有泉流斜石，似瀑布。其下有石井，深不可測。從石井西屈曲上，有水從空中噴薄而下，是爲噴珠池。坐其上，穿流北眺，城郭烟村，豁然指顧間。階而下，若堂若鋪几席，若由閫奥登樓，所謂大洞天者也。由洞中央上，奥幽轇轕，日影參差下漏。行少盡，天氣朗麗，光耀全石，矗列闕其一。下有石，坐可數十人。其左方即琉璃洞。從蟄龍潭至琉璃洞約八九百步，其中閣二，洞二，小池一，池連洞者二，石似門者三，泉滴於石不絶若綫者一，石壁磈磈戴草者二，游必半日方竟。康熙辛巳五月十七日，梁村蔡世遠記。

石丈峰别業記

環一山於城中，削成峻拔，莫如吾漳芝山最奇。由芝山而下，地最高處，有石突起，高可丈餘，瘦秀特甚，吾友林蔚巖構築於此成别業焉。康熙丁亥春，招余同陳石民、馬求仲來游。始入見所爲石丈峰者，嘆曰：「此洪谷子、董北苑得意筆也。」旁列假山怪石，有小池，池之旁作數斗室，室容一人。坐池之中，有小山，如小亭闕蓋，如石洞無底，高不及石丈峰之半。由小山轉而登樓，爽朗高騫，仰眺則諸山屹巒，遴刺其有情也。若拱之低眺，則烟火萬家，其參錯也。若繞之左爲奉仙宫，今廢。右則俯視開元寺。開元寺者，吾漳第一巃嵸壯麗地也。斯居直以蕞爾，俯視之。穿堂中而下，有小亭，陼而上，有庭樹、荔枝諸果，石又奇，多碪碍磊砢。庭之後爲三楹，折而左，有小室，石横當其門。背小室三間，一陽而二陰，多幽勝。余因謂石民、求仲曰：「山林絶景，蔚巖得之城市中，豈不奇哉！」二君曰：「此何黄如先生舊址也，經蔚巖布置，尤奇絶。」余曰：「得之矣！黄如先生文章氣節，爲一代偉人。奇杰之氣，得之斯居爲多。君子之居，有陋屋而榮身者，况英特而挺异乎？芝山之靈將在子矣！」

癖亭記

余自少時，即知余有一生之癖，非物所能攻，非藥所能救，雖扁鵲、倉公不能治也。恐其久而堅，欲力除而去之，而是物之附於吾身，若有膠漆維繫而益固。因伏而思，久而自悔，曰：「是余之癖也。」夫癖之於人，若身之有手足，面之有耳目，所謂與生俱來者。世決無抉耳目而斷手足也，審矣！抱朴子曰：「操尚不同，猶金沉而羽浮也。」志好之乖次，猶火升而水降也。余見人世間所爲之事，或欲耻之、笑之、非之，但不知己之所以耻人、笑人、非人者，即人之所以耻我、笑我、非我者也。己耻人、笑人、非人，而不屑爲人之所爲，亦猶人之耻我、笑我、非我，而不屑爲我之所爲而已。楊子雲所謂「君子之所弃，而愚者拾以爲己寶」，其余之謂歟？然蔽痼已久，針砭難施，此亦諱疾忌醫之意也。遂以「癖」名吾亭而爲之記。康熙辛巳二月五日也。

建溪水石記

由三山往上游，泝溪而上，舟行日不能四五十里，逆流也。夾溪萬山森翠，多怪石，磈礧磊砢，羅列岸上，似枯樹横倚，似猛獸騰躍；參錯水中，似矢激弦，似神龜負甲，似巨魚露齒。大抵多黑色少白，多骨少肉，多迴轉蓄縮，多巉岩少坦夷。嗚呼！使此石生於通都大邑之中，得其百之一，皆足以爲名勝。好事者將勒之詩歌，編之圖記，以垂不朽。今生於荒山窮谷之中，數者俱無一焉適足，以苦舟人。物固有生非其地，用非其時者也，惜哉！余有感焉，因於舟中筆之爲記。

二希堂文集卷之五終

二希堂文集卷六

周起元傳 修《漳州府志》作，故依史例稱名。

周起元，字仲先，號綿貞，海澄人。萬曆庚子解元，明年成進士。初令浮梁，有大姓欲侵范文正雙溪書院，起元持法不阿，士論重之。調繁南昌，凡盜寇發他境匿在宇下者，悉捕得。壬子，授湖廣道御史，奉敕巡漕，振滯疏壅，公私便焉。時臺臣有上疏攻東林者，起元抗疏言：「東林之學，起於楊時。今議者欲借道學以攻楊時，借楊時以攻羅汝芳、顧憲成，皆非是。」劾去朝貴數人。而方從哲以中旨起少宰，不由廷推，又疏駁之。左遷，出參粵西。值柳慶大饑，盜賊蠭起，起元立遞運法，多方處置，民以無殍而盜悉平。擢四川副使，未任。備兵通州，紀律大肅，客兵過，慴不敢嘩。晋太僕卿。時鄒南皋立首善書院，兵科朱童蒙詆爲僞學，起元抗疏辨之。明年授僉都御史，出撫江南。初爲御史時，稅璫高寀在閩横征海舶洋貨，脅官吏燒殺，市民莫敢言，起元特疏糾參之。中璫久已側目，至是吴中織造太監李實，以郡丞楊姜不行屬禮，誣以罪，起元三疏救之。實假上供爲名，逆取舊額外多至十餘萬，又密偵富殷户捏爲匠籍，吴中大擾。起元屢疏參劾，前後所上轉加切至。而内監魏忠賢以天下官吏方承順意旨稱功德，趨附恐後，起元獨每與其黨類齟齬，阻其威，思有以殺之。會朱童蒙由科臣外轉爲兵備，多内援，驕横，㸌漕卒，非法，吴民鬨聚生變。起元勃然曰：「天子命我撫民察吏，可坐視此等虐吾民邪？」疏上，中旨擢童蒙太常，削起元職放歸里。周順昌贈以序曰：「公去名益高矣。」吴人無老少，皆隨送，涕哭聲塞市。童蒙既竄身璫黨，起元歸，群凶意猶未厭，嗾科臣李魯生劾起元借講學爲名，與高攀龍、周順昌等朋比刺譏，濁亂朝政。取李實空印本至京，令李永貞具草誣起元，阻抑上供，冒破鼓鑄。逆璫遂矯旨，與高、周等七人同逮。緹使至漳，漳士民大驚呼，設木櫃於郡四門，投錢。不數日，錢滿，復擁諸緹使，相率泣言：「周中丞冤，且貧。」緹使亦心服加慰。護至都下獄，拷掠備至，致贓十萬。遂與高攀龍、周順昌、周宗建、李應昇、黄尊素、繆昌期，先後俱死，所謂「後七君子」者是也。崇禎元年，贈兵部侍郎，謚忠愍，特祠於郡學之西，春秋致祭。又允御史袁鯨請，與楊、左六君子同建祠京師，而吴之閶門及清涼山、江之右、粤之西、浙之西湖亦各有祠。

論曰：吾鄉明季，周起元、黄道周皆以死著。道周批逆彈奸，盡瘁捐軀，固其所也。起元之死可哀哉，劾璫糾朱，爲民請命，乃與楊、左、高、魏十三君子後先死於獄。有明二百餘年，元氣至是盡矣。起元之學，不欺爲本，以稺圭君實自命。歷官所至，皆有政聲。撫吴時，江南大水，上六疏賑灾免漕，吴人至今思之。嗚呼！又何其經濟名臣也。

黄道周傳 修《漳志》作。

黄道周，字幼平，號石齋，漳浦之銅山人。少負奇節，以孝聞。當神廟時，天下乂安，道周見儒術日下，皇綱不振，憂天下將亂。年十四，慨然有四方之志，不肯治舉子業。抵博羅謁韓大夫日纘。韓家多异書，得盡覽所未見。嘗即席酒酣，援筆立就數千言，名大噪。天啓二年第進士，選庶吉士。歷編修，監修國史《實録》。故事，經筵展書官奉書膝行，道周謂膝行非禮也，平步進。魏璫目懾之，不爲動。未幾，乞歸葬父北山，結廬其下，所謂石養山者也。旋丁内艱。服闋還朝。崇禎三年，典試浙江，以《神宗實録》成，晋右中允。明年冬，故相錢龍錫坐袁崇焕事逮治，媒孽者且興大獄，天子怒不測，道周草疏救之，貶秩鐫三級，而龍錫卒得减死。科臣有銜道周者，摭浙江典試事蜚語上聞，疏乞休，許之。瀕行，上《小人勿用疏》，蓋指輔臣温體仁、周延儒也。上怒，削籍還。浙江學者聞道周至則大喜，爲築大滌書院而禀學焉，留數月乃去。歸石養山，日展拜墓左，如新喪時。踰年，以有司請，講學於郡治紫陽祠，門人自遠至者可千人。乙亥起補原官。丁丑，分較禮闈，隨具疏乞休，不允。時方久旱，五月内繫兩尚書。道周疏請慎喜怒以回天意，六月又上疏曰：「陛下下詔求言，省刑獄，然方求言而建言者輒斥，方清獄而下獄者旋聞，當此南北交訌，奈何與市井細民申勃磎之談，修睚眦之隙乎！」時温體仁方招奸人興東林、復社之獄，故道周言及之。晉左諭德，掌司經局。疏陳有「三罪四耻七不如」語。時鄭鄤方以杖母被大詬，道周言：「文章意氣，臣不如錢謙益、鄭鄤。」上得疏愕异，令自陳，嚴旨切責。道周孝謹，風節高天下，而嚴冷剛方，不諧流俗，大臣多畏而忌之。時方擇宫僚，楊廷麟、馮元飈并推道周。閣臣張志發當國，摘「不如鄭鄤」語爲口實，擯道周不與同僚，遂稱病乞休，不許。遷少詹事，侍經筵。會鄭三俊下吏，講官黄景昉救之，道周上疏推奬，旨下切責。再疏，以支飾譴。道周前有疏纂述《洪範》《月令》等書未就，乞寬假數月去，有旨得卒業。時楊嗣昌奪情入閣，陳新甲奪情起宣大總督，方一藻以遼撫議和。道周草疏分劾，同日上之。上持三疏不下，召對平臺。上疑其有所爲而爲，道周方奏辨，嗣昌從旁摭鄭鄤事詆道周。道周奏：「大臣聞彈，義當退避，未有御前争辯，不容小臣盡言。」嗣昌則佯謝請去，上因曰：「爾言不如鄭鄤何也？」對曰：「臣言文章不如鄭鄤耳！」又曰：「爾言陳新甲走邪徑托捷足，果遣人行賂耶？」道周言：「人心邪則行徑皆邪。」上又曰：「喪固凶禮，豈遭喪者盡不祥之人乎？」道周曰：「古三年之喪君不呼其門，自謂凶人不祥，故兵禮鑿凶門而出，奪情在邊疆則可，在中樞則不可，中樞猶可，在政府益不可。」駁問久之，上因曰：「少正卯言僞而辨，行僻而堅，不免聖人之誅。向以爾爲偏激，不圖今日恣肆如此，一生學問止成佞口耳。」道周叩首伏地請辨「忠佞」二字。上曰：「非輕加汝佞，但所問在此，所對在彼，非佞而何？」上叱之退。御筆榜朝堂示戒，貶江西布政司都事，未任。巡撫解學龍以道周才堪輔導薦，上怒疑爲黨，削籍逮治。詞連黄文焕、陳天定、董養河，俱下詔獄。户部主事葉廷秀、大學生涂仲吉先後疏救，右納言馬思理左右仲吉，并杖戍。道周繫獄時，吏日奉紙筆乞書，道周爲書《孝經》百二十本。在獄兩年，感明夷事，著《易象正方草十二圖》。錦衣校徵急，道周恬然謂曰：「俟吾畫一圖成就逮耳。」擁之去，至北寺，與仲吉、廷秀對簿，受械鞫，廷秀與道周實未相識，囚服從容交揖，通姓名。次及學龍，相對噫嘻。時奸黨必欲殺道周，尚書劉澤深等謂道周不宜以建言誅，得遣戍廣西。既而嗣昌敗，周延儒、蔣德璟乘間爲上言，得免戍，復故官。疏乞致仕歸，講學於邑之明誠堂及江東鄴山。郡邑有司、遠近卿大夫士畢至，凡一再會。而燕都變作，福王南渡，以少宰召，晋秩尚書，陳進取九策。時馬、阮亂政，正人如劉宗周、姜曰廣輩多擯不録。自請祭禹陵。夜泊龍江，夢太祖高皇帝至，厲聲曰：「卿竟捨我去耶？」對曰：「朝廷捨臣，非臣捨朝廷。」既報命，乞歸，而南都陷。舟次桐廬，遇唐王，相得甚歡，陳四通四塞三師八友之議。至福州，遂首政府。時政歸鄭氏，將帥觀望，無肯出死力。道周憤自請督師，携數諸生出信州，會七建及江浙諸門人子弟之兵可四千人，餉絶多亡走。出師救徽，見卒千二百人、馬十匹，持三十日糧，行至婺源，徽已破，師遂潰。被執，七日不食不死，復進水漿。至留都，分縶諸從者，獨幽禁城，改繫尚膳監。夜聞鐘，感舊事，得絶句百餘首，益悲憤，不食十四日，猶不死。時統兵大帥日夜遣客勸降，故獨寬其桎梏，加殊禮，使得從容賦詩、作字弈棋。如是者三閲月。三月五日，騎擁過西華門，坐不起，曰：「此與高皇帝陵寢近，可死矣。」方刑時，從者跪曰：「公方萬年契闊，請以數語遺家。」乃裂衿嚙指血大書曰：「綱常萬古，節義千秋。天地知我，家人無憂。」及門蔡春溶、賴繼瑾、俱漳人。趙士超、侯官人。毛玉潔六合人。繼至，過曹街，抱其頭哭曰：「師乎！魂其少須，吾即來矣。」四子同時就義。傳首至徽，及門陸自巖以千金購得之，合身首殯金陵。越數載，長子霓與門客趙子璧往扶櫬歸葬先人墓側。初道周未第時，渡釣龍江，舟覆溺焉，恍惚見一人前導至一殿，額曰「倪黃」。館選時，元璐名第一，道周第二。一死北都，一死南都，出處始終若前定然。著述甚富，奏疏、經解、詩文，旁及天文曆數，共四十餘種。《洪範明義》《月令明義》《儒行集傳》《緇衣集傳》四部，懷宗時已進御覽。其《易象正》《三易洞璣》《孝經大傳》《詩記》《表記集傳》五部，及《榕壇問業》《大滌問業》已刊行於世，惟《易本傳》《詩表》《春秋揆》《疇象》在梁山，《孝經外傳》《解齊環》在大滌，《孝經傳》《三禮定本》《懿畜》在榕壇，或存或亡，多不傳。又有《易命》《詩晷正》《春秋表正》墜於婺源。門人洪思作收文序，求遺書而參正焉。奏疏、詩文數十卷，尚未刊行。

論曰：道周學貫天人，行本忠孝。入則言朝，出則守墓，講學著書，清修自飭。金陵一節，堪爲殿後矣。古今名人志士傳者何限，要如文章、道學、經濟、氣節，大都微有專屬，道周負其聰明氣岸，直欲兼之。古文不循《史》《漢》八家，詩歌不步漢魏唐宋，而博奧黝深，雕鏤古健，風骨成一家矣。論學宗旨於程朱精微未能洞徹，要非可以博雜譏之，天文曆數推驗無差，幾與康節、季通相伯仲。他若論列人才、敷陳軍國大政，其呂獻可、李伯紀之流歟？晚乃自收成局，以文信國終焉。嗚呼！可不謂奇人完人者乎。

張若化若仲合傳 修《漳志》作。

張若化，字雨玉，號蒼巒，世居漳浦之丹山。弱冠師事黄道周，得聞明誠之學，旁及律曆經綸諸務，靡不淹貫。崇禎丙子，舉於鄉，兩上公車不第，而弟若仲以庚辰捷南宫，因留京師。時道周以言事下北寺獄，若化青衣小帽雜厮役中，時時進獄問起居，左右之。燕都陷，唐王入閩，徵拜御史。數月乞歸，事父母以志養，食貧茹苦，嘗擣柏葉以代園蔬，諸孫嘗之，喀喀不下咽，若化茹而甘焉。山居四十年，足不及城市，未嘗以姓名通有司。勵志獨行，不標講學之名，疾惡守義，凛不可犯，雖骨肉至親不少假。而惻隱所周，悉力於人者，不少靳。時值兵荒，盗賊蜂起，群相戒曰：「慎勿犯張公廬。」鄉人依以避難，終其身，盗不入境。丹山在群山中，巉巖阻絶，日夕雲霧往來，茅茨數椽，上漏下濕，豺虎交横。時曳杖孤往，登陟群峭，徜徉泉石，嘯歌自得，人咸异之。年六十六，正襟危坐，無疾而終。子士楷，能繼父志，隱居不仕，潛心性命之學，稱儒宗焉。

張若仲，字聲玉，號次巒。生而韶秀，讀書明理，以不欺方寸爲本。嚬笑不苟，作止語默，持之以敬，若性成焉。崇禎丙子，與兄若化同舉於鄉，庚辰成進士，例選州牧。性廉静，不願任煩劇，改授益府長史。居官清儉簡貴，以禮匡宗藩，請崇寬大，戒嚴切。不納，以去就争之，益藩爲之改容。以母病乞休歸。母歿既葬，爲土室處其傍，聞狐兔嗥嘯，輒泣下嗚嗚。鼎革後，山居五十年，清修獨善，藝圃一區，菓蔬薯蕷，度給賓祭，餘悉種梅竹。栽蒔灌溉，身自爲之。時蓑笠牽犢飯隴畝，與野夫雜處。晚歲益務爲敦篤，飲人以和。遇鄉里有争訟，勸之以誠，久而化焉。邑濱海，有蝗起，群飛蔽天，觸禾稼草木葉噉盡。民多聚泣或泥首禳之，獨若仲所居數里内外無蝗患，里賴以安，時康熙二十九年也。歲丁卯秋，夜風雨大作，所居屋盡拔，若仲獨寢地上無恙，黎明人視之，毛髮爲悚。年八十四，以壽終。鄉人稱若仲兄弟爲「丹山二先生」而不名。與兄若化同祀鄉賢。

論曰：一二張當明社既屋，年未强仕，草蔬敝廬以終其身，志亦苦矣。家門穆穆，兄弟相師，疾惡守義，纖微不苟。至於盗不入鄉，蝗不犯境，純孝孤忠，天人鑒之。黄漳浦以忠烈顯天下，二張苦節清操步其後塵，論者方之古夷齊，夫豈過哉？

李季豹傳

李君夢篔，字季豹，閩之連城人。年十五而孤。方是時，師役繁興，篔斂無藝君，煢煢於兵燹艱困之中，獨精進學業，雅知崇尚朱子，一破明季披猖誕怪之習，故其爲文，卓有繩準。既補弟子員食餼，値耿逆叛，即脱儒冠，著犢鼻，自屏深處，慨然曰：「長鯨激浪，會當暴腮，士君子豈宜使波濤泥涴耶？」比大師定閩，君乃出。歲庚午省試，同考得君文，以爲寸珠片玉，而竟不售。乙酉，始領歲薦。性介潔，不通干謁，自號穩臥先生。其教人，輒言「爲善最樂」。人忽之，曰：「素聞矣！」曰：「爲之難，汝爲之否乎？繼善成性善之原，仁義忠信善之實，利善之間幾也。善不擇則不明，不固執則不能得而弗失問。」曰：「其樂何如？」曰：「不愧不怍。」曰：「孰與孔顏之樂？」曰：「熟之而已矣。」家苦儉，然至於施捨，則稱力未嘗有所吝。或事倡於人，亦必竭力襄之，曰：「苟利於物惠無小也，能成其惠不必出於己也。」歲丁丑，邑大饑，民相聚劫掠，有司不能禁，過君門，則相戒曰：「毋犯李先生家。」事兄如嚴父，撫侄如子。每語諸子以氣質之偏，使知變化。易簀時，謂所親曰：「吾生平竭力檢身，將無有不及省者，第言之得聞過而終，亦云幸也。」年八十一，神魄清整，端坐而逝。所著《四書訓蒙》《穩臥軒詩文集》若干卷。

論曰：余見君仲子孝廉圖南京師，嘉其志尚。與之語窮理修身之學，圖南因備述君之學行而請爲之傳。余嘉君以諸生獨能明大義，戢景藏采於豨奔豕突之時，惜乎其不究於用也。

夏宛來小傳

夏君名駰，字宛來，浙之桐鄉人也。少負奇氣，岸然不可一世。長爲諸生，試輒冠軍。以明經選補教職，未就，非其好也。其學自六經、左史，下及諸子百家、方言地志，無所不覽。詩若文，雄拔如其人。好論史，古今事瞭如指掌。尤喜談兵，嘗曰：「上馬擊賊，下馬作露布傅修期。」真英雄也。游京師，公卿侍從，若一時名流，莫不願交於君，然可君意者僅四三人。所不可者，不肯投一刺，雖請輒不往。歲己未，朝廷開博學宏詞科，大臣以君名應薦。適有奇禍鉤連，事頗急。比部遣吏督索，君怡然就道，神色自若。及庭訊，首事者係高官大爵，一時俯首喪氣，叩頭伏地求哀。君束帶朝衣冠巋然立，呵之跪，不肯，曰：「某無罪也。」法司素聞君名，優容之，卒得白。先是，君被逮時，頃刻草數千言獻當事，詞意激昂，不肯一字低眉權貴。適值其人外出，門者詰之，君曰：「第存之爾，公來示之可也。」其風節矯矯類如此。然博學宏詞之試，卒以是不得與。晚年客游秦晉，名益重，詩文價益高，以金帛酬者甚衆。性豪蕩曠達，美豐儀。立身行事，以古人自期。名利生死，一切不以動其心，嘗曰：「求名而先喪名，吾不爲也。」朋友有過，必面折，憸鄙者痛絶之。所著有詩文集行世。然君竟以才大不得遇。年六十餘卒於家。

蔡子曰：余在邵武，浙西人爲我言宛來生平逸事甚悉，宛來可謂英偉不羈之士也。寧拙無巧，寧疎無諂，寧窮困無聊勿毁方喪己以得時譽，可不謂拔俗矣乎？惜其自命止爲曠達文人耳。古來抱負雄奇，不知沐浴儒先，以道德爲依歸，往往類此，士固不可不辨志哉！

阮道泰小傳

阮道泰，字志同，漳浦人。父諱文，即吾友阮君子章也。子章中庚午鄉薦。至性過人，倜儻有大略，天下莫不知有阮子章者。奉旨賑濟漳泉，招撫海寇陳尚義，於盡山花鳥得之。擢授陸凉州知州。宰相安溪李公薦其有文武才，改水師參將。以廉能著聲臺廈，又用薦授福州副將，未任而卒。道泰，其次子也。道泰少而穎异，孝友异常兒。阮君負四方之志，家居不暖席。道泰獨與兄奉母劉夫人。夫人性嚴謹，出入必告。時有譴怒，必長跪竟日。兄道弘，前母張夫人出也。道泰無大小事悉聽命於兄。有問以私殖者，不應。嘗曰：「兄弟合食而私异財物，畛域如行路，遮蔽似穿窬，吾耻之。」交游多父執，處師友間，情誼尤摯。爲人端雅淵静，嗜學，過夜分不寐，母夫人禁之不能止。師友有佳作，繕寫諷誦若不及。嘗手抄《四書大全》及先儒講解唐宋諸大家文，朗然成誦，或笑其自苦，不厭也。阮君以陛見卒於宿遷，訃聞，號痛幾絶。每念父負天下才，賫志以殁，益自刻苦樹立，承先志，肆力於經史。爲文章，綽有聲譽。歲戊戌，從學我季父於梁山之麓。嘗隨諸子姓聽余講論，體察津津然。余方期以大就，曰：「子章有子矣。」是秋大風雨，壞室廬且半，阮君與原配夫人俱未葬。道泰冒雨撫柩，哀號竟日，見者憐之。竟以得病，時時誡其兄，謂：「父以科目起家，歷階文武，兄能讀父書，弟死不恨。堂上有母，善事之。」病革，命兩奴夾掖，欲以拜母夫人，夫人急持之，道泰亦竟不能起，泣且言曰：「兒不孝，不能長侍膝下，負吾母。兒死之後，乞以青布衫一襲爲斂，勿用繒帛，重兒罪也。」浦人聞者皆流涕。其兄至今語此，猶嗚咽不能言也。卒時年二十二。

蔡子曰：余見年少有至性，輕利嗜書者，若必進以宋儒之學，窮理修身之要，鄙薄中人，黠者難馭，録録粥粥者，又無以自振，顧安得盡如道泰者與之興古砥俗哉。使其未死，尹和靖、徐仲車之流亞也。陳少林，余之畏友而道泰之婦翁也，亦以吾言爲然。

劉先庚傳

先生姓劉，諱丁，字先庚。始祖雲逸公自宋南渡後，由玉山徙居南昌。十數傳，子偉公分居黄堂。又數傳，諱一琮，天啓間歲貢，例得補職，聞魏閹祔文廟議，以疾辭，崇禎時乃就山陽訓導。生昺，昺生先生。少失怙恃。年十三即知向學，五經、史、漢諸書皆手抄録，深思默識，期於有得，曰：「學非徒論説也。」爲諸生五十年，未嘗一日去書。凡天文、地理、典制、音律、醫卜，皆洞晰源流。尤邃於《易》，每曰：「三才萬物，一理應感。眼前日用，便是圖象。此不得以傳注拘也。」言動造次，皆有禮法。正襟端坐，雖夜分未嘗欹側。立教在氣質上提撕。講讀竣，則以整齊嚴肅、收斂精神爲第一義，就學成材者甚衆。家居，早起必奉先展拜，拜畢，以次同堂肅揖。得時物，必以薦，曰：「吾不及事吾親，忍先嘗乎？」祭先虔肅致齋，禮器親自省視。家嗇於財而好施，族中有貧不能贍及婚葬無資者，以館穀分給，計無所出，則累日不懌。子弟燕見，讀者必問誦習若何？耕者收穫若何？勤則慰勞之，或不副所望，則曰：「奈何荒本業而嬉？」性渾厚，不言人過，有譏議前輩者，應之曰：「彼好處甚多，何不齒及？」其人悚惕無所容。嘗曰：「吾生平無他長，惟不肯爲巧捷行，不敢驕人所不知，如是而已。」當鼎革初，鄉爲盜藪，所遇無脱者。盜詢知姓名，驚曰：「君子也。」遂不犯。金聲桓王得臣下，江西人方倚之。先生適郡城還，密語所親曰：「忠信，衆之師也；恭敬，位之表也。誕則失民，驕則無上。斯人久此，南昌其塗炭乎？」後果以叛伏誅。有鄰人子被父譴，出訴於外，塗中望見公趨而避，曰：「我不敢見劉先生。」由此改行。故人子有充縣役者，色張甚，見而詰曰：「何至於是？」其人疾走，强挽之不得，自是退役。有患讀書成疾者，答曰：「予年十八得血疾，痛自懲治，三年而平復，三十而壯，五十精神倍少時，今七十如故，此節欲效也。」以康熙三十一年卒，享年七十有二。先生制藝本經傳，出入史漢，古文以馬遷、昌黎爲宗，詩仿工部，無明季龐雜之氣。同時名宿若袁崇熹、徐世溥、龔仲洙、劉飛池，皆以文章相切劘者也。鄉試凡十八，皆以用古被黜。自訂制藝二百餘篇。所著有詩古文八卷，《家居便覽》《歷代典略》《正學粹言》藏於家。

論曰：南昌之先有徐孺子者，峻節高風。當漢末寇盜充斥，時相戒不犯徐先生境，先生得無類是乎。江右風俗淳樸，有明一代，尤多真儒。先生醇行隱德，著作如林，豈得僅以文人目之哉？晚年得一孫，名之曰紹聞，曰：「吾不及教，僅耳吾訓而已。」即今給諫吴龍也。夫前輩風流，得其一二，皆可以淑身而善世，况紹聞乃祖者。《詩》曰：「昭兹來許，繩其祖武。」是文孫之責也夫。

齊汴子傳

齊君汴子，名以禮，進賢縣人，汴子其字也。先世某以給諫顯。祖汝猷，父之千，皆名諸生，以古文詞擅長。汴子少而穎异。年十二，應巡撫馬公試，第一江右，有「能文童子」之稱。年十四，補博士弟子員，治舉子業。十八，讀性理，知學古貴於窮經，讀書將以致用，所學惟先儒是程。再讀四書内外注，曰：「向者幾爲舉業誤，返之於身，作文在是矣。徒以供作，文用兩無得也。」讀六經，究觀大義。旁通百家，俱有條理。江右爲正學名區，汴子慨慕前修，心追而身體之。有所知，即見之行，薄夫記誦講解而不切於用者。性孝友，年四十，依依父母旁，不忍一日離，離則每夜驚魂不寧，親在未易三四宿於外也。同母姊三人，庶出弟四人，親愛無間。長姊、次姊没凡二十餘年，甥來必對之泣下。三姊家貧，周之三十年不少懈。誨甥如己子。父没後，誨弟授以程朱讀書法，不急近功，務令通貫融洽，心理開明，然後爲制義。居喪，襄斂奠祭一遵《家禮》，不用僧道。三年寢食喪次，朝夕奠必哭，鄉人化之者過半。近宅有魚池山地，公之於衆，畜魚種樹，春夏禁之，秋冬利用。山田苦水涸，出己貲，築堤數十丈，變磽确爲肥美，鄉族利賴焉。汴子家不貧，以不善治生，好施捨，漸零落，然行之益力。五服之親，無能家室者，力爲成之，助以生計。孀居旁親，授室以養，併其子女字之。門户整齊，嫡庶雍穆。喜交正人，相依如性命。雍正甲辰舉於鄉，兩上公車不第。以相國高安朱公薦，授瑞昌縣教諭，同人爲之怏怏，汴子怡然曰：「即此職，便難稱風化之本，人才之基，豈易易事。」莅任僅五月，士習一變，學制一新，諸生事之如安定之在蘇湖也。病革，潘生、李生左右侍沐浴，端坐而逝，年四十八歲。

蔡子曰：江右劉君、吴龍舒君香嘗爲我言汴子生平行事甚悉，求爲作傳。吾閩雷鋐與交，語余曰：「齊汴子至性過人，力行可畏。」嗚呼，如若人者，豈徒鄉國之士爾哉！僅試之教職，未竟其施用以死，可哀也。夫甲辰會試，汴子卷在余房，余未曾薦之，主司評語深期以遠大之器。汴子顧不余慍，反述於人，且欲來見，以余在海淀不果。嗚呼，其虚懷可挹也，其方進而未止者歟！

朱貞女傳

節孝朱貞女，江西高安人，今冢宰公軾之長女，少司空李公鳳翥之冢婦也。李公子家駒實聘貞女，未娶而殀云。貞女幼惡華綵，服加身輒驚啼。稍長，或以絳總其髮，捫得輒擲之地。酷嗜書，夜偕妹挑燈繹誦不輟，通《四書》《小學》《周易》《毛氏詩》《禮記》，旁及史漢八家。動止言笑必以禮，不失尺寸。王父母、父母絕愛憐之，時顧而太息曰：「惜女子也，男也將亢吾宗矣。」性至孝，以曲禮內則爲的。膳飲必躬進，父母食必侍立，比徹乃去。膳少減，即惶怖憂形於色。暮必手整父母衾席，出立户外，俟臥乃休。晨立户外問安否，起乃入事諸母，咸得其歡然。當女黨宴笑時，聞貞女至則寂肅斂容。諸弟或嬉戲，相訾謷戒，勿使知。或紿之曰：「至矣！」則皆走。然貞女和愉婉娩，實不知何以見憚也。冢宰視學秦中，陳夫人歸，卒於途，貞女痛絕復蘇，泣血三年，黽勉理家政，撫教弟妹，勤且周，如陳夫人在日。歲辛卯，李公子登賢書，未幾以疾卒。訃至，家人秘之。貞女涕涔涔下曰：「何等訃也，不使吾知者，吾知之矣。」飲泣不食者三日。王母冷夫人喻其意謂曰：「吾知若志，顧爾知禮者，獨不俟爾父命乎？」貞女矍然起謝，復治食。冢宰歸自秦，貞女恐傷父心，承歡若平日。越半載，乃申前説，曰：「兒不能常侍膝下矣。」冢宰以常理譬曉，貞女哽咽曰：「大人良愛我，兒志決矣。」三日不食，不得已許之。旋進請曰：「行矣，將何服而可？」冢宰曰：「於禮無之，爾裁之以義。」遂以常服行，登舟乃持服。李氏聞貞女至，舉家白衣冠，號慟出迎，聲震地，鄰里皆雪涕。貞女從容謁祖姑暨舅姑如儀。適喪次，一慟幾絶，衆皆雨泣莫能仰視。廟見後，執婦禮甚備。事兩世姑嫜，猶在家事王父母、父母也。家人間往視之，則曰：「歸語大人，兒無苦也。百年瞬息，未亡人待盡而已。」祖姑熊太夫人疾，衣不解帶者三月。比卒，李公致書冢宰曰：「我羈京師不能終侍吾母，賴冢婦盡孝。君女也，刻骨難忘矣！」時薦紳士大夫争傳貞女事，當道欲旌其室，貞女聞之，請於姑，達之李公，移書峻拒乃止。且書告冢宰曰：「兒事非中道，自行所志而已。脱以名加之，兒滋戚矣。」已而不茹葷血，冢宰曰：「何自苦乃爾？」對曰：「偶不喜耳。」然以是終其身。冢宰自撫浙後，入掌西臺，李公亦官京師。貞女往來兩家，每見内外臧獲，庀飭勤肅，即不問，知貞女至也。亡何，冢宰丁外艱。時以西陲用兵，先帝方眷倚，奉詔奪情。再疏請終制，辭指懇激，賓友勸阻萬端。貞女流涕曰：「大人不得歸，雖官柱國，年上壽，猶無與耳。彼姑息之愛，非所以全我父也。聖主必鑒吾父之誠矣！」累疏，卒得歸。甲辰元日，鄰人不戒於火，延燒數百家，勢甚烈。家衆倉皇遷避，貞女端坐室中，曰：「死，吾分也，吾豈嘈雜[illegible]義[illegible]避火求生者。」衆惶駭莫措。迨熊夫人破户入持出之，火遽息。是夏之季，冢宰聞仲弟訃，慟甚，嘔血不止。貞女歸省，私泣達旦，以是得寒疾，不令父及翁姑知。又不肯醫藥，曰：「吾女子也，吾手何可令醫人胗視？」冢宰諭之，輒云無疾以解。弟户部員外郎必堦、孝廉堪泣請之，貞女笑曰：「我豈畏死者，寧死必不於醫人指下生也。」死之前三日，謂兩弟曰：「吾何求哉，吾事畢矣，但恨不得終事吾父及翁姑，吾父及翁姑反以我死爲痛耳。」又曰：「我一生未嘗有寸金尺帛加吾身者，死無負我。」既卒，弟堪以喪歸，合厝於李公子之殯宫。時雍正二年甲辰十月六日也，年三十有四歲。

論曰：閨門，王化之始也。余觀朱貞女事，可風焉。昔孔子作《春秋》，於婦人女子中有秉義守節、始終不回者，未嘗不大書特書，屢書而不一書也。隱公七年書：「叔姬歸於紀。」何休曰：「叔姬，伯姬之媵也。媵，賤書者，終有賢行，能處約，全婦道，故重録之。」迨紀季以酅入於齊，紀侯大去其國，紀侯卒。書曰：「紀，叔姬歸於酅。」啖助曰：「稱紀，言紀之婦也。書歸，善叔姬之全婦道也。」又書紀叔姬卒葬，紀叔姬，賢叔姬，皆以夫人之義書之也。成公九年書：「宋公使公孫壽來納幣。」《公羊》曰：「納幣不書，何以書録伯姬也？」「季孫行父如宋致女。」《公羊》曰：「致女何以書録伯姬也？」又書曰：「伯姬歸於宋，晋人來媵，衛人來媵，齊人來媵。」《公羊》曰：「來媵不書，何以書録伯姬也？」至襄三十年書曰：「宋灾，宋伯姬卒，叔弓如宋，葬宋伯姬。」蓋是時，伯姬之舍火，左右曰：「夫人少避火乎。」伯姬曰：「婦人之義，保傅不在宵，不下堂，傅至矣，保未至也。」遂逮乎火而死。胡安定曰：「伯姬，乃婦人中之伯夷也。」王樵曰：「所欲有甚於生，所惡有甚於死。一下堂而此足之失不可悔也，故寧守義而死也。」今朱貞女之事，可謂兼二姬而有之矣。叔姬以媵而秉節不回，喪滅之後，歸鄭以奉廟祀，《春秋》貴之。貞女未婚而守節，勤家盡孝以全婦道，獨不爲《春秋》之所貴乎？伯姬以成九年歸宋，成十五年宋共公卒，又越三十四年而死於火，是時子平公立三十三年矣。六十老嫠婦，猶守保傅之義，逮火以死，此其事正與貞女合，特火息不死异耳。其疾篤不使醫者胗視，則事异而迹同也。左氏以共姬女而不婦劉原父非之，以爲恒其德貞，婦道之至者。余謂貞女雖歸夫家，猶女子也。即以左氏之義揆之，伯姬之死過而正者也，貞女之死正而非過者也。余故曰：兼二姬而有之也。君子之道過於厚，小人之道失於薄。不以已之，可以偷生。而失天下之常義，憂戚死亡，造次顛沛，不一動其心，非安於性命者能之乎？在天則與日月爭光，在人則爲女中夷齊，此皆聖化之所涵濡，河嶽之所鬱積。朱、李二家，又豈得私而有之乎。夫道造端於夫婦，家人睽必始於婦人。《易》曰：「正家而天下定。」言正家之必始婦人也。《禮》曰：「禮始於謹。夫婦所以附遠厚別也。」言別之厚者禮之至也。思齊之詩曰：「思齊大任，文王之母。思媚周姜，京室之婦。」思齊敬也，思媚和也。能敬且和，起化之本也。貞女不徒以奇節，見其和愉誠孝，雝肅宜家，有古人所難者。以此坊民，猶有婦姑娣姒之間，挾私財，爭小忿，以喪其良、決其閑者乎。余聞貞女讀書能知大義，設誠致行，故其節孝章章如此。今世之士，乃有終日咿唔，徒以課文藝取世資，雖讀聖賢書，漫不知所學何事，至有背而馳之弗恤者。异日得志，又烏能守道愛君、敬身勤民，爲國家有用之學哉？此又余平日所苦口疾呼不禁，因貞女發其蒙也。嗚呼！人固不可以不學哉。

洪烈婦傳

烈婦洪氏者，漳浦薛燕配。性警敏寡言，善女工。歸薛十餘年，夫婦相勞以禮，相佐以孝。不及事姑，事翁以孝聞。執喪，哀毀如禮。遇娣姒，和而有節。故薛氏一門四世，同居共爨，雖其世有令德，亦洪氏之賢也。燕門祚中衰，家貧，無子嗣。罹疾，洪氏侍養不離側。母知壻病劇，來與居。先是母來，洪氏愛敬甚篤，至是辭母令去。母微叩其意，答曰：「吾上無舅姑，莫責我以孝者；下無嗣續，無望我以慈者。吾死義也，母毋復言。」夫疾既篤，粥飲湯藥多不入口，輒盡啜。或止之，曰：「夫所食也，不可弃於地。」母一日攜蔬相餉，盡委之地曰：「我與婿盡不食矣，安置此。」時長姒吴氏在旁，私曰：「若素孝，何遽如此？」垂淚言曰：「母愛我，我死必念我成疾病。今故違禮，或減母异日哀也。」與母謀繼嗣。吴氏有男三，願以手抱者爲繼，則佯懇曰：「幸次者與我，稍長易見其成立。」母以爲然，憂稍釋，暫歸。夫病革，夜深，獨小姑在側，紿之去。少頃夫没，洪氏爲揭寢帳蓋衾，自著新履，服嫁時衣，以帛交頸，懸牀欞而死。天將曙，小姑叩門無聲，擠户入，端坐牀中，顔色不變。呼之不語，驚曰：「嫂氏與兄同死久矣。」家人相聚而痛曰：「若生平純孝，重節義，今果死若得矣，其如我家門何哉。」浦人以其事聞之汪令君，將以請於朝而旌表之。時康熙壬辰三月初三日也，死時與燕年俱三十。燕，明孝子薛大義之裔孫，實行紀之邑志云。

蔡子曰：洪氏上無舅姑，下無嗣續，死而從夫，義也。人孰無死，洪氏生能相夫以盡婦道，夫死則殉之，其不亦鮮矣乎。方今天子崇忠孝，褒録節義，有志之士爭自濯磨，而我漳浦風教尤勝，甚乃及於婦人。吾鄉巨儒遺教，其來有自，亦梁山之正氣所鍾也。與孝子薛大義先後并垂不朽，偉哉！

吴烈女傳

吴烈女，名淑鳳，閩縣鹽倉人。三歲失父，有至性。稍長，知讀書，貞静孝淑。寡母與兄許配於故守備鄭朝子國桐。康熙丙寅，女年十九，未婚也。聞國桐病篤，積女工，直製新衣若嫁狀。七月二十四日，國桐卒。女欲奔喪，母止之，女曰：「是母所許嫁之夫也，果不得行，今死矣。」母不得已，偕往鄭家。夫未及斂，目不瞑。女開衾視曰：「嗚呼，我來矣。」乃瞑。斂畢，欲從死，母及姑止之。遂不食十餘日，餓則甚矣，而容色無傷也。勸之食，曰：「許我死則食。」紿而諾之，女遂食。食已，復求死，衆知不可奪，乃許之。女正容向夫柩拜，繼拜母及姑。家人設饌生祭之，女怡然受祭。答拜訖，以白繒懸門，一繫而絶，時八月五日也。夫兄天植、天樹，皆庠廪，邀畫者作《同死像》懸之靈几。閩邑令趙君增爲《像記》，制撫各致奠金，以其事聞而旌之。

蔡子曰：烈與節不同。烈婦難而易，節婦易而難，烈女則更奇矣。國桐從子鳴岐爲我言，吴氏死時，父天樹以次男名焕者爲嗣。後焕年二十五而亡，妻卓氏今寡十二年，未有後，方議立之。嗚呼，天將使節烈萃於一門也哉？報之之澤正長矣！

烈女賀氏義婢安氏傳

烈女賀氏，名千金，山西崞縣人，貢生賀崑女也，世居陽武村。自幼貞静，不苟言笑。許適國學生郝維藩之子琪。維藩年老，止一子，不幸卒。烈女聞訃，飲泣不食欲死。又念舅姑之靡依也。先是，同里有狄氏名悟，姑未嫁而夫死，適夫門立嗣，奉養舅姑終身。烈女欲效之，父母止之曰：「守節事難，終身路遠，爾年幼，無輕言。」烈女流涕曰：「我豈不知。但念兒往使二老人終其天年，郝氏有後，兒願畢矣，父亦何所靳焉。且我未適人而夫死，命可知矣。何不使我爲未亡人，强我使二天也。」婢安氏者，母所養女也，聞斯言，繩悟姑以贊之，且曰：「悟姑子長名成焉，苦哉果行之，我當朝夕侍奉，生死不負姑。」梁氏至賀家，烈女一見，執婦道，情辭慨慷。姑大喜，謂：「我家無婦而有婦，將無子而有子也。」父母知其志不回，許之。康熙四十二年四月二日，孤車素服，望門奔喪。至夫家，撫棺痛哭，易衰絰，使歸謂父母曰：「兒今有家矣。」復勸舅姑曰：「死者不可復生，毋悲傷。撫嗣勤家，吾責也。」居兩月，孝敬備至。乃議立後。郝族無同行幼子，族人利其産也，阻其事不行。烈女仰天大慟曰：「天必欲絶郝氏耶？」日與安氏出入必偕，私相密語，舅姑前則好言以慰。八月十七夜，二人沐浴櫛縰。烈女著郝門新衣，更常服以衣安氏。舅姑衣履及遺父母嫂妹紉箴服物各封識。雞初鳴，猶聞語聲。比旦，門不啓，排户視之，烈女左，安氏右，同梁而絶，貌如生。烈女年十五，安氏年十七。邑宰馬侯親爲祭奠，申報格於例。雍正四年，奉特旨采訪忠孝節義，巡撫石公以其事聞，各給帑金，建坊以旌之。

論曰：賀烈女義行卓絶，抑安氏者尤足奇也。烈女許適郝門，安氏未嘗許媵也。既媵而守節，《春秋》貴之，紀叔姬是也。安氏并未許媵，爲其主故也。烈女性行孚貞，於安氏何所印須。然二人同心同死，均足奇也。或謂安氏言及悟姑之事，有類於好名，非也。所惡於好名者，謂無其實而事不終者也。孔子疾没世而名不稱，屈子恐修名之不立。安氏見悟姑而慕效之，此與志士則古希賢之心何异？初欲孝養尊章，昌後成立，事激中變，賀不負郝，安不負賀，名垂千載，不虚矣。

二希堂文集卷之六終

二希堂文集卷七

有高才能文章三不幸論

有才貴乎？無才貴乎？無才而齷齪卑瑣，碌碌焉守兔園以終其身，遇物而不能知，登高而不能賦，斯亦士君子之耻也。然吾以爲有才而自恃，又不如無才之善。伊川先生以「有高才能文章」爲三不幸，正謂此也。

昔者三代之取士也，以鄉三物教萬民，鄉老及鄉大夫，考其德行道藝，獻賢能之書於王，取實行而不在文章。西漢以孝廉取士，東京四科、魏晋九品，皆重行誼。至隋建進士科，唐又分爲明經、進士二科，自是而後，則非文學詞章罕得進矣。節比由夷行同曾史者，多屈處於下而不能知，而一字之奇，一韻之巧，馳騁於詞壇，取高官顯名於天下。嗚呼！三代以下，所以多輕薄浮華之士也。夫樹木者以植根爲上，立品者以務實爲貴。才名過盛，而矜己傲物，非大成之器也。恃其所有而攀緣趨附，輕於一試，尤喪檢辱身之士也。昔者禰正平、孔北海恃才而死，王粲、陳琳以才故卒爲曹操用，識者兩有譏焉。唐初四傑果如裴行儉之言，江東二陸終於非命，才之累人一至此哉。其餘若孟堅之附於竇氏，中郎之屈於董氏也，歆之用於莽也，劉柳之與八司馬之列也。之數子者，皆才高天下，學冠一世，卒以負才欲試，與非其人，使千載以下論古者猶有遺憾。所謂雄雞不能斷其尾，而參天蔽日之材，且纏絆於野藤剌蔓以自累也。然吾謂伊川先生其有激而言歟！當時王介甫以盛名致宰相位，新法行，爲有宋亂首，而民不聊生。其子王雱警敏絶人，文章達於帝闕，竟夭其身。且蘇氏兄弟亦以文章顯者，卒與吕、陶等分爲蜀黨，與朱公庭、賈易等互相掊擊。此皆伊川先生所身歷者。故其時日與邵堯夫、張横渠諸人剖抉性命之精，以復性明善爲要，以近裏著己爲功，上以接孔孟之傳，下以開考亭之緒，使士知所重者在此不在彼也。至於文章與實學并足稱者，此又不可以概論。

漳志邱墓後論

君子疾没世而名不稱，人没矣，稱其名，猶志其墓者何？墓以人傳也，死如周忠愍、黄忠烈，傳矣；賤如陳布衣、蔡鶴峰，傳矣；微如阮氏婦、蔡步卒，傳矣。當明祚之終，從黄忠烈死者四人，後人表其墓而出之。而死於靖難之六生，竟不詳其葬所，斯亦憾事也。嗚呼！石獸石人，所以顯墓，非所以傳墓也。富貴而名磨滅，況於墓乎？

漳志宫廟後論

廟祀之大者，有司春秋致祭，百世不祧。余既載之祀典矣，兹之紀也何居？漢壽亭侯正氣凛然，千秋爲烈，郡邑各有廟，有司朔望謁焉。東嶽行宫，雖非郡縣所宜祀，然相沿已久。天妃之神，海艦蛟宫，奉以休咎，故屬縣亦多有。其餘名義不必盡正，存其名，所以留其迹也。夫神降於莘，左氏記之。渭陽汾陰，《綱目》雖譏而必録，况有不儘然者乎？

李立侯字説 立侯後改名「清植」。

安溪先生之孫曰清名者，年二十有一矣。以庚寅四月二日既冠，冠之日，先生命世遠爲賓，世遠以師之命，固辭不獲也。古禮有「賓」字，冠者之文。先生又命字之，并作《字説》，世遠又以師之命固辭不獲也。

謹按，其名字之曰「立侯」，而爲説以貽之。孔子曰：「立身行道，揚名於後世，以顯父母，孝之終也。」古之所謂「顯親揚名」者，捨立身行道奚以焉？叔孫穆叔曰：「太上有立德，其次有立功，其次有立言，此之謂三不朽。」夫所謂不朽者，名也。而欲名之不朽，則必自立德、立功、立言致之。今吾子既以名名其名，則所以自立者，宜何如耶？抑又聞之君子之學，立志居敬，致知踐行盡之，數者之功并用，則可以至於聖賢無難，而要必以立志爲之基。人苟名節盡喪，加以習染既深，年力衰邁，斯一旦卓然自立爲難耳。不然者，昨日爲鄉人，今日欲爲聖人，惟狂克念即可以作聖矣？况吾子年方弱冠，氣質清明，朝夕親承吾師之教，家學之茂，超出群倫，循而不息，豈可量哉！孟子曰：「舜，人也。我，亦人也。舜爲法於天下，可傳於後世。我猶未免爲鄉人也。」此立志之説也。張子曰：「學者當以立志爲先，不爲异端惑，不爲文采炫，不爲功利汩。此立志之謂也。吾子勉之。」此志一立，則凡所讀之書，皆近裏著己也。所行之事，皆若有規矩準繩在前，不知其所以然而自化也。世遠不敏，竊謂孔子之所謂「立身行道」，穆叔之所謂「立德立功立言」者，要皆自立志始，於以馴致其功，揚其名，而垂之不朽，夫孰能禦之。世遠年幾三十，回思既冠之日，殆將十年，學殖就荒，此志終恐頹墮，委靡而不能自克，何足爲吾子告者。然所言者，固亦素所聞於師之説，而非依稀影響之論，願吾子之無以人而廢言也。

上沈心齋先生書

六月啓行，聞在建寧停驂甚久。想入朝報命，當在八九月之交也。世遠以駑劣之才，署齋一年，親承提命，懇懇然裁其過而勉其不及。自謂所得者多，非徒文章一事。昔宋景濂四持文衡，好接引後學，士之近之者，謂如大寒加重裘，盛暑濯清風，四方得見者，誇於人以爲幸。世遠僻處窮陬，才不逮志，然振衣濯足，固不自安於培塿溝瀆也。禮闈被放，歸宿於三山署中，臨行告世遠曰：「汝今歸矣！凡人之役役於利者，我知汝無是也，而近於義者不可激也。偶得一第，便自偃蹇廢弃，我又知無是也。恐溺於古荒舉子之業，不可爲也。」竊念斯言切中膏肓，但今則更有愧者。世遠自少不以治生爲急，稍有長物，則蓄參苓以爲養親之資，其餘購古書，供朝夕玩習，非敢效原憲之金石歌聲、張嘉貞之不治産業，良以貧富有命，非可力争。且君子志其遠者大者，無暇瑣瑣及也。今自北上歸來，恐負王曾之志，即臥槀推車，自信不至役役於利然。欲如曩時之廓落自豪，不可得也，此其對先生之言而自愧者也。蘇子瞻兄弟年未二十，長於應試，制策古文，尤雄偉俊拔。歐陽公未第時，不敢讀昌黎之文，惟取當時所號爲時文如楊、劉者讀之。世遠凡才末學，鹿鹿魚魚，亦嘗剽竊經史之緒餘，以形之筆墨。居恒每羡蘇氏之才，而尤以歐公之言自戒。若曰以彼其才當未第時，猶不敢分心於古如此，况我輩哉。然亦時激昂慷慨，謂士子讀聖賢書，不蚤抗首揚眉，窮古極今，以自附於作者之林，倘終身不得一第，其將默默守此以終耶？吾儕聰明才力，遠不逮古人，待其將老而圖之，復何望哉？今抵家已五閲月，碌碌無就。今君陳莘學先生嘗授以有韻之文，而衆緒難祛，作輟互乘，中夜自思，恐流爲浮休怐愗，刻鵠屠龍而後止，所荒者豈但制舉之業已哉，此又其對先生之言而自愧者也。伏惟先生去欲以誠，求仁以恕。自視學以來，閩中人士至今猶寢食歌思不置，天下之人思欲出其門而不可得。世遠顧獨蒙知遇，拙工游匠石之門，駑蹇邀孫陽之顧，敢不痛自刻責以庶幾無玷門墻哉。戊子公車，擬欲先期亟來受教，但進止必待爾時方能自決，家君托如天之庇。司鐸羅源藍玉霖近在省城，精進有加。世遠再拜。

與李世蕡書

曩在都門，聚首談心，幾於一載，受益良多。每思足下學富才博，凡有所著，操筆立就。求之近今，蓋其難之，非獨閩中翹楚也。闊别以來，未有進境。所幸者，日親吾師之教以爲儀型而已。方今德位俱隆，學問精深廣大爲天下師者，斷推吾師一人。而子孫弟侄輩，窮經力學，作止言動之間，循循然莫不有規矩，亦無有過者。昔有宋諸儒更倡迭興，道學之盛，千古未有。然其生平相與服習講論者，大半皆其及門。至於家學累世相承，推文定胡氏、文節蔡氏爲最。今吾師之學，與文定、文節淺深，非後學所敢輕議。然願足下兄弟之以明仲、九峰諸賢自處也。方今天下學者以記誦詞章爲止境，以科名爵位爲可畢一生能事。夫記誦詞章，君子豈非是而不貴，要其讀書時，精神心力，專在於此，則其所就亦止此矣。吾聞二程之學，以聖人爲必可學而至而已，必欲學而至於聖人。又胡敬齋云：「明道得志，使萬物各得其所，學者亦不可無此志。」學者有志氣，豈爲狂妄自喜哉，要其加功用力之始專在讀書。若讀一書而近裏著己，以身體之，以心契之，雖未知果能力行與否，然方其開卷繹誦時，誰無激勵與愧耻之心？激勵愧耻之心，日進不已，則力行而至於古人之塗徑也。抑又聞之，所貴於科名爵位者，謂其可以見一生之品節經濟，不至泯没以終耳。是故方其始得之也，有以得父母一日之歡心。及其既也，可以盡展生平之所學。世間有薄科名爵位而不屑者，君子以爲矯然。使其志趨意向專在於此，則其鄙陋齷齪亦已甚矣。古來官至宰相、尚書，爲人所鄙弃不道及姓字不留者何限？方其生時，便已闇汶無光，况其已死，與草木同朽久矣。世遠自年十二三時，涉獵經史諸書，便講氣節，喜作古文，談經濟，與二三朋友相砥礪者，大都致辨於義利之關，而敦篤於倫理之際。丁亥、戊子，從儀封張先生游，校修先儒之書，覺所見又復開闊。然才質淺陋，學問粗疎，自顧生平愧心之事，尚多拘牽於氣禀，惑溺於習俗，而不能自免甚矣，克己之難也。兹在京邸，兀守一官，名爲出仕，實則書生；名爲散僚，實則聖天子所以培養人才之地。其敢重自廢弃，以貽吾黨之羞，竊不自量其力之所至，欲與諸兄修明吾師之學以垂之無窮。更望遠賜手書，互相勸勉，不至如吾前所云云者而躬自蹈之也。士大夫耻言風化，惡談道學，即有心，知其如此，而懼人之非，笑之若曖昧之事，不堪以對人者然。

嗚呼！使人人懼人之非，笑而不敢以見之躬，發之口，天下風氣亦安知其所終哉？邸寓無聊，提筆書之，不覺遂肆其狂論如此。不宣。

與浙江黄撫軍請開米禁書

竊聞王政無遏糴之文，救荒有移粟之例。泉漳二府旱饑歷八月於兹矣！入夏以來，米石二兩餘至三兩不止，人食草木之葉，饑民奪食，道路壅塞。此固本處饑荒使然，亦緣今歲江浙海禁森嚴，米船莫至，故坐困至此也。福建之米原不足以供福建之食，雖豐年多取資於江浙，亦猶江浙之米原不足以供江浙之食，雖豐年必仰給於湖廣。數十年來，大都湖廣之米輳集於蘇郡之楓橋，而楓橋之米間由上海乍浦以往福建。故歲雖頻侵，而米價不騰。自海禁一嚴，而民始無望矣。今本省將軍祖公有泉漳被灾、百姓驚慌之奏，制府梁公有借帑各省買米之請。恭逢皇上聖德覃敷，大沛恩膏，以總督請買米數甚少，特將明年漕米截留三十萬石，立遣大臣會同督撫提鎮運至狼山乍浦，航海以至泉漳賑濟，泉漳之人如慶更生。但賑濟之米尚須時日，而餓殍難緩須臾。世遠漳人也，奉旨假歸，覊旅中途，一應諸事，不敢與聞，獨於家鄉之困急難以坐視。因廣爲借貸，并招募漳人，買米數千石，計船八九隻，順風七八日可至泉漳，平其價而糶之。本錢工費之外，不溢一毫。在江浙，今歲豐稔，多此數千石之米，無加絲毫。在泉漳，即可活數十萬之民命。且泉漳之人或有倉積居奇者，知米船有至，必争先發糶，民心自定矣。夫禁口以平地方之米價，以防奸人之出没，此莫大之政事也。而弛禁以救鄰封之急，難以解萬姓之倒懸，亦不言之美利也。况今煌煌明詔，炳如日星。既截留漕米三十萬出海以賑濟泉漳，豈反禁泉漳之人自買，不許其出口邪？且制府借帑各省買米之請，皇上猶以爲少。使知泉漳之人自帶出口以甦家鄉，應亦稍寬宵旰，必無阻而抑之之理。但明公已開明禁，而關津守吏猶循舊格。伏乞據呈批照，飭乍浦關津放行，毋得攔阻，民自移粟。明公因而利之，上體皇仁，下活民命，無損於江浙而大有造於福建，知明公仁心爲質，固無俟世遠之激切呼籲。然區區末議，更望電察而留神焉。閩邦幸甚！

復儀封張先生書

世遠稽顙再拜言：先君受知最深，易簀之時，猶惓懷先生不置。今不遠數千里，辱賜誄辭，重以手書，所以褒揚先君，期望世遠者甚至。世遠雖不肖，敢不淵冰自凛，以庶幾不墜先訓，無負大賢之期許哉。邇閲邸報，知復任江蘇。天子明聖，無微不彰，益信吾道之可爲。海内正人君子，誰不伸眉吐氣，思自奮於清時也。此事在先生，止求其理之當、心之安，置得失利害於不顧；而在世遠，則有操券而得者。

前書所謂公論足憑，聖明足恃。及今觀之，百不爽一。蓋天下事以爲難，則無所不難。即世遠家居，亦有難者，迂守成性，不合時宜，或指爲异物而忌之未可知也，即有從而思敗之未可知也。拙則或疑其矯，貧則或哂其陋，不輕受人之惠則或疑其亢，不能廣交結趨威勢則或訝其碌碌，無足取人敬畏。嗚呼！此世遠所謂難也。初旋里時，竊不自揆，欲以正學正論，生平所聞於父師者，與漳人互相劘切。既亦自知其有難也，敢相規勸者，不過同志數人而已。又退而修之一族，爲《家規》十六條，懸之祖廟，皆敬宗收族，簡便易行者。而一二賢智者流，猶不能無异議。行之至今，而後帖然。嗚呼難矣！當吾道益孤之日，而欲以滄海一粟之夫，愚不識時，妄自位置，招尤取忌，固其所也。然君子行己立身，自有本末，質之聖賢，盟之屋漏，遠則播之天下，久則傳之千秋，豈拘拘以眼前毁譽、榮辱得失介意哉？古人有言曰：「立志以明道，希文自期待。」世遠非敢然也。然自從學先生以來，自揣稍有歸宿。官翰林二年，得與名師益友游，愧懼方深，其敢以難自諉哉？去歲在書院。進游廣平、胡五峰、陳北溪、黄勉齋、蔡虚齋、陳剩夫六先生主於東廳，蓋六先生皆閩儒最純，未從祀廟廷。既補祀典之闕，且杜寓公之漸，書籍、器用各經紀，使無散佚之患。《鰲峰書院志》編次尚未成書，第二卷乃新刊書目，并各集序文，共有二册。世遠已先訂付梓，囑洪廣文刻成寄上。書目中添《魏蔚州先生集》，蓋本朝人物之有定論者，魏蔚州、湯潛庵、陸平湖三先生也。三先生集，世遠皆嘗讀而精思之，篤學力行，三先生所同，而規模器量，要當以蔚州先生爲最。先生奏疏無慮數十，皆有關係。《端教化》一疏，所以厚風俗也；《申明憲綱》一疏，所以肅官常也；《科場學政》諸疏，所以嚴始進絶弊竇也；《舉十賢》一疏，得以人事君之義。至其辭新命之尚書，處總憲之原職，慨然以肅風紀自任，此皆古大臣之風，近今有不敢行者。嗚呼！蔚州先生而在，雖執鞭所欣慕焉。先生於湯、陸二先生書悉已付梓，望取魏集重刊之，成人材而裨後學不少也。方今先生之道不爲不行，名不爲不著，皇上之知遇不爲不深，百姓之愛戴頌揚，本之中心而達之當宁者不爲不多，且衆而天下之責望，益將復刻且備。世遠近《復臺灣陳觀察眉川書》云：「士子登籍入官，特患不能自克其私，自克其私又患不能本所學以措之事業。臺灣僻處海外，得大賢居監司之任，正己率物。使屬員潔己以承，罔有奸貪之蔽；百姓實被吾澤，罔有不率之隱。明聰四達，綜理必周。耿耿鄙衷，實有厚望。」此言非敢有以規眉川，然非眉川，世遠固不以陳斯言也。今之述之者，非敢有求進於先生也，此皆先生平日藴之中而裕之外者。然此乃堯舜猶病之心也，七郡之官箴，南國之待澤，先生此心，亦何嘗須臾自寬假哉。則謂世遠之以此言進於先生，亦無不可也。《宋名臣言行録》已刻成否？世遠嘗欲與《伊洛淵源録》合爲一集而刊布之。蓋先儒語録見之言論，此則施之實事，尤足令人興起。今《淵源録》已刻成，此書似不可後。先君葬事，春季已畢，貧不能備禮，勉竭心力，抱恨良多。《墓志》得先生一言，以光泉壤，感且不朽。世遠再拜。

與滿大中丞論書院事宜書

古之所謂大臣者，居殿陛之上，進思盡忠，退思補過，以天下爲憂樂；及其擁旌旄節鉞，開府於外，清操勵世，正己率物，凡地方之利弊、官司之賢否、奸胥蠹役豪猾之病民，考察既周，勸懲并用，張弛悉宜，又汲汲焉以學校之興廢、人材之盛衰、大道之顯晦爲己憂，擇學問優長、才品良逸者萃之於學，使夫造道之方、修己治人之要，悉裕於胸中，爲國家收得人之效。夫如是，故功著一時，名垂千載，史册所傳，豈不偉哉！昔朱子知南康軍，史稱其懇惻，愛民如子，興利除害，惟恐不及；尤以厚人倫、美教化爲首務。數詣郡學，引進士子，與之講論；訪白鹿書院遺趾，奏復其舊。每休沐，輒一至誨誘不倦，風教大行。夫朱子南康之政，何利不興？何害不除？而尤必諄諄以興學爲事者，蓋以學術之明、倫理之修，下關風俗，上裨朝廷，近者效行於一方一時，遠者功及於天下後世。自朱子興鹿洞以後，宋季以及有明，氣節儒林，推江右獨盛。嗚呼！其所留貽者遠矣。執事品望，素著於朝端。自掌成均，歷閣部時，天下想望豐采久矣。下車以來，實心任事，大憝之去，如木斯拔。世遠遠隔漳江，心焉慕之。邇者躬造三山，晋謁左右，愛國憂民，藹然惻然。且欲振興書院，加意人才，有正誼明道之思，抑浮名近利之士，此真古大臣之所爲，而有慕於朱子白鹿洞之風規也。退而喜也，爲之不寐。伏念鰲峰書院建於儀封張先生，名材萃聚。先君嘗主其事，世遠亦與講席之末。其經營措置，以及刊布諸書，竊有微勞，恐遂就荒，常懷耿耿。幸得名賢經理其間，大道將興，斯文起色。遂留滯月餘，與廣文洪奕懿、諸生林正青等經紀其書籍、器用，俾有條理。計書院所刻之書有五十五種，今存者，每種尚有數十部，藏書有四百六十餘部，爲分其經、史、子、集，以便檢閱，而防其散亂。椅桌各八九十、牀榻四十餘，他物備具，足以待來學者，爲補其破壞而貯之定所。整頓頗定而後告歸，留以待大賢之經畫也。夫人才實難，要在養成而激勵之，擇之不可不嚴，防之不可過慎，擇之不嚴則毀方，躁進者緣飾以入，而潔清自好、敦古飭行之士，反耻共事其中。防之過慎，則有志之士，豈其不能閉户家修，何苦以其身爲堤防之具哉？執事振勵盛心，規模自有素定，然大要或得之觀風之試，或得之詢問之餘。知其人者，行令郡縣資送；未得其人者，行令郡縣薦送。敦本行、勵正學、明體適用者上也，博洽能文者次也，工於時文者又其次也。九府一州，先後而集。執事定爲規條，頒其程式。或策之以詩古文，或課之時藝，或所修何書，所講何業，總其大綱而品定之。又於政事之暇，躬至書院，集諸生，告以讀書之要、義利之防，耳提而面命之，其有不激勸而恐後者寡矣！夫君子之德風也，以誠感者必以誠應。曩者秋深不雨，執事已饑在念，遣官往視民田，未祈禱而甘霖已沛矣，誠所感也。况興教勸學之事，風聲足以樹之，誠意足以孚之，條約足以正之，居高而呼，其效自速。吾聞之明珠之光固不在櫝，而美櫝可爲珠重；良工之勤不必在肆，而居肆實爲工用。今萃九府一州之士，多其書籍，聚其友朋，使之博古而通今，相與長善而救失。雖其後未必悉底於成，要必有一二人、二三人者出焉。此一二人、二三人者，烏可少也哉！漢之仲舒、賈誼，此二人者已足爲漢重矣。唐之昌黎、陸贄，此二人者已足爲唐重矣。宋之韓、范、歐陽，此三人者已足爲宋重矣。今世之士，所謂仲舒、賈誼、昌黎、陸贄、韓、范、歐陽者，豈無其人？無亦鬱而不宣，隱而不見，抑亦陶而未成歟。欽惟我皇上天縱聖神，崇儒重道，御製《訓飭士子文》頒之學宫，使士先品行而後文章；又尊崇朱子，刊其書，隆其祀，以昭示天下，天下靡然向風。此間定有應運而興者，非賢當事振作而翼成之而誰耶？抑更有陳者，會城有兩書院，一爲共學，一爲鰲峰。共學者，課文之書院也。鰲峰者，講學修書之書院也。各有租税之入，以給諸生。此二年，共學無人經紀，而按籍可稽，但搨兩書院碑文，核令徵收以充公用，不須別有措置。或觀風所得之士，有未深悉其素者，且進之共學中，然後超而選之鰲峰，略有上下庠之别，微示鼓勵，是兩者雖分而實合也。夫移風易俗，修舉教化，非俗吏之所能爲。俗吏以此爲迂，而大賢以此爲先務。儀封先生創而興之於前，執事擴而大之於後。海濱鄒魯，其復興乎！世遠荒陋鄙儒，於道未有所聞，不敢謂知學者。然自揣生平立身行己之方、文章經濟之大，亦嘗有志於斯矣，非執事不敢發此言也。昔有人攜指南車以適路者，遠近險阻，動與意會，而樵夫牧豎見之，猶曰「左左右右」，而攜指南車者不厭其聒耳，謂其意之無他也。今執事宏才偉望，攜指南車者也。而世遠猶以此進者，則樵夫牧豎之嘵嘵也。伏惟恕其狂妄而不厭其聒耳也，則幸甚。

外附舉所知者數人，有慎無濫，以備采擇。不宣。

與陳滄洲總河書

都門握別，示我詩歌，餞我別酒，意緒惓惓。回思離索，不覺七年。伏念明公以百折不回之氣，特膺聖眷，爲天下開府之首。天之將降大任於是人也，豈偶然哉？韓昌黎詩云：「中朝大官老於事，豈肯感激徒媕婀。」此爲全無氣骨者言之也。諺曰「適百里者半九十里」，此言始易而終難也。班孟堅載匡張孔馬取以合傳，贊語謂其「服儒衣冠，傳先王語，然皆持禄保位而已」。唐蕭至忠、元微之，其始非不卓然直節，綽有名譽，後不免依附以就功名，卒之功名不可就，徒貽末路之譏。由斯以言，難乎不難。明公蘊蓄宏深，道力素定。兩爲郡守，爲民請命，屢迕大吏。實政入於閭閻，名譽馳於四表。兹又蒙特達之知，出總河政。下車伊始，規模宏遠，其綜核名實，調遣得宜者，固不待言。即如解捐輸之任，不欲以利權自浼也。效力人員赴轅自擇，不避嫌疑，以圖實效也。《薦賢》一疏，上爲國，下爲民，明公自負，與古大臣何若也。世遠竊觀大臣之有名績者，漢有鄧、留、魏丙、諸葛公，唐有魏鄭公、宋廣平、陸宣公，宋有韓、范、司馬、李忠定。明公自負，與數十人者何若也？治術關於學術，經濟通於性命。大臣以身任事，必有公清之操，有愷惻之懷，有明通之識，有强毅之概，有儆懼之心。無公清之操，則不免有寵利之疚矣。無愷惻之懷，則不能有納溝之耻矣。無明通之識，則膠執而鮮通矣。無强毅之概，則雖知其然，發之不勇，守之不固矣。無儆懼之心，則自信太過，禍且隨之矣。世之號爲明通者，往往不能自勝其私，而委蛇輾轉，流於不肖之歸。其公清自矢者，又不能明通强毅，以臻於明體達用之學。彼夫已氏者，見其一二事之不甚曉練斷決，則嗤之曰：「使我爲之，當不如此也。」偶辦一事、斷一疑，則又以驕之曰：「使其爲之，必不能此也。」嗚呼！其本已失，尚得以驕於此乎？此不失爲君子，彼終成爲小人。君子之所全者，大小人之所壞者，多何得以語於此也，然亦此之不能明通强毅以臻於極也。今明公於數者實能兼之，可以關夫夫之口。然明公意中必不自以爲能兼也，不自以爲能兼者，正吾所謂儆懼之心也。儆懼之心，非畏葸也，其氣彌剛，其心彌小。《易》之所謂「乾乾」，《詩》之所謂「翼翼」，《書》之所謂「孜孜」也。由是而竭情盡慎，使五者各臻於極，則明公信可以當古大臣之稱而無疑矣。契闊七載，適余田生學丈赴任之便，附訊興居，不覺其詞之長如此，伏惟諒我而教我焉。不宣。

與李瀛洲布政書

曩在京師時，聞在朝諸臣論天下人才，交口執事不置。安溪先生嘗告世遠曰：「此人清而不至於矯，且刻正而不近於迂。所至之地，必以興教勸學爲務。蓋其性之所樂也。」世遠聞而心識之，謂此真一代之偉人矣。夫古今以來不過數十人，此數十人者，分生於數千百年，而不爲少。天下之大無過數人，此數人者，分布於四海九州，而不爲不多。嗚呼！人才實難，君子亦爲其難者而已。庚寅秋，世遠給假回閩，過平江，見儀封張先生，言執事於儀封，儀封亦言執事於世遠。今春，聞執事晋藩於閩，下車初政，如禁里派行紙皂等事，皆實有利於民間；文告所頒，愷惻之言，足以動人金石之堅，信不可易。薛文清有言曰：「立法貴在必行，法立而不行，則法爲虚文，適足以啓下人之玩而已。」今執事之法使州縣能守此而奉行之，更擇其不率者而重創之，閩人之福可勝既乎。且夫方伯者，監司之首也。凡計典之重輕、平時之黜陟，皆方伯首列其名而司其責。故於屬員之賢否、民生之利弊，訪問必周，考察必詳，然後可以稱監司之首而無愧。竊見今之居官者，但以爲吾主錢穀而已，其他若不聞知。夫平日既不聞知，而重輕黜陟之法，乃首列其名而司其責，謂之非曠官不可得也。今執事獨諄諄以察吏安民爲心，以此稱監司之首而無愧矣。世遠近以憂居，二三年來，户外之事，原不與知，然於閩中之利病，曩嘗竊聞其概矣。大都蠹役與健訟之徒，最爲民害。蠹役朘民之膏，中人以法，至其驕横已極，凌紳士如草芥。竊謂此輩，擇其甚者置之法，風聲已動於九閩矣。健訟者指無爲有，飾毫末之事以爲滔天，上官不知，輒爲聽理，小民身家蕩散無餘。是二者，一省之内碁置星羅。摘其尤者，寧確無濫，寧重無輕，懲奸慝以安善良，固仁政之先務也。近又聞執事數至書院，與諸生論學，碑陰所載租税，各按籍詳給。夫今天下之以此爲迂也久矣，曰：此何關於政事？不知學術明，教化興，則人才盛，下以成其風俗，上以資於廟朝，政事之大，孰過於此？曩歲與滿大中丞論書院事宜，一書録在别紙。海濱芻蕘，未必無可采者。初冬，服闋赴京，道經省會，承教當不遠也。不宣。

上儀封張先生書

世遠再拜。吴門得侍左右，爲程限所迫，不得久親教益。蒙先生專使送至宿遷，又承贈書六種，入舟翻閲，繼以熟思，氣斂志肅，恍如提命。世遠兩世受知及門，無與爲比。每念先生之所以待先君，及先君之所以繫心先生者，常至感泣，悲不自勝。猥以庸虚，無所肖似，先生終不以不材而弃之，鏤心刻骨，將何以自勵而自逭耶？數載以來，凡所以居家處世者，往往不敢自同於俗，非矯飾也，中心實有不如是不得者。至於修己治人之道，古之賢人有終身學之，未敢自信，况世遠者烏足語此？然自受教以來，比之曩時，頗有依據，但未知措之於用，其能免於膠柱鼓瑟否邪？伏念先生學術辨之毫厘，清操勁節，照耀古今，江南之人，皆曰先生「以一人坐鎮於上，萬姓安享於下」，此非虚語也。世遠過揚州，聞今春革落地税，歡聲載道。由此推之，居大位，得專制於一方，諸如此類，尋究行之，下江之福可勝既乎。江蘇事務繁多，所望偏察官箴，洞悉民情，明以周之，斷以出之，火耗則廉其重者究之，奸猾則擇其尤者處之，禁婦女之游觀，黜浮侈以從儉。如是而吏民不悦服，風俗不淳厚者，未之有也。更有陳者，自古仁人治獄，皆以不株連及速結爲上，是故田叔之燒獄辭，至今稱之。龔遂治渤海，但令持田器者即赦之。唐太宗使崔仁師按獄青州，孫伏伽議其多所平反，仁師曰：「凡治獄當以仁恕爲本，豈可知其冤而不爲伸耶？」自此矜全甚衆。今揚州一獄，海中一案，伏望不株連而速結，仁心之所及者弘矣！江蘇爲五方商人聚處之地，稽查亦不必過於嚴瑣。邇來間有煩言，非不諒先生之竭誠盡慎、體國愛民，無纖毫之私也。然君子作事，不令人諒而令人服，不肯姑息苟且以狥一時之毁譽，而尤必使下情畢達，無纖悉幾微之不周。故世遠謂米禁及船隻之事，更當持之以寬，德莫大焉。世遠自受知以來，未嘗有一字之欺，試舉閩中、吴門所言者而覆按之，或諒其無私而偶有當也。夫其無私而偶有當者，則皆平日受教於先生者也。受教於先生者，先生固已躬自行之，而世遠猶不以爲贅而言之，則以此心之惓惓而不能自已也。伏惟慈諒而垂察焉。

復王泗水先生書

洛陽、漳浦相去數千里，暌違函丈，又將十年。承吾師問以出處之略、著述之詳，懇至如家人父子。世遠竊以庶常散秩，循例退伏，不敢云出處。家居無事，筆墨自娱，藉以收其放心，不敢云著述，然承吾師有問，不敢默默也。世遠庚寅冬乞假歸養，時先君衰羸日甚。及期散館，置之度外。辛卯秋丁外艱，苫塊餘生，不出户庭。此三年中，定《合族家規》，訂《通行禮書》，後又修《漳州府志》，俱各成書。癸巳冬，服闋起復，至京。甲午二月，有給假休致之例。部胥索賂曰：「與我即爲服闋，不與我即爲給假。」世遠雖不肖，肯行賂於部胥以補官者哉？不惟同館之羞，抑亦素心所不肯也。或又以爲赴部呈明即補，世遠思古人尚有得官而辭者，必欲致呈求官，何如安於義命？治裝欲歸，安溪李先生劄薦分修《御纂性理精義》，越乙未秋告成，侍安溪師回閩時，先母已得末疾，遂無四方之志。撫軍陳清端公聘主鰲峰書院，所著《學約》，通行各府州縣。九郡之英一堂，誠爲盛事。世遠終以侍母爲心，丁酉五月回家，是冬又遭先母之變。痛定思痛，此痛終無定也。憂居數載，輯《歷代名臣言行録》《性理精要》，評選《歷代古文雅正》《六朝四唐詩》各一册，未敢問世，聊以自證耳。自惟迂陋無似，不能置身通顯以慰吾師之望，罪積弘多。然古人云「出處之際，當内斷於己」，世遠年未四十，非無用世之心，但中有所不可者，雖吾師亦不能勸駕也。兹因莆田使者之便，肅候興居，并佈鄙懷。世遠再拜。

與楊賓實先生書

索居七載，每思都門時受詔編纂《性理》之書，數十日内，辨晰毫芒，切己體驗，或商榷經濟，或旁及人物，開我聾聵，受益良多。世遠嘗謂方今天下，才賢輩出，要其踐履篤實、正心誠意之功如先生者，未數數見也。世遠自乙未冬侍安溪先生回閩，明年春撫軍海康陳公聘主鰲峰書院，規訓略在《鰲峰學約》中，謹以奉呈。丁酉春，安溪先生回朝，以母老不能隨行，且於出處進退之義，不敢或苟。送吾師至會城，隨以侍母回家。其冬，遽遭母變，益不復與人間事。課訓子弟之餘，邑人士月訂兩期，延至泮宫講學。學術疎庸，不過自盡吾心，藉以自淑，非敢云有補於世也。數載以來，恭聞先生特簡直隸監司，旋開府雲南，正人心，高位，邦家之光，范華陽云：「小人之得用，將以濟其欲也；君子之得用，將以行其志也。」先生藴蓄宏深，正己率物，官箴自肅，吏畏則民安，然後大興政教，以厚風俗，以正人心。雲南何幸，而得大儒開府也。朱子稱王仲淹，云使其得用，比荀、楊、韓子更懇惻而有條理。竊謂懇惻者，仁也，即《易》所謂「元者，善之長」，程子所謂「滿腔皆惻隱之心」，張子所謂「乾父坤母，民胞物與」者是也。有條理者，本平日讀書窮理之功，措則正而施則行也。無懇惻則立體不宏，無條理則致用不裕。霸者所少者，懇惻也。雖有條理，亦非王者之治。竊謂王霸之分止此而已。管敬仲之治齊也，非不民衣民食，教孝教弟，示義示信，然孔子小之，孟子卑之者，以其心但以爲不如是，則吾國不富强而已。王者則從本原之地流出，以不容己之心行不容己之事，盡吾性分所固有，行吾職分所當爲。故伊尹納溝之心，與敬仲治齊之心，非知道者不能識也。俗儒無識，以性命之學爲無與，於事功陋矣。先生懇惻、條理有如仲淹，而謙牧、抑畏之氣，抑又過之。但所謂懇惻者無盡，而條理者無窮。事變繁多，土俗各別，所謂條理者尤難之又難，先生其亦不敢不以爲難者乎？古人有言曰：「大法小廉。大臣能廉，僅得其半。非廉無以行法，非法無以佐廉。使一己廉静而屬員奸貪，或限於耳目之所不周，或因循牽制而不能决去，猶是獨善其身，豈稱開府之治哉？」雲南越在僻小，政教之行，比中州内地較易。吾知先生之用法以濟廉者，仍本所謂懇惻條理者以施之，世遠行樂觀其成焉。世遠近評選古文一部，就各家文集及《二十一史》中擇其論最有關係而文絶佳者，約二百餘篇；又私纂《性理精要》一册，俱經定稿，恨途遠未得就正。安溪師遺集文，孫立侯已經彙次，約二十册，廣大精微悉備，無力付刻，要刻亦須校訂，此責仍在先生耳。滇閩萬里，臨風懷企。不宣。

與趙仁圃撫軍書

整齊風俗，振起人材，端在教化，俗吏以此爲迂，大賢以爲先務。明公自撫閩以來，察吏安民，獎善懲奸之餘，大振鰲峰書院，定其規條，躬爲誨諭，勖以武侯之澹泊寧静，示以文公之近裏切己。身有之，故言之親切而有味，聞風者莫不企仰，况於七閩人士乎？况於身被提命者乎？鰲峰創自儀封張清恪公，弟時受知最深，凡諸房室、書籍、器具、租税靡不悉心參理，又與先君子相繼友教於斯，一番心血所在。凡有一人之向上，一書之存散，一器之堅壞，皆夢寐所關。邇聞此舉，不覺忭躍，不能自禁也。夫道術關於運化，經濟通於性命。明公誠明所孚，仁心爲質，養之以正大和平之福，而又不姑息以滋奸，大憝之去，如距斯脱聞者，皆比之朱子之劾台州。聖明在上，吾道有光，何快如之。今風土益諳，僚屬敬信，推此心以弘遠謨，培士脉而厚民風，易直子諒之所淪浹，正從精明强固中得來。天下第一等事業，非天下第一流人物，其誰擔之而誰裕之？弟學植粗淺，蒙恩禁近。卯入酉出，十載於斯。毫無報稱，悚惕日增。朔風有便，幸加訓勉。庶寡愆尤，臨風懷企。不宣。

二希堂文集卷之七終

二希堂文集卷之八

與鄭魚門侍講書

在京師時，朝夕過從，俛有孜孜，志相同道相合。分袂時，先生獨有所不忍於中者，迴出於交情聚處之外，不可不謂之知我也。前歲附張次修信，有江南閲卷之命，心怦怦欲往，以兩弟公車外出，又繼以臺灣之變，不如所願。嗣聞先生清望日隆，公明之譽溢於近遠，然世遠竊謂此不足爲先生譽也。我輩誦法古人，安肯以文衡而作商賈之行，辱名喪心？自好者不爲，况先生道力素定哉。明則比公爲難，然以理真、辭雅二者律之，空疎者不録，浮雜者不録，驗其心得，審其學力，昭昭然若揭其衷也，此亦不足爲先生難者。竊謂學使之官在有以振士風而變士習。下車伊始，行一令於令長，學官曰：有能敦孝弟、重廉隅者以名聞，并上所實行；有能通經學古、奇才异能者以名聞，并上所論著。行之各屬，揭之通衢，雖所薦者未必皆賢，而賢者未必薦。然本之以誠心，加之以詢訪，擇其真者而奬勵之，或譽之於發落諸生之時，或薦之督撫，或表宅以優之。試竣，或延而面叩之，從容講論，以驗其所長。有行檢不飭者，摘其尤而重黜責之。如是，而士習不變者未之有也。且夫士子荒經久矣，剿襲撮摘，以塗有司之目，侮聖人之言，莫此爲甚。今於歲科未試之先，通行於各學曰：「書藝二篇之外，不出經題，但依所限抄録本經，多不過五行，少不過三行。不者，文雖佳，歲試降等，科試不録。」科舉至期，牌示曰：某經自某處起至某處止，各書於卷後。夫勒寫數行本經，非刻也；先期示之，使知成誦，非慢令也。有能兼通者，場中又牌示曰：能成誦四經、五經者，庠生給餼禀，童子青其衿。如是而不自勵於經學者，未之有也。昔兩漢之選博士弟子員也，以好文學、敬長上、順鄉里，出入不悖所聞者爲稱，選送之太常，太常籍秀才异等者以爲郎。又有孝廉一科，得人最盛。今縱不能薦之於朝，私自褒揚，亦學政之大者。唐時，有帖經墨義之科，今亦仿此意施之，使士子無荒經之患，於學者大有裨益。先生歲試若未暇，及科試行之未晚也。且《小學》一書，爲敦倫飭行之要、修身齊家之本，士子少小先入以養正之言，虛憍鄙陋之習悉去，内聖外王之學畢基於此。昔嘗以此作次藝論題取士矣，後又移之覆試，士子多視爲具文，學使亦有以具文視者，遂使父兄師長不以此勖其子弟，《小學》之廢，風俗人心之憂也。今莫若確遵功令，先期飭示曰：童子試書文二藝，次依所限起止，書《小學》數行，不記者定行黜落。如是，則人爭自誦習恐後矣！夫《内篇》者，十三經之精義也；《外篇》者，十七史之精華也。許魯齋云：「吾於《小學》敬之如神明。」今士子尚欲通經學古，豈以簡便精要如《小學》，反使束之高閣乎？」世遠此數載在家鄉，凡課授子弟以及從游之士，皆令讀《小學》，講期必與經書性理參講，閩士化者頗多。然與其處卑之苦口人聲，孰若學使之行一文，不勞而嘉惠靡窮乎。今之持論者皆曰外官惟縣令與學使最難供職，世遠竊謂此二者爲最易。夫縣令者，朝行一政則夕及於民，興政立教，無耳目不周之處，無中隔之患，古人所謂得百里之地而君之也。學使無刑名錢穀之繁，惟以衡文勸學廣勵學官、振飭士子爲職業，草偃風行，比地方職守者尤易。或又以爲是二者皆有掣肘之患，不知所謂掣肘者多由於自掣，非盡人掣之也。夫布衣則古稱先自强不懈，人猶稱其嚴毅清苦，力行可畏，况居官哉。但氣不可勝，事不可激，當謹確完養以合乎中耳，謂見掣於人，吾未之聞也。世遠邇來無四方志，今歲撫軍吕公又禮至鰲峰，日取先生所示羞惡之説，與諸生深切而講明之。會城氣習甚重，然就中亦必有超俗成材者，心誠求之而已。江南學使前有余、林二同鄉前輩，繼爲同門謝君，皆未嘗有一字之通，獨於先生惓惓者，恃惠子之知我也。不宣。

與總督滿公論臺灣事宜書

日者臺灣告警，卑竊小寇，烏合鳥散，山卵之形，不足爲喻。顧承平日久，沿海愚民轉相驚惶，延及内地。五月十五日，閣下駐節厦門，爵秩威望，足以鎮壓全閩，驚寒賊膽，趣提帥施公部分速發，知南澳總戎藍公忠勇，檄同出征。内地凶倔虛憍之輩，招以從戎，使逞志於海外、執戈荷矢之夫束之舟中，市上岸旁無一迹，山無伏莽，野無流言，此皆由閣下懼思不懈，加以度量之弘、愷惻之周、恩信之著、咨訪之密，故能動皆中於機會，古人所以「貴有重臣」者，此也。昔者羊祜、杜預部署平吴方略，而王濬收其功；裴丞相度宣撫淮蔡，而李愬奏其烈。即以臺灣前事言之，制府姚公啓聖多方誘諭，施侯琅一舉而定之，閣下望實遠追羊、杜、裴、姚諸公，而今之草寇奄奄就盡者，既與吴、蔡不同，又非如昔日之臺灣逋誅積寇者等。

世遠於是知賊不足平也，但私心所慮者，恐士崩枕藉，乘勢追逐，不免過於殺掠耳。昔曹武惠將破江南，忽一日稱疾不視事，諸將咸來問疾，告之曰：「吾之疾非藥石可愈，但願諸君誠心自誓。克城之後，不殺一人，則疾自愈矣。」後果守其言。虞詡戒諸子曰：「吾事君直道，行己無虧，所悔爲朝歌長時，殺賊百餘人，其中何能不有冤者。自此二十餘年不增一口，知獲罪於天也。」臺灣，吾故土故民，但爲一時脅驅所迫，伏望嚴飭將士，并移檄施、藍二公，約以入臺之日不妄殺一人，則武惠之仁風復見於今，永無虞詡朝歌之悔矣！陳生夢林聞已招致幕下，此君性行經濟，蚤有國士之稱，又嘗修《諸羅縣志》，熟悉臺中情形，咨以商確，必能有所裨補。海峙炎蒸，眠食珍重，不宣。

再與總督滿公書

邇聞大兵由澎湖齊發，載聖天子之威靈，稟制閫之節度，長驅入鹿耳門，遂據安平鎮，乘勝由七鯤身轉戰皆捷。北路兵由西港登岸，進克臺灣府。賊窮蹙潰散，臺地悉定，閩人抵掌相慶。世遠前書所謂「賊不足平」者，今果然矣！又聞閣下先期諭飭將士，凡村莊城郭，有掛大清旗號者，即爲順民；諸色人等，但有寫「大清」二字帖縫衣帽者，即免誅戮。此自離其党之要計也，且所全活無慮數萬人。世遠前書所謂「曹武惠復見」者，又不爽矣！是役也，不患臺寇之未平，而患山寇之竊發。自閣下鎮厦門以來，威靈所播，事事咸服人心，故能内安外寧，迅速至此。何也？承平日久，大兵所至，動多需擾，民未苦賊而先苦兵。閣下調發三省會討臺灣在道，人不知兵既至，市不改肆，此其大服人心者也。兵衆既多，米柴菜蔬之用，動以萬計。若科及民間，好亂之民藉以爲名。閣下調發有方，州縣奉行惟謹，此又其大服民心者也。又聞諸路兵之下船也，天氣炎蒸，人人撫摩而噢咻之，纖物必周。既至澎湖，又令貿易者多載菜蔬魚肉供其買用。兵機神密，七日而果大捷。今沿海郡縣不論黄童白叟，皆曰：「此番非總督不能成此功；總督非急至厦門，不能成此功。」未事而券之，有由然矣！世遠更有陳者。夫平臺匪易，而安臺實難。臺灣五方雜處，驕兵悍民，靡室靡家，日相鬨聚，風俗侈靡。官斯土者，不免有傳舍之意，隔膜之視，所以致亂之由，閣下其亦聞之熟矣。今茲一大更革，文武之官必須慎選潔介嚴能者，保之如赤子，理之如家事，興教化以美風俗，和兵民以固地方。内地遺親之民，不許有司擅給過臺執照，恐長其助亂之心。新墾散耕之地，不必按籍編糧，恐擾其樂生之計。三縣縣治不萃一處，則教養更周，南北寬闊，酌添將領，則控馭愈密，爲聖天子固海外之苞桑，爲我閩造無疆之厚福。惟此時可行，亦惟閣下能行之。安集之後，常懷念亂之心，是區區之嫠恤也。不宣。

復張漢瞻書

辱書稱許過當，勸誨交深，世遠烏足以當此哉！此乃先生抱負鬱積，閱人閱世，借世遠以發之於文耳。世遠學既不充，行能無足取，見人有一言一行之善，每識之於心而不敢忘，此鄙性之所樂也。居官者，行一良法，施一美政，則亦識之於心而不敢忘，此又鄙性之所樂也。貧人見富者而羡之，豐衣美食以爲己艷，固其所耳。若云滿腔皆惻隱之心，又云以天下爲己任，則萬萬不敢也。世遠曩時亦嘗用力於古文矣，少年氣盛，不肯自局於制舉之業，妄有論著。嗣後稍有知識，不喜作無益之文，所作者又皆粗疏平淺。先生乃以光潔淳粹、雄剛俊偉當之，不增人愧恧乎！吾黨學問經濟，必講求篤實堅確，可見之施行。博雜之學不足貴，即略見影響，空言自大，究竟何益？世遠初知學時，視天下無不可爲之事。邇來竊不自揆，以所見者修之家而行之一族，尚有所難，况天下之事乎？見當事有可與言者，忘其固陋，間有敷陳，退而自悔者亦多矣。知我者，嘗以静默謹退爲勖，猶懼其不吾變也。今先生乃以范文正、韓魏公相舉，似雖先生與人爲善之心，無所不至，恐儗人不於其倫，適足以增其咎戾也。至世遠此行，先生謂不必以格於成例，爲患區區之私，進退綽綽。向使在京聞訃，而此日恬然補官。爲人子者之心，其肯以此易彼乎？且夫欲有所希冀，以圖其私，世遠亦不爲也。舟中無事，率此奉復，且以自白於知我者之前。不宣。

與林于九

前擬有粤東之行，過雲霄，觀西河之風規，既而不果。雲霄山明水秀，科第人物抗衡上國。邇來五十年，不得一登賢書，豈山川之秀鬱而未舒，抑師友之砥礪有未得其道歟？足下行修名立，有經師人師之望。今歲授徒於兹，所示以入德之方，作文之要，必能敦懇詳盡，啓發弘多，斯誠雲霄之安定也。竊謂文章之要以氣脉清真、詞義精采爲主，顧清真非體認，儒先講解，不可精采，非窮經讀史，不能根柢盤深而出之以雅醇，此文章之秘鑰也，非爲科名。然科名不難得也，抑吾聞凡爲師者，非徒教人以文也，必使之篤倫理、嚴義利，馴致爲有用之儒。孟子所謂其子弟從之，則孝弟忠信是也。今之爲師者，多不務此。講章句、課八股而已，風俗之所以不古，若者以此。然必欲人人執而教之甚難，莫若講《小學》數條敦切開示，又令午後書古人嘉言善行各一條粘之壁端，不書者有罰，重出者有罰；不拘何書，但據所見，或取心得，大能裨益性情，次亦可資記誦。先入之言，聞之既熟，則行誼敦而風俗可轉習俗移人。初猶目以爲迂，行之既久，則非笑者翻自非笑矣。凡作一事，必須劈頭斬截，不然直是泛泛悠悠，無一下手處也。石民大兄止有一孫，今又喪矣！數窮如此，奈何！

與李巨來同年

拙稿承改正評示，倒廩傾囷，非知愛之深、負大見識、大手筆者不肯，亦不能也。尊稿高闊雄博，飽讀十日，强分爲三，間附末見，以正高明。諸儒語録，奉繳細閲尊評，極有卓識。然尊陸子可也，尊陸子而詞氣之間不免過激，因而不足於朱子，似可不必。吾兄以人之議陸子爲非，則人不以吾兄之不足於朱子爲非乎？凡講學不在辨别异同，貴能自得師，知得一事，便行一事。弟生平不敢言學，然總以力行爲貴，徒講解剖判，皆膚詞也。適館想已多時，規模氣概，安能降格？但抑畏之心，不可不時存。言論尤貴三緘，於不知不覺中防之又防耳。

與黃貞吉

三載相違，厪我寤思。近於親友談論時，常稱侄倩至孝至友，上成父母之慈名，中善事其兄，下撫庶弟，篤摯愉婉，雖古王覽莫能遠過。侄女亦被刑於之化，善體夫志。又聞昔歲執太翁之喪，小祥以内，俱臥棺側。去年，丁太夫人艱亦然，哀毀至性，内則心摧，外則合禮，此真近今所難，可以風示天下，不佞私自嘆佩。念禮部有表揚風化之責，謹擬扁額「孝友端化」四字，前後用銜款，服闋時掛之，願勿讓也。更取《小學》《近思録》《大學衍義》及我閩公訂《家禮輯要》一書，切己體驗，務使一言一行不染於俗，有立於世。不宣。

答李立侯

《性理精義》附至，甚喜。隨令書院同人抄寫，以爲講解之資。來教云：「論人物，當先學問，而後經濟；論讀書，當先六經，而後子史。」世遠年二十以前，心粗氣浮。嗣後讀宋儒之書，知學問本原，非此不可務，須從此體察，本深末茂，非徒藉一時意氣之激發也。至於有一二全不看史書者，每規之，亦謂其既知研極宋儒蘊奥，因而遍覽古今，考鏡得失，必能大有補於推行處，自餘指相規切者，皆反此。至平日所規箴足下者，大都以英氣過勝，必以從容涵養爲主。此遭所論，則又以不要畏避爲言。天下除是作一庸人，則悠悠過日，若有所抱負設施，自不能如意順適。况處家鄉，尤難之又難。正不必以來教所云謗議爲患，但藉此以收斂畏懼，更見長益耳。嘗讀昌黎詩云：「磨礱去圭角，浸潤著光精。」六七年來，常奉以爲座右之銘。願以移贈，亦同病相規之意也。《歷代名臣言行録》未知編就否？《學約》乞速改正。莊元仲回家束裝，不日當來湖山。不宣。

與黄居堂學使

燕臺領蓋未暢所云。每念孤鴻天外，獨鶴雲中，未嘗不矯首德輝，係念山亭也。邇來學政振飭，壺冰之操，不足爲賢者重，獨難得此風雅之宗。一段苦心真氣，纏綿淪浹於七建人士之心腹腎腸。今雖陵阿舊澤、海嶠黄童，人人有學古之思，身有之，故言之親切；心志之，故歷久弗衰。此固非刻鵠好龍者所能襲取也。貴好友顧君小厓同侍禁庭，朝夕説項，謦欬益親。兹因其阿咸南歸，肅此奉詢道履，弟固非妄嘆者。不宣。

寄朱高安相國

數載相聚，誼兼師友，情如骨肉。曩聞太夫人之訃，感愴傷悼，實非一端。既又念《孝經》之所謂「顯親揚名」者，閣下已無餘憾。加以八十餘歲之壽母，六十餘歲之孝子，更可無憾矣！伏惟節哀順變，養身以全孝，即以全忠道非有二也。太夫人墓表，承命爲之，愧歉殊甚，中有參錯及鄙讕處，即爲改正。父母前稱名，自唐宋表志以來未之有改，故不敢從俗；稱名之後，或稱字稱官，韓歐已有爲之，故不敢拘古，知禮者定之。

答鰲峰書院諸生

頃接諸同人手書，意緒懸懸，即欲奮飛以造三山。奈家母所患尚未平復，若欲遽離左右，寸心憧憧，不能白遣。伏念同堂聚處，將及一年。不佞既無道德，又無文章。顧所日相諄切者，大抵以立志爲始，以孝弟爲基，以讀書體察、躬行克己爲要。至於講論經書、性理及所改竄時文，鄙誠硜硜，諄復不厭。吾黨有相信從者，即不必朝夕相親，亦可以自勵矣。不佞所望者，非徒得巍科膺顯秩而已也。凡我同人，亦望其希賢聖，飭廉隅，循循不息，以振道南之緒而已。此言非迂也！以此言爲迂者，皆無志庸碌之尤，諒吾同學無或出此。至於時文，乃拜獻先資，秋闈在即，尤宜體玩，不但無負當道養育之深心，亦己之出身得以不負所學處。大抵以清真雅醇爲主，起講不欲其多而犯實也，起比不欲其長而寬懈也，點次欲其簡老而明白也，實疏欲寫其心得而言有物也，收結用整欲其精嚴也，用散則欲其古宕也。至於後場，主司所以覘人學識。平日讀古所得，异日施行正見於此。務須竭一日夜之力，不可以苟簡速出爲主。不佞雖在漳浦，此心無一刻不在鰲峰同堂所深信諒者。倘邀天之眷，家母忽爾平復，七月杪尚欲倍道而來，以覩觀光之樂，且再敦勉暢叙，何快如之。已具賤函達之中丞公，附此奉復。不宣。

寄寧化五峰諸生

貴業師貫一相聚都門，屢稱諸賢志道之心甚鋭，深爲喜慰。是日重陽，正當休沐，持諸賢請業之書相示，不佞見之，喜而不寐也。年富力强，何事不可爲？祇直捷要學聖人，夫求爲博雅則限於資，榮顯富厚則限於命。惟直捷要學聖人，可以操之自我，眼前立大志向，定大規模，隨所讀之書，身體心驗，隨所行之事，遷善改過，開其學識使益弘裕，養其德器使益堅定焉，斯已矣蓋之！來書謂澄本清源，惟在義利一關，此最得之。義即天理，利即人欲，當認得透徹，斷得斬截。如寫書來京，所言學業有一毫不本中心發出，或拾前人成語，要使見者稱爲有志，此便是浮外爲人之心，即利心也。思大來書，稱：「近日體認，吾未見剛者一章，與『整齊嚴肅』四字覺更緊切。甚是朱子謂徒得一二謹厚之人，未必能自振拔而有爲。」故聖人止思得一剛者，蓋氣質剛勇，始足任道。但戒浮氣矜氣耳，眼前非必便能事事合中，尚須細加涵養。然軟靡無氣骨人，必不能有爲也。程子論學之功，莫要於「主敬」，曰：「主一之謂敬，無適之謂一。」又曰：「祇整齊嚴肅，則心便一，一則自無非僻之干。」然此際加功最難過於矜持，則苦而難久，稍寬緩又便怠弛。惟立志既堅，躬行又力，用謝氏心常惺惺之法，常自提撕斂束，自然坐立，不至放佚心體，不至昏怠。以此窮理，心極清明；以此克己，氣極勇決。更日加涵養，自然德成而學就，所謂「徹始徹終工夫」也。又謂時文恐荒正業，欲暫去之。夫時文亦代聖賢以立言者，祇要心得而寫，以時文之體勢耳。心有實得，則文字自有精采，科名在其中矣。程子謂「科舉不患妨功，惟患奪志」，此言盡之。至《文公家禮》，最切日用，未有學道之人而不行禮者，此時得行，即行不可有待也。且化民成俗，莫大於此。思源嚮道，自比北溪，却誰當得朱子？惟取朱子、北溪之書，體究實踐，不遺餘力，則亦朱子、北溪矣！况家有賢父兄，庭訓之下，益加刻勵，使父子繼美，與宋代胡文定、蔡西山二家比隆，是所深望也。與之來書謂：「取《誠意》章默會，愈覺警切。」此欺慊之介，體察入細，則毛髮竦然。願更策勵。《居業録》體勘極有益。敬齋祇一布衣，唯能立志居敬苦學程朱，故能廟祀百世。觀其辨别何等精嚴，用功何等堅苦。身有與浮慕者，不但鬼神不可欺，天下後世更不可欺也。學山謂：「《朱子全書》閲畢，欲讀《近思録》。《全書》中有無限道理，體用俱備。《近思録》則領要存焉。總在讀時句句切己，行事時刻刻對照耳。」昔在宋代，吾閩名儒甲天下，多在延建。今日臨汀風土人情最近古。貴業師倡之於前，諸賢互相講勵，如上灘之船，不上不止，則道南之盛復見於今矣！不得面暢屬望之深，忘其鄙譾，然皆肝膈之要。不宣。

與雷貫一

兩載都門相晨夕也，以令祖母年高，急於趨省，不敢欵留。歸後忽忽如有所失。不佞有疑莫析，兒輩不得聆誨言，能無繫念？不佞自數年來，曾友天下士，要如賢友之純心篤志，以第一等人爲可學，而至講明踐履不少懈者，有幾人哉？學者患於無志，有志矣又苦不能篤實，篤實矣又苦不能曉事。以陳北溪之賢，受業漳州，與聞至道。越十年，往見朱子於竹林精舍，猶謂其尚少下學之功，勉之曰：「當學曾子之所謂『貫』，勿遽求曾子之所謂『一』；當學顔子之『博約』，勿遽求顔子之『卓爾』。」北溪自此精進有加，蓋篤實之難也。以司馬温公之學識，一代寧有幾人？明道猶謂君實不曉事，使明道得大用於世，其明通公溥比之温公，自是不侔。然温公尚未足當曉事之稱，由是言之，學之進境豈有涯哉？賢友年方三十有三，朝之巨公，見者無不崇獎，庶所謂篤實而曉事者。然以北溪、司馬二公律之有不爽，然若失乎，又何加焉？仍在精義、集義二者，交勖而不息焉耳。五峰諸生得承指授，英特不群，皆任道之器也。然今之士子囿於科舉，牿於習尚久矣！鄉人知所不屑矣，必勉之使爲天下所不可少之人，匪徒爲天下所不可少之人，又當爲一代所不可少之人；匪徒爲一代所不少之人，又當爲千百代所不可少之人。志鋭守堅，捐其所甚利，而追其所必至，自然日進於高明，臻於光大。夫鼓其趍而指其程途，師友之事也，餘則在學者之自勉而已。有己未克，誰則知之？半途而廢，誰能禁之？不佞望之深，幸爲我勖勵之。不佞粗疎寡陋，然此心實未嘗一刻少懈。賢友嘗勖我以「静時加功，靡日不體」，斯言庶後日相見時稍進故吾也。不宣。

答王槐青太守

辱書知賢友刻苦勵志，上下咸有聲稱。雖曰苦節不可貞，然歷觀古今名人志士，未有舍澹泊寧静而可以致遠者。况賢友甫成進士，即膺太守新命，倍加惕勉，亦所以去咎戾、嚴始志之一端也。太守之職，雖不若州縣親民，朝行而夕及，然所治者廣大，都以察屬安民爲最要。屬令有貪婪苛刻者，則劾之；有庸昏怠玩者，則劾之；所屬有蠹胥悍役訟棍及大奸慝，則鋤而去之。至於事故錯誤，則原之；有心實無他而才能可用者，則愛惜保護之，非徒爲愛才起見，實爲百姓植福也。爲政一年，民信之矣。益加蚤作夜思，以一團精意，與萬物相終始。嘉績所乎，寧有既乎？古之化民成俗者，必以教化爲急務。每觀自昔名賢所莅流風，猶堪數世。賢友學有本原者也，興德教，明禮法，擇秀者於學，數親至與之講論。自紳士以至里民，有敦門内行者，或禮請以明敬，或表宅以示優。人材輩出，風俗醇厚，恒必由之。此皆俗吏所指爲迂遠闊疎者。然所望於賢友，正在此而不在彼也。《家禮輯要》一書，乃不佞與敝鄉紳士合訂通行者，質之有道而後付梓，秉禮者試閲之，或亦可推以爲楚俗之一助乎！

壬子九月寄示長兒

汝扶汝母柩至家，必丙辰公車，始得侍吾左右。當時時哀痛刻勵，勿使吾憂汝無成，且憂咎戾日滋。所示粘壁間，朝夕警省。汝當時思汝母病篤兩月餘，常呼汝不得一見。汝至京，汝母、汝弟、汝妹不知何往，時念及此，嗜欲懶怠之念自消，刻勵顯揚之志益篤矣！

汝見人，不可言笑自若。高子皋之執親之喪也，泣血三年，未嘗見齒。勖之！居喪不但酒食之宴不可與，即家居酒肉亦須戒。汝仲弟在京，至今尚不近酒肉而外寢也。有生客至，酒衹三巡已，執杯而不近唇，切不可如平時留客也。居喪，遇親朋嫁娶吉事，汝但寫吾名帖往賀，不可親往。喪葬事，則酌行之。平日無事不出門，即往來族友間，亦白衣冠。《家禮輯要》所載，吾閩已通行，汝毫髮不可越。我以《文公家禮》倡吾閩三十年，而教不行於子，不大可羞乎？在家事叔父當如父，事兩叔母如母。凡事如己事，不可推諉。凡藉端避嫌者，皆孝友之心不摯也。我在家時，由親及疎，應爲謀者，必悉心力，人亦相諒，汝所見也。從父弟視之如胞，不時誨訓，或飯後，或晚聚，皆當有嚴憚敦切之意，勿使墜於閒談不義、浮薄成性、好美衣食爲念。第一是使之知重倫輕利，使一生之根基牢固。又須刻刻告以讀書當切己身體，以所言爲法戒，不是衹教汝爲文章也。家中内外之防最宜嚴，即大石、灣潭二處，尤當時時照察。如捧飯菜男女，授受限以閾，男僕不可適便自入廚房，捧置宜守。此我之從兄嫂寡居二人，從弟婦寡居一人，各有一女，皆及笄。我此間無力可分助，汝在家治喪，欠負未清，亦甚艱，然不可不勉力助之。將適人時，或先期字來，或自行措助，成我志也。平居則米鹽相分以澹泊，有月給米石者無失。家中須節用爲先，每日食用須有限制。輕用不節，其害百端。又切不可鄙嗇爲心，凡義所應用，不可有一毫吝心也。自家用度，即紙、筆、油、鹽，以至微物，皆宜愛惜，宜用處則。不然，若衹以求田問舍爲心，人品最下。恥惡衣惡食，志趣卑陋之甚者。推之凡事，皆要虚體面以誇流俗，此最壞品。立心行事，讀書作文不如人，實可耻也。待僕從不可刻薄，然不可不嚴。有玩法者，立刻處置。錢財不清，亦即酌其輕重而處之。讀書最要限程，讀經史性理，隨力自限，總是每看必返己。自考古文亦隨力，讀時文以應試，晚間以餘力及之。我與汝兩叔父俱不在家，汝年少，毫不曉事，衹是閉户讀書，誨勖子弟，不可一毫與外事。但族中事有宜與知者，亦勿推諉。我原立有《家規》，隨家長贊成之，凡事須至誠、至公、至謙和處之，自無咎戾，亦無過分處。我在家時，鄉鄰三百餘家。西湖本族，皆勸禁賭博二十餘年，已成風俗。汝力不能，本族當與家長申明之，鄉鄰則日與鄉耆里正同勸戒，自然依我前約也。凡行事，揆之情理，裁之以義，切不可爲人所愚。宵小之輩，動以利，不聽則脅以名，欺誑於初，後則云不可中止。須自主張，不拘何人，守義要切，父命當遵。待人須要從厚，人待我不循理，我以薄施之，是我無以异於彼也。衹循我分，盡我心。今日接汝桐鄉季父來字，云汝凡事好自以爲通曉，其實一毫不識。蓋家中被人欺誑，順奉故也。當牢記痛改。與人言語，切不可有爭氣。我見汝在京與人言説，常有爭氣，此損福損德之一端，須戒！

晚間方點燈時，先生爲小子説《小學》數條。汝與從叔父諸群從同在坐，要義各爲提撕，小子傳集，不可缺一。將來子弟重倫輕利，不染習尚，庶可不墜家風，且或可成人物。凡事衹可罪己，不可尤人。薛文清云：「不忮不求，何用不臧？」是守身常法，不可不三思。

吾家子弟，最宜常勖以立大規模，具大識見，不可沾沾焉貪目前、安卑近，朱子云：「天下事壞於懶與私。」最切今之弊。懶則不肯勤勵，學殖荒而志氣亦墜；私則自至親間尚分畛域，有利心，尚望其有器識有所建立哉？

村俗秀才，株守時文一册，止望得第，夢夢一生，與時循環，全不計及异日施設若何，結局若何者。此鄙陋之尤，最所當戒。即學古，而止以爲作文章用，講學而不能躬行，亦甚可耻也。我老矣！諸子弟有能副吾望者，此心何日忘之。

二希堂文集卷之八終

二希堂文集卷九

刑部右侍郎涇陽王公神道碑

雍正七年十一月甲申，刑部右侍郎王公卒於位。天子加恩，賜恤葬祭，諭禮部具典禮以聞。越明年二月，其孤穆將歸葬，以狀請於余，曰：「願有以銘其隧道之碑。」余與公爲同年友，知公生平講道服義、立朝莅官、愛國撫衆諸大節，有古大臣風，其何敢辭？

按公姓王氏，諱承烈，字遜功，陝西涇陽人。曾祖諱徵，由進士授廣平府推官。魏閹構黄山獄，抗爭之，全活數百人。擢山東按察使司僉事。落職家居。闖賊陷關中，檄召縉紳，稱疾篤不赴。甲申之變，七日不食死。祖諱永春，邑諸生，闖賊之變，代僉事公繫賊所，僉事公得脱。父諱瑱，邑諸生，以任恤重州郡。祖、考以公貴贈某官，三代并崇祀鄉賢祠。曾祖妣某氏，封恭人；祖妣某氏、妣某氏，皆贈恭人。公天性高邁，幼嗜學，莊誦如成人。年十九，補博士弟子員，旋食餼。嫻詩賦古文，敦内行，孝養無方。家極貧，授徒供甘旨。歲饑，未嘗缺。居鎮城，與鄉人按保甲法，稽察巡守。編善俗歌謡，令守城行夜者講誦，鄉人化之。肆力五經，陳篋伏讀，由心得發爲文章。乙酉，以五經領解。己丑成進士，改翰林院庶吉士。丁内外艱，喪葬悉依《家禮》，五年孺慕如一日。服闋，散館授翰林院檢討。

今上御極，改河南道監察御史，巡視東北城。公性坦易，而莅衆方嚴峻，廉隅守法度。有巨宦僕戚羈賈人米價，索欠則假威怒駡，賈人鳴於官，僕匿其戚於巨宦第中。公執而寘之法，輦下肅然。署掌山東道。時有旗人命案，兇首非其人。九門提督定案，當抵命，會審諸公莫敢异同。公抗言其冤，往復辨争得免。凡公所爲，不畏强禦類如此。旋補吏科掌印給事中。二年八月，召入養心殿，講《大學》明明德、辨儒釋之分甚詳。上大喜，賜《性理精義》《古文淵鑒》及珍玩數種。即奉有督糧湖北之命。湖北漕運，頭舵、水手皆本軍雇覓，沿途苦之。時有請即用本軍子弟者，公以本軍子弟不習操舟，且縱水手數萬人失業於江湖中，爲害滋大。乃依保甲法編次，恩威并用，運丁斂輯。江陵、荆門、蘄水等州縣，向有以南兑漕之例，水脚運費約千金，舊歸糧道，公准其兑而却其金。黄州府屬被灾，公捐資，設飯廠賑之。舊例，荆南盤查各倉陋規，供應船隻每項約費三千餘金，公皆捐俸自備，飭胥吏不得受一錢。給發南折兵餉及修船行月等銀，悉照部平，而以其餘修造救生船。興復江漢書院。天子聞而嘉之，擢江西布政使司布政使。署舊設東西通吏，作奸犯科。公莅任，即革除，勒石各州縣，凡遇造册事件，吏胥苛駁以索厚費，公令粘簽册首，示以攢造之法，需索之弊自絶。南昌、新建、吉安、九江等郡被水，公捐三千餘金賑恤。會城多圮，捐千金倡修之。

又清厘白鹿洞學田，俾諸生膏火之資不絶。時布中丞性苛急，待吏民如束濕薪。公委曲調護，勁正不苟，大拂中丞意，公曰：「吾一日爲藩司，一日行吾心所安，肯阿上官，以上負聖明、下負百姓耶？」人咸爲公危之。上察其忠，以都察院左副都御史召公。進見，即具劄直陳。上召中丞置對，中丞語塞，遂落職，授公工部右侍郎。江右數十萬生靈咸頂祝曰：「天子聖明，公有仁者之勇，偉哉！」公自工部調刑部右侍郎，時方苦瘧，感上知遇，力疾辦事。至秋，遂臥牀褥。冬十二月卒，春秋六十有四。

公自少勤學，博涉群書。年四十，兄事豐川王先生，講明心性、修己、治人之學，以第一等人爲可學而至。豐川先生諱心敬，陝西名儒也。及成進士，出安溪李文貞公門，益研究宋儒書，身體心驗，不在空言。所著《日省録》，切己内考，力行可畏；《毛詩解》《尚書解》，皆有心得。病臥時，猶手自改正。公嘗語余曰：「吾自年四十，庶幾無一事不可對人言者。歷官二十餘年，清節惠心，虔恭不懈。偶有贏餘，即用以惠民濟衆，修廢興學，不爲生計。」没之日，身幾無以爲斂。嘗謂其子曰：「我以『清白』二字遺汝足矣！」初登九列，士大夫想望其豐采施爲，公益奮勵，思上報聖明，竟以纏綿瘧病，未得展其志。每與親知子弟言及，未嘗不淚涔涔下也。

嗚呼！觀公之忠誠，終始勿替，可謂不負所學者矣。原配左氏，繼娶李氏，俱贈恭人，皆先公卒；又娶裴氏，封宜人。子男一穆，癸卯舉人，内閣中書舍人，孝謹，能世其家學。

女三，長適太學生李思孝，次適候選經歷蕭侯，次幼。孫女一。公之歷官行事，相國高安朱公既爲之志以納之幽。余所以銘公者，亦將以傳公於後也。

銘曰：王氏高節，世有賢哲。陰德之光，其祥長發。我公繼之，孝德作基。董帷發憤，擇友親師。年既四十，淵修益密。約己以正，居官以律。天子達聰，進秩登庸。其艱其瘁，一其初終。臺垣數載，寢奸宥罪。吏以從風，民以樂愷。兩湖之間，水運盤環。公施大德，墮淚峴山。江藩嗣命，以煦以泳。棘棘不阿，强權莫競。載道歌賡，惟天子明。既毗邦憲，若工司刑。公曰嗚呼，身非我有。我疾不瘳，帝恩有負。竟不少留，遂終於位。迹公生平，忠誠不二。有耀其學，有昭其繼。刻石垂休，以質來裔。

詹兼山先生墓表

詹先生諱明章，字莪士，號兼山，漳州海澄人。康熙五十九年四月，享年九十有三以卒。越明年，卜葬於某山之陽。漳浦蔡世遠表於其墓曰：

嗚呼！先生儒而隱者也。先生以勝國遺民，隱居不出。力學著書，至老不倦。世遠未識先生時，先君子嘗語世遠曰：「吾漳有詹兼山先生者，在都門時，嘗爲我言河洛之學甚粹。其人蓋隱君子也。」世遠心識之。歲丁亥，儀封張公撫閩，建鰲峰書院，世遠幸隨先君子後與講席之末。張公廉知先生名，問及世遠，對曰：「是家君子之所敬畏也。」先生應聘修書，周張朱子之編，多所手定，因得朝夕聚處。世遠少先生五十三歲，先生以通家子畜余，未嘗不諄諄訓誨也。世遠後官京師，適柏鄉魏君守漳郡，因往告之曰：「詹兼山先生者，隱君子也。年八十餘，篤行著書，手不釋卷。所著《易義》及《河洛解》等書，皆已刊行，君其加禮焉，以爲郡人士率先。」魏君至，遂式其廬，屬以參訂其先相國所輯《四書朱子全義》，用進乙覽，大稱上意。政府安溪李公、太倉王公各上摺嘉嘆。先生雖不出，而學大行，名益重。魏君爲築景雲樓，月出粟肉以優之。乙未歲，相國安溪公假歸，將禮聘之，以老病辭。然公嘗言之制府滿公曰：「吾閩有詹兼山先生者，隱君子也。」魏君觀察江南，又取先生所著《先天圖卦説》繕寫以書，屬滿公進呈，滿公未及行而先生捐館舍矣！嗚呼，故老湮没，典型不作，有心同悲。况世遠於先生得附世交之末，親承其言論風旨者哉。憶前歲戊戌，漳遭大風雨，壞室廬且半，先生景雲樓亦傾。世遠自漳浦往見先生，僦居斗室中，日不再食，諸孫多有饑色，先生蕭然自得也。世遠贈以酒肉，先生笑納之。且使告龍溪令君曰：「大風雨壞室廬且半，君與郡侯出金賑貧，顧安可使詹先生困饑餓哉？」令君躬自往見，贈以金。當事及親知，斂金爲興景雲樓。嗚呼，先生真隱君子也。方其初年，或隱於江右，或隱於都門，或隱於幕下。輕先生者，不過以爲無用老儒生耳，孰知其堅節苦學，至死不厭，不可磨滅？嗚呼！世學不講，長大傑出者，耳濡目染，安其故業。後生小子又多厭聞宋儒之書，以爲迂而不切於用。世遠自友教鰲峰以來，方率七閩人士大聲疾呼，而同志無多數人。方藉先生以爲標的，孰知其竟不憖遺也。嗚呼！以先生之養之學，年九十餘，勤勤懇懇，惜及寸陰，況如世遠又可輕自怠廢哉！用表其阡，昭隱德也。

麗水令王君思庵墓表

雍正五年，天子下薦舉之詔，内官自郎中以上，外官自知府以上，各舉所知一人。余時備員内閣學士，將以王君應詔。其同縣雷貫一爲我言，君年已七十，衰老不能任事，以是中止。蓋余素知君令麗水有循聲，居鄉爲賢薦紳，亦得之貫一所述也。越四年而君卒，貫一爲狀其生平，求余表其墓。余固知王君者，其何可辭。

君，閩之寧化人，諱汝楫，字若濟，號思庵。六歲喪母，八歲喪父，依兄嫂撫育。少聰穎，孤苦勵學。十歲應童子試，有神童之目。癸亥，列諸生，登甲子榜第二人。歲庚辰，謁選得浙之麗水。邑經藩變，凋弊特甚。君煦育如慈母，邑之人無不諒其愛之誠而無有利心也。凡所興除，悉如所欲。歲旱報荒，太守止之曰：「子不顧考成耶？」曰：「寧累考成，願全民命。」藩差有藉催糧名，頻數索夫而吞其價者，一不如意，即倚勢咆哮。君諭曰：「邑遭亢旱，令憂心如焚。今兩月間索夫至九十餘名，民何以堪？公務稍暇，令當自來肩輿耳。」

差乃駭而宵遁。金華兵米不敷，上官檄以麗水溢米四百五十石運接永康。君計程二百餘里，須夫二千二百五十人，囊四千五百，民不能供。致書幣永令佟君，具道麗水貧瘠狀，求以銀折米，許之。是役也，君捐己俸以足額，民莫知也。邑土曠人稀，十三都、十四都荒殘尤甚。時報新墾者，歲入計七十餘兩。君請以抵兩都額賦，民得甦息。歲免奏銷帖費四百兩，編審雜費亦如之，徵糧減舊耗三之一焉。邑當孔道，夫船常規悉屏却，廉得尅減者，杖懲之，立石永禁，往來利之。凡可以便民懲奸者，勇爲之。壬午春，同太守入杭州。太守引入内榻，出四人相見，私謂曰：「闈中幸加賞識。」君峻拒之。歸至署中，言其事，咸曰：「何不陽順陰違？」君曰：「我作朝廷官，非作太守官也，奈何詭道面欺？」然竟以此得罪，用不察盜報罷。邑人作攀轅圖以贈，送數十里，揮淚而返。

君居官，寬和平恕而律己方嚴。事上官極恭，遇公事則棘棘不阿，故上官面譽而陰汨之。既罷歸，老屋數間，不增一椽。敦修學古，爲鄉人式，未嘗以私干人。至事關民生休戚，侃侃直陳，或陰爲條具，當事重其品，恒見采納。雍正九年卒，春秋七十有四。子男三，長道光，爲諸生，博學能文，先君卒，餘皆向學。余嘗謂士生斯世，小得志則爲親民之官，以自行其政教，力所能及者，無不悉焉；不得爲時用，則飭倫紀、正學術以倡家鄉，力所能及者，無不悉焉。君得兼有之。其可謂有立於世矣！

贈奉直大夫玉林徐君墓表

雍正五年歲丁未，福建總督高公、巡撫常公合辭奏曰：「維僊游太學生徐萬寶敦修累善，歲饑，賑米八千餘石，殁於積勞，尚義可風，請建坊立祠。」上下其議，禮部特給帑金建坊，有司虔造牌位，入祠致祭；欽定「善勞可嘉」扁額，蔭一子入監讀書。越庚戌十有一月，將葬徐君於月山之陽。漳浦蔡世遠表其墓曰：

嗚呼！講學而不行善，猶弗講也。行善而力有不逮，則行之不廣，力大矣；而心有未盡，則行之猶不力，行之廣且力矣，又或聞其風而不親見其行事，知其行事而不識其人，則亦不能熟悉其生平之大節細行。若徐君者，所謂行之廣且力，親見其所行之善迹，且曾游吾門，熟悉其生平之純孝至弟，樂善好施捨。上爲聖天子之褒嘉，下爲邑里之頌禱。固宜咨嗟愛慕，揚闡撰述而不能置也。

君字祖寧，別號玉林，贈奉直大夫。派出唐狀元寅，迨裔孫博士日將徙居僊游，遂爲僊游人。代有傳人。父南，贈奉政大夫，祀鄉賢。母李氏，贈宜人。奉政公有子四人，曰萬安，封奉政大夫；曰望斗，太學生，需次縣丞；曰萬卷，由訓導署理鹾務，皆有賢德。君其季子也。自幼有至性。年十四，母夫人病篤，陰割胸肉和粥以進。後家稍豐，痛母不及養，思及即泣下。事奉政公，孺慕備至。每奉金錢，聽施予，以樂父志。病劇，籲天減壽。得瘳没後，出告反，面如生時。值祭期，雖出必反，思其所嗜，備物致敬。父執貧者，或養以終身，或周其子孫，曰：「父母所愛敬也。」事兄如事父，愛從子如己子。伯兄長子謨，官户部郎中，移書與之曰：「汝但清修勵志，京邸日用，吾爲汝謀，無闕也。」諸子弟咸策以讀書修己，就外傅者，日夕必詢其所學。千指共爨，和樂雍雍。别嫌明微，内外秩秩，子婦無私貨積焉。交友以正，終身不渝。遭横逆，則恬然曰：「吾不能化之，何忍怒之？」其愛敬所積暨於家門戚友者，類如此。君又嘗自言：「吾爲天地之身，父母之子胞與吾分也。」修聖廟，建尊經閣、紫陽祠，靡白金一千三百有奇。修七橋，在僊游者，曰東渡，曰石馬，曰廣，曰南門，靡千三百有奇；在莆田者，曰秋盧，曰瀨溪，靡二千五百有奇。施棺者二十餘年，歲靡二百有奇。施衣者二年，施藥者十餘年。其於讀書人，尤禮愛惓惓。

雍正三年歲饑，君偕里正稽貧户，以丁口爲差，分粟二千餘石，餓者多，四月煮粥，六月乃止，捐米三千餘石。莆之南日山寄絶島，饑尤甚，親往捐米數百石。丙午歲又饑，五月煮粥，六月乃止，捐米四千余石。兩歲捐米八千餘石。其法：日定奇偶，别男女，籤分先後，區老幼。又慮日久貧人弛業，計日盡給，戚友則遣送，其家貧者倍饋之。竟以積勞成疾，逾三月而終，時雍正四年九月二十一日也，春秋五十。卒之前一月，遺囑千餘言，戒諸子弟以力學敦行、尊師取友，勿信奉佛氏，作無益費。抽家資三之一爲義田，曰：「范文正公以惠一族，吾以惠家鄉，繼我未了之志也。」郡人無老少聞訃，哭失聲，走拜奠者踵相屬。憶自康熙丙申，君曾執贄吾門，顧以勤家施善，不得久從學業。余謂君之積行累勞，勝於朝夕佔畢多矣。君立愛立敬，不敢惡慢於人。每行一善，曰：「父志也。」立一功，曰：「兄命也。」昆弟一心，若敷菑之。又疆畎之若垣墉之，又塈茨之。家無宿財，天亦隨其願，欲俾不嗇於用。余又以是嘆天人之感應甚神，而善道之果可行也。世有封己而薄親，故勞瘁鄙嗇，厚積以貽子孫，使其子若孫諺誕蕩佚，墜若燎毛，即幸而守財，不失多貲，損志録録没没，孰與君之躬仁蹈義以慶貽子孫，身動九重之知，廟食百世哉？此皆由聖天子仁育義正、風動四表。故我閩以鄒魯餘風首先興起，雖不及得位居官弘敷濊澤，而其厚德深仁發於心腹腎腸、浹於閩山海嶠者，真可以千百世矣！

娶林氏，仁淑能内助，封宜人。子三，錦，庠生，從吾游，好學篤行，能恢前業，恩賜入監讀書，需次知州；湖，勤學，早世；臨，太學生，需次州同。觀君之昆仲子姓，惠愷肅雍，徐氏之興蓋未艾也。

盧孝子墓表

浙之東有盧孝子焉，諱必陞，字宲臣，號玉茗。世居姚江，後遷山陰。祖諱極，生子五人，長諱芳，字南江，孝子之本生父也；次諱茂，字懷江，無子，以孝子嗣焉。孝子始生時，祖母張太君病甚。本生母朱孺人禱天自代，是夕夢神：「益算，并賜爾孫。」及覺而生孝子。少時知孝敬，有异敏。嘗從學舍歸，懷江公以「新學生」屬對，即應聲曰：「古君子。」懷江公大奇之。九歲，南江公病，思得蟛蜞炙。孝子潛携一筐，采沙口，爲風潮所没，得漁者救以竹筏，筐終不釋手而蟛蜞滿貯。甲申之難，流賊未殄，懷江公負俠氣，常仗劍獨行，不知所往。孝子聞，即奔覓諸暨山中，晝循林箐隱，夜則崎嶇匍伏，而行失道，投僻路，伏屍枕藉，驚跣疾奔，兩足爲沙石所囓，血縷縷漬地，行迹皆赤。遇一山僧憐之，挾與俱，遇虎，匿高樹，大呼：「山神救我。」虎竟去。閱數月，得奉父以歸。壬子，土寇竊發，懷江公陷賊營，孝子匍匐探其穴，贖以金，不應，繞岸哭三晝夜，不絶聲。賊感動，爲引至父前。時賊首毛、袁二人欲得懷江公降，脅以刃，不從，斬所俘者以示，又不從。賊怒，拔刀環向刃，欲下數次。孝子冒刃，叩頭流血，大呼丐命。忽狂風四起，大雨如注，舟幾覆。凶黨震駭，乃得釋。時賊中有倪姓者，聞而嘆曰：「真孝子也。」乘間逸之。孝子既奉父生還，逆知賊之必追己也，即遣人馳報張太君，盡室以行。明旦，賊果追之，不及，遂至九墩大索縱火而去。懷江公既被重傷，病日臻，孝子亦改面失音，恐貽父憂，雖嘔血弗以告。日夜侍卧側，以兩手摹患處。懷江公嘆曰：「人摹我痛，痛在我身。汝摹我痛，痛如在汝身。」其誠孝所感類如此。先是，孝子爲繼，時懷江公有女，忌分其貲，百計傾之，孝子處之泰然。至是奉徐孺人命往雲間，舟過石門，盜擊之垂死，盜曰：「爾死，毋我讎，我奉某命來也。」孝子佯死，盜縛而投之水中，遇富陽支姓者救之得免。人或勸之訟於官，孝子泣曰：「吾自出繼以來，蒙吾母恩育十有餘年，且母止此一女，故不忍以女故傷母心。」上書徐孺人前，自謝不謹被盜，不及其他。徐孺人亟召之歸，母子相孝愛如初。以康熙丙戌七月卒，年七十有四。配李氏，以孝賢聞。子四，賢、弘道，候選主簿；堅，浙江開化訓導；叡，山西平陽府照磨。孫男幾人。雍正二年，浙江巡撫李公請旌於朝，禮部上其議，詔發帑金建坊，入忠孝祠。葬之日，侍講吴門習君既志而銘之，漳浦蔡世遠表於其墓曰：

古之論仁孝者，必歷之造次，顛沛患難，死生之交，而純摯乃見。西銘言：「仁孝之書也，因舜而及申生、伯奇，推之至於無所逃，而後仁體孝心，膠結呈露。」孝子覓父於崎嶇險阻、叢山密箐之中，入賊巢，脱父於鋒刃鼎鑊之下，出萬死一生不顧，可謂難矣！迨嗣父已没，女忌其分貲，使賊之中道，得不死。嗣母徐氏未必深責女也，乃能致孝始終，纖微無介，其至性尤有大過人者哉！

翰林院檢討舉孝廉方正文山董公墓志銘

雍正七年二月四日，吾師翰林院檢討舉孝廉方正特予終養文山董公卒於籍，其孤兆瀛以狀來，曰：「今年將卜窀穸，敢請志諸幽。」

按：公諱玘，字玉崖，號文山。先本王姓，爲江南鳳陽府定邊縣人。明洪武初，有諱興者從沭黔寧開滇，以功封武略將軍，世職正千户，遂爲雲南某縣人。數傳至諱琪者，贅於董，因繼董氏。嗣又四傳至公大父諱志，補博士弟子員，生贈翰林院庶吉士諱廷試，實生公。公生而穎异，贈公及從父石公鍾愛之。甫四歲，嘗攜之游，指鄰家門額「春」字，使識之，更他門額輒辨，從父异之。授以《四書》，再遍成誦。比長，益嗜學。年十六，補博士弟子員。越兩載，贈公捐館。家貧，兩叔父幼弱，晝則稍逐什一，夜則就膏火於太夫人之側，機杼書聲，中宵不絶。逾年，仲父珣能治家事，遂矢志下帷，陳篋伏讀。丙子登鄉薦，庚辰成進士，授翰林院庶吉士。恭遇覃恩，贈父如其官，母爲太孺人。癸未，散館御試，録四人，公與焉，授檢討，入直内廷。屢試詩賦，有旨褒嘉，賜御製詩集及《淵鑑齋古文》，簡命典福建乙酉鄉試，號稱得人。是歲，以國書精熟，爲閣臣首薦，命纂修《三朝國史》《大清玉牒》。丙戌夏，乞假省覲。先是庚辰春，公仲父珣卒，戊子季父璘又卒，公遂決意家居，曰：「吾不復仕進矣！」甲午，以例休致，公恬然曰：「養親，吾志也。」性坦夷，待人不設城府，無矜容，亦無惰氣。姻黨間，婚喪不能舉者，量力助之。以《文公家禮》倡於鄉，力革浮靡，俗爲一變。生平喜讀書，每持一卷必盡卷始休，誨人曰：「讀書須字字體貼自身，不爾，即成誦何益？」誨誘後學不倦。鄉邦有礙禮法者，侃侃争之，不隨俛仰。薦紳依爲柱石，當事咸敬禮之。公之養太夫人也，盤飧不過一蔬一肉，而左右省視，志餘口體，二十三年如一日。今上御極之初，以恩例復原官。總督高公其倬、巡撫楊公名時舉公孝廉方正。公以太夫人春秋高，固請終養。戊申夏，太夫人寢疾，公在病，躬親藥物。及告終，一痛幾絶。以今春正月卜葬，附身附棺，公皆力疾區理。二月疾遂劇，竟以哀毁而卒，享年五十有八。著詩古文若干卷。嗚呼！公之文章重於館閣，而受知於聖祖仁皇帝。公之孝行，推自里黨，薦自開府，而上達於至尊。雍正三年，世遠以起居注侍直乾清門，部議謂公以孝廉舉，願終養，應俟母終之後來京。上曰：「董某純孝，豈有當孝子之前而曰俟爾父母既没而來京者哉？此豈人子所忍聞哉？但允其請足矣。」以見公之至孝，上孚於廟廊，而聖天子之以孝風示天下爲無窮也。世遠自己丑官庶常，明年請假省覲，又明年而先君弃我。服闋赴京，修書竣事，即歸省母。甫三年而母氏弃我，視公二十三年之養有如天上，非公誠孝所感能如是乎？孔子曰：「舜其至孝矣！五十而慕。」公以五十七歲喪母，猶孺慕哀毁，喪葬甫畢，即隕其軀，嗚呼，非所謂至孝者乎？《禮》曰：「左右就養無方，服勤至死。」公之謂矣！元配戴氏，先公卒九年，覃恩封孺人。生子男二，長兆濂，早卒；次兆瀛，甲午科舉人。女二，一適庠生梁聖揆，一適廬山知縣趙君河子崟。繼配張孺人，生子二，兆沆、兆洴，俱幼。孫二，佶、倓。

銘曰：孰使我二十三載不得登堂以請益也。自滇徂閩，山川阻以逖也。公奉母家居，胥華膴顯榮而不以易也。公在翰林，賢聲籍籍。公舉孝廉，純孝可則。天子知公，嘉以爲式。昊天不吊，母氏永隔。喪葬既畢，從母晨夕。母曰嗟予子來亟，公投諸懷，有涕沾臆。曾不反顧，既夷既懌。公有令子，構堂式克。既窆於幽，有耀孝德。地祇嶽靈，護茲窀穸。子孫賢昌，永世無斁。

安溪縣訓導季父君晦府君墓志銘

府君諱祚熹，字在朱，號君晦，漳浦人。高祖諱大壯，嘉靖舉人，令寧鄉縣。曾祖諱宗禹，萬歷進士，官刑部主事，以理學範宗支，倡海濱。祖諱一橙，舉人；父諱而煜，庠生，皆贈通奉大夫、内閣學士兼禮部侍郎。祖妣黄氏、妣林氏，皆贈夫人。學士公有四子，先大夫行三，府君其季也。幼質魯讀書，遜志善入，敦重不浮。年三十，受知學使楊大山先生，拔冠一邑。旋食餼，由庠生至歲貢，歷十一試，皆高第。從游甚廣，性介潔和易，僉曰：「人師也。」令君汪侯聘主義學。雍正三年，授安溪訓導，挾一子一孫偕往。與諸生論文講學，課文必躬自作勵，以敦門内，行立節概，誠心所感，人士化之。祭聖，牲饌必豐，潔手自檢。視諸生，丁艱起復者，飭胥吏不得索一錢，束脯隨其所上。諸生請業請益，親函丈，惟恐不及。奉委點家甲，却陋例。至村鄉，則聚父老子弟，與言慈孝。進髦士，與言讀書作文之方。争迎致書館，曰：「我家先生至也。」次年得病，諸生輪侍日夜。旋告歸，紳士數百人徒步送數十里，涕泣而别。以雍正四年十月卒於家，享年七十有七。安溪紳士翰林李君光墺等列狀，當事欲祀之名宦，累請而不已云。府君天性孝友，甲寅遭耿、鄭之變，先大夫以選貢入京師，阻於兵不得歸。府君奉雙親避亂粱山，枵其腹，讓粥以養。父母問及，則佯曰：「兒已食矣。」每從假館歸省，衣袴躬自洗滌，且喜且泣曰：「此境豈人子所多得耶？」事先大夫如父，年六十餘，侍側供使令如少時。捐館時，世遠官京師，越歲始聞訃死，不得趨喪；及今葬，又不得執紼撫穴，痛無極也。娶李氏，庠生諱延女，先卒。子三，長鐏，亦先卒；次孚遠，次垂遠，并庠生。女二人。孫男七人，溎、新、雲從，皆庠生；餘尚幼。曾孫二人。

銘曰：邑鐸有司，先子曾尸。弟踵兄席，式守兄規。士争浴德，人忭得師。和家處世，坦坦施施。誨我如子，三紀不弛。不在秩爵，復初完美。培潤爾根，勿耀爾枝。我官四載，誨言猶在。遥睇喪車，長吁愾愾。望孫子賢，疆此稽田。有篤斯祜，有賁壤泉。萬里緘銘，勒之永年。

處士雷慎庵墓志銘

寧化有處士雷君慎庵，敦孝睦，重禮法，用訓厥族，式穀厥子若孫者也。康熙丁酉歲，余主鰲峰書院，其孫鋐來就學。年少有志，尚跬步，一範於禮。體察宋儒之書，省克若不及，余固疑其或得於祖父淵源所漸，因詢知君之爲人。

君諱世守，字衛天，慎庵其别號也。少勵志讀書，不屑一切。甲寅閩變，匿迹自韜，奉厥父母，播越險阳，志養色養無違。父爲仇家誣，君以身代質，自寧抵府治，晝夜行二百里，咯血數升，事竟白，而家以大匱。親既殁，歲時祭祀，常作孺子泣曰：「兒在此，式食庶幾。」叔父殁於江右，殯淺土，諸孤藐爾，惟一舅氏知其處，亟逆以歸，與父合葬焉。家居，新祠宇、修譜系、備祭器、規範肅以和。族之無後者，列於牌，定期以祭。其荒墳不可識者，甃石志之。雷爲寧望族，户數百，科第衣冠林立。君以一布衣，肩族務，叙族法，不見齟齬，相與宜之，且慕向之，此必非無所挾而然矣。鋐之來學也，君以書勖之曰：「濂洛關閩，正學也。有倡之者，汝其勉乎！」鋐舉於鄉，君曰：「吾固甚喜，然此未足以云也。吾聞師友之所望於若者，與乃祖券矣。故鋐志道專且篤。曾祖諱顯福，祖諱祥卿，父諱德義，皆不仕。娶吴氏，未育早卒。繼娶張氏，子男一鳴高，邑廩生，醇質而善文。孫男三，長即鋐。孫女二，曾孫男一。將葬，鋐來京師求銘。

銘曰：古寧之疆，雷姓所宅。篤叙孚恭，累世爲澤。有構其堂，孫先奮翼。説心古昔，承厥儒脉。君有魂魄，潛靈以懌。身教維則，視此窀穸。

族子載園墓志銘

余族子贈奉直大夫諱維坤，字星六，別號載園。生則五世同居，没則遺命建立義田，余所亟欲表之以風世者也。將以某年月日葬於某山，孤廷鎮來京師求銘，銘非余而誰？

吾族自先世忠惠公住居莆陽，分派於泉之晋江。累傳至贈文林郎起鷺公，生四子，長諱琳，字伯瑜；次諱柟，爲順德令；次諱彬文，次諱樑，皆食餼於庠。伯瑜公早逝，卒於粵。子諱世焕，實生星六。時海氛未靖，家零落。星六方垂髫，奮然曰：「奈何使吾父困於貧。」遂弃舉子業，爲居奇計。後將有北行，道經建寧之浦城，民醇樸，地肥美，居上流勢，心悦之，遂徙焉，故今爲浦城人。當甲寅之變，人皆竄息，星六外思戢禍，内作生計，迎其父母及二弟以居，次第謀婚娶，不私財賄，躬儉約以先之。家政聽於二人，兄弟且湛。歲壬戌，仲弟之婦生男，六月而終。星六告宜人余氏曰：「侄，猶子也。若母見背，呱呱之孤何托？捨我女哺之可也。」宜人唯諾，即今之登賢書廷鏕是也。方伯瑜公柩之停於粵也，諸昆弟謀即粵地葬之。星六灑涕曰：「我閩人也，身在此，忍使祖父寄他鄉？費我獨肩之。」親至粵，載柩歸。將至前一夕，林太宜人夢曰：「吾汝祖伯瑜公也，今至矣。」已而果然，識者以爲誠孝所感云。伯瑜公之子五人，仲叔早世，遺孤俱幼，星六爲之置産謀婚延師，誨愛如己子。歲靡金數百，無難色。族之居於泉者，歲加存問，養孤贍貧無怠。予於星六爲族父，相去數百里。庚寅，自翰林乞假南歸，停車二旬，見五世同居，心重其爲人。值嫂氏太宜人八袠之辰，隨子弟行拜堂上，爲文以侑觴。癸卯，奉召入京，而星六以是年歿矣，享年七十。遺命建祠堂以妥先人，祠之東設家塾課子弟，建義田歲入五百二十石，規條明備，可貽久遠。子廷鎮等承父志行之，噫，是可傳矣！以子貴贈奉直大夫。娶余氏，敕贈太宜人。子二人，長廷鎮，以知州需次；次廷錦，太學生。兄弟俱敦謹，以孝友聞。孫三人，女孫二人。

銘曰：孰使之遷，孝養兩竭。孰驅其貧，自天祐吉。建祠立田，名媲前賢。卜兆於兹，以歸其真，以昌其後人。

舒母劉太君墓志銘

太君姓劉氏，江西進賢名門女。性莊静。年十四歸同邑舒封君。封君氣魄豪邁，不治家人産。太君黽勉有無，終身如一日。事舅姑盡孝。舅耄年無齒力，太君割左右袵作屨，换酒肉爲肉粉以進，化堅靭爲柔脆，曲隨所欲，舅每感念之曰：「孝哉劉氏婦！」封君嫡出也，庶出弟二人，嫡庶間微有不合，太君調護委曲，歡好無間。撫二幼叔有恩禮，後皆婚娶成人。成封君爲孝弟者，太君力也。仲氏夫婦早亡，季氏亦喪偶，太君撫其孤如己子，并化熊氏婦能字愛前子。熊氏婦，季氏繼室也。平生備歷艱厄，嘗叠遇荒歲，家不舉火，追呼猝至，封君就縶，株及家屬。諸子出野間，采蕨掇草根樹皮爲充腹計。吏叫號急，太君在危樓，驚墜幾隕。督諸子先後代拘，長子以艱危喪目，仲叔亦因以不永年。太君每念家門不造，艱瘁憂虞，勖諸子以績學立品，擇交親正人。紡績以供修脯薪水需，嘗謂之曰：「爲人當學孔孟，爲官當學乃祖文節公。」文節公者，先朝正德時及第第一人諱芬者也，文章氣節爲一代名臣云。一日，謂其季子香曰：「誕汝前夕，夢宅後大水浪湧數層，一鯉魚投懷，驚寤。明日産汝，汝勉之，吾望汝爲偉人，不在尊官。」香今以諸生拔萃，游京師，出令江南之靖江縣，有廉能聲，繄太君教也。太君卒於某年月日，春秋六十有七。子男六人，女幾人，孫幾人。以某年月日將葬於某山，香自其治所以狀請銘。香在京師與余交，余嘆其志節不凡，又嘉賢母之可風世也。

因志而銘之曰：婦妻與母，道分爲三，總之則一，孝義是耽。婉娩太君，志養劬辛。嬉其志意，解其糾紛。何以誨子？玉汝憂戚。匪馳禄利，曰惟文節公是式。子砥厥修。惟母之績。惟母之績，孫子其繩。如貯斯冰，如櫝斯珵。有宏其聲，有偉其成。勒此幽墟，以兆允升。

先考武湖府君行狀

嗚呼，不孝世遠等今爲無怙之人矣！欲狀先君之生平以傳於世，荒迷不能執筆。又大懼湮先人德，以重不孝，爰是灑淚以書。

先君諱璧，字君弘，别號武湖，漳浦人，學者稱爲武湖先生。始祖蒙齋先生，諱元鼎，以理學爲有宋開先，自是代有傳人。高祖諱大壯，登嘉靖己酉鄉薦，任寧鄉縣，有惠政。

曾祖諱宗禹，萬曆辛丑進士，官刑部郎，學爲儒宗，《道南原委》有傳。祖諱一橙，萬曆丙午舉人，兩贈文林郎。子三人，長諱而烜，次而烷，先後登順治壬辰、戊戌進士。季諱而煜，郡庠生，以清德重望著於鄉，爲鄉祭酒。妣林氏，及第尚書林公士章之從孫女。先君，其第三子也。先君生有异質，九歲善屬文。年二十二，補博士弟子員。二十五，選於庠，貢入成均。先王父雖爲貴介子弟，而家素屢空。先君苦志讀書，饘粥幾不能充。癸丑入京，時崑山相國方爲司成，先君兩試第一，名重都門，人争知之。或勸以官，先君南望晨昏，澹如也。因耿逆之變，在京師五年不能歸。丁巳夏返里門，先王父時避亂居梁山之麓。先君授徒資養，承歡無闕。

先君於經史子集多所博覽，而《四書》講解及制義一途，研究尤精，《大全》《蒙存》《淺達》諸書，若近代諸先正講義，先君講貫既熟，抄定成書，可爲後學津梁。其教人也，不費辭説，而於聖賢之奥義、文章之窾綮，纖微畢達，曰：「吾既參諸説，涵泳白文以出之，自不能多也。」貧而來學者，教之無所吝。倡正學而主文風者垂三十年，雖屢困場屋而淡於得名，四壁蕭然而廉於取利。返里門以來，聲價日重，未嘗通謁一官府。歲丙子，太史陳莘學先生莅浦，廉知先君名，欲邀之見不可。越乙酉，陳公挾諸友游清泉寺，始造廬一見，家居近清泉故也。丙戌，例授羅源教諭。吴興沈心齋先生以書來曰：「比聞先生秉鐸羅源，蘇湖安定之學再見於今矣。」蓋先生嘗督學吾閩，夙知先君名而未曾一見者。近代視教職爲小官，徒應文具，先君慨然曰：「天下之治亂在人才，人才之盛衰由學校，學校之責任在官司，吾其可苟焉已乎？」教士以器識爲先，時年六十矣，親爲講論而評騭其文之高下，諸生服教畏義。至有不平處，則義形於色，爲士氣主盟。時令君爲同姓諱彬者，由翰林外改，有文學，與先君結兄弟之歡，而互商其佐理政教所乎，人稱「二蔡」焉。迨乞休歸浦之後，爲祠以祀，廣文之有生祠自先君始。先君在羅時，蕭然寒暑，獨以一子二僕自隨。丁祭品物，親自檢備，分所得爲者毅然爲之。如報丁艱一節，先君以爲此乃人子傷心泣血之時，而胥吏因以爲利，誰無人心者，遂除陋規。後署教職於候官、連江二邑，率此行之。

丁亥六月，儀封張先生以中州巨儒巡撫八閩，倡明絕學，教育人材，開鰲峰、共學兩書院，延致先君使主其事。凡四方紳士，閎博俊乂良逸者，咸萃於斯，共相切劘；修理學經濟諸書，今所訂周、程、張、朱等書六十種行世是也。先君素善病，年未五十，鬚眉皓白，儀封公特令總其大綱。至於刊校諸事，命世遠與諸同人主之。嘗注解朱子學的，儀封公舉以爲式曰：「第依蔡先生樣。」其信服類如此。儀封公撫閩三年，先後考績兩次，未嘗薦舉一人，獨於先君欲以行誼聞於朝。時藩臬金、宋二公同心贊之，章欲上，先君苦辭曰：「衰老不能陛見，且朔風嚴寒，體弱不勝也。」世遠亦以爲言，事乃止。己丑，世遠成進士，改翰林院庶吉士。先君乞歸，儀封公苦留之，事多咨而後行。先君性簡直介潔，凡有裨於政事者，知無不言，未嘗一語及私。儀封公知其貧，欲有所贈，先開其端，先君輒自言曰：「家口少，無内顧。此間月給，足用也。」終儀封公之任，不敢有加於先君，恐傷其廉也。無何儀封公移任江蘇，先君適以先數日歸浦，以書來曰：「書院事宜，尚煩先生鎮定，勿使三載苦心，一旦就荒也。」先君亟就道往三山，整頓如初。雖未敢希紫陽、文敬之主白鹿洞故事，然以人才萃處之地，品定其文字而不啓争端，規箴其短長而不生怨怒，僞者獻其誠，慢者致其恭。先君嘗自言曰：「吾一生惟無私可以取信於人。」嗚呼！不其然乎。

去年秋，世遠以省覲乞假南歸。其冬，始同先君回浦。禄養無幾，榮封未及，猝有今日，嗚呼痛哉！先君至性孝友，授徒三十年，未嘗營一田産，惟勉力以養二人。先王父年八十二，事之始終如一，喪葬以禮。兄弟四人，終身未嘗偶爾拂意。伯父當有他事盛怒時，見先君，輒怡然。叔父奉先君如嚴師，親之如慈父。仲父先卒十九年，先君撫遺孤如己子，爲婚娶成人。嗚呼，父子兄弟之間，如先君者，可以風也。先君教人，大都在篤倫理，嚴義利，曰：「本此而行之，古人不難至。論學以躬行爲本，不以空談性命爲高。讀書要歸於根柢深厚，返求諸身而自得之，不以詞章自炫。」卒之學問既充，精微洞徹，每下筆度越時流。初任學博時，例赴撫署應試，中丞長山李公大奇之，曰：「儒者之文也。」置第一，以异等薦。學使介庵楊公呼爲宿老，不敢以屬官禮待。身不博一第，而及門屢登巍科。性少作詩、古文，而門弟子以詩文著者，指不勝屈。未嘗著語録成書，而言行多可法。少爲嚴詞正色以拒人，或時閒以清談，而及門子侄有不是者，惶愧無地。自鄉黨族戚以及四方之君子、當道之賢大夫，人人服其德量而樂道其高風。陳莘學先生擬爲黄叔度，巡撫張公、督學楊公稱爲胡安定，同郡詹峩士先生比以李元禮、郭林宗，評論不一，其必有以定先君矣。疾革之時，精神不异。世遠等問欲有言？曰：「嗣後苟有餘禄，祭田確宜從厚。」又曰：「重錢財而輕兄弟，我知汝無是也，用財有道耳。」又曰：「人子所以顯揚其親者，《孝經》志之，不徒在爵秩之崇高也。」時諸婦皆在牀前，各呼而告之曰：「汝等入吾門，和好無閒言，我知之，人亦稱汝，但恐將來生子長大，不免自分藩籬，以致乖隔。娣姒，猶兄弟也。汝等戒之。」又勉諸從兄輩以友愛，語極諄切，且曰：「吾今歲命世遠所作《家規》以勖吾族人者。我梁麓一派，幸守此勿失也。」越一日竟逝，嗚呼痛哉！世遠兄弟三人，未嘗有師，皆先君教之。先君授徒於外，三人輪主炊爨，嘗遇濕薪，火不揚，吹之目盡腫，先君曰：「汝以爲艱乎？我曩時更蹭蹬也，經傳子史及宋儒諸書各以次授，每日限以工程，而使之體認，曰返之身心可以寡過，措之筆下可以爲文，如是而已。」世遠初爲庶常時，先君手書來曰：「質直而好義，聖人所嘉。但下二句不云乎『察言而觀色，慮以下人，英氣不可勝』，此中有涵養工夫，非教兒諂也。」同年友徐壇長、李巨來見之曰：「謝上蔡用力去矜字，即此意也。」歸侍以來，身頗康寧。半年之間，爲嗚珂、可遠口授《四書講義》一遍，《毛詩説》一遍，點閱《朱子綱目》，自威烈王起至前五代，尚未終編，得疾僅二十日遽終，嗚呼痛哉！先君生於順治戊子年二月初一日丑時，卒於康熙辛卯年七月初一日亥時，享年六十有四。娶先妣陳孺人，歲進士閩縣教諭諱應官公孫女。嫻於女教，有賢德。適先君時，先王父貧特甚，身多質券。先妣粧資近千金，不一月間，盡鬻以供王父用。布素服勤，與先君相敬如賓。事舅姑，益以孝顯，先王父嘗嗟悼其婦德不置，且曰：「今人有娶婦入門，即私其財物，父母不敢問，取之或有德色者，應愧死無地也。」乙巳七月歸先君，次年六月以舉先姊而亡。繼室吾母吳孺人，太學生鄉飲賓諱大章公女，子三人。長即不孝世遠，己丑進士，翰林院庶吉士，娶劉氏。次鳴珂，邑庠生，娶王氏。又次可遠，邑庠生，娶黄氏。女二人，長適貢生朱允泰，次配林必藩。孫四人，曰長漢，聘阮氏；次三人，尚幼。女孫三人，一許適舉人張諱福昶公子，次二人尚幼。嗚呼！先君倡學敦修，聲著閩嶠，哀迷之下略述其概，并及先妣之一二大節不可泯没者附見於後。伏惟當代立言君子，幸賜采擇，以垂永世，不孝世遠等感且不朽矣。

先妣吳太君行狀

嗚呼痛哉！自辛卯秋先君捐館，世遠等幾不欲生，猶幸慈母在堂，得以朝夕侍養。今又見背，嗚呼，不孝罪戾上通於天矣！顧念先慈一生孝行淑德，著聞族黨遠近，若不灑涕述之，將來史志何所據以入傳？異日孫曾婦女何所取則焉？

先慈系出名門，世居浦之東埭，太學生天章公女也。年十六歸於先君。時先妣陳太孺人在堂，先慈事之備極恭和。逾年，陳太孺人見背，未有出，先慈主中饋而挈家政。先王父雖貴介子弟，而清貧特甚。先君從學於胡京巖先生。先慈飲淡獨居，又時依於外祖母陳門，外祖母愛之如己女。壬子，先君選貢入成均，先慈侍王父母居下布，時舉先兄三歲矣。先君入都之年，又舉先姊，同時而殞。甲寅遭耿逆之變，飄蕩靡寧，王父母饔飧不給，終日不舉火以爲常。季父走來相依，時奉粥於王父母，王母減食分先慈，先慈不忍食，又終日不粥飲以爲常。時山賊蜂起，先慈奉王母與鄰黨女婦逃匿山中，幸免於難。丁巳，盜烽未息，季父走入南勝。先慈偕叔母同往，未數月，王母念之不置，遣小傒林春促使歸。先慈歸至中途，天大雨，溪流盡漲，林春又幼小。先慈顧念子女俱喪，先君在都五歲，少音問，窮餓播遷，瀕死者數。今又阻漲，自分必死。坐寐之間，忽有神女聳立言曰：「汝其未可死也。」先慈禮拜神下荅，須臾遂醒，有兩壯夫持空竹兜來，林春呼之，許以直亂流肩以行，得不溺。既至，王父母喜甚。是秋，先君自都門歸。戊午，舉家姊。壬戌，世遠始生。先君績學名德，爲都人士所宗，授徒於外。先慈上奉尊章，柔甘和旨以進，承顔悦志，無所不得其歡。王母晚年多病，三載常在牀褥，躬進飲食，瀚滌服器，諸承事老人之事，久而厭難，先慈益加誠備，王父屢嗟嘆述之。憶丙寅歲，先慈舉妹不育，先君自書舍走歸，曰：「乳當留以養母。」先慈乳飼將一年，此亦孝養之一節也。丁卯秋，王母没。越數年，王父又在衰病中。先慈所以事王父，一如所以事王母者。時世遠已長，嘗與季父及諸從兄更番奉侍，無不共嘆先慈之孝誠敦摯，久而彌篤也。己卯春，世遠補弟子員，伯父走入堂上，高聲向先慈言曰：「汝善事翁姑，故天報汝以此子。」王父聞而答曰：「世遠之母賢且孝，造家之福，實由於此。吾將使之正位於內。」告先君，先君辭，先慈謙讓再三。既而王父累命，外家陳氏亦屢爲請，先君曰：「請俟兒子成名而後圖之。」孰知是夏，王父又捐館。回思半生艱辛，服勤無少止息，而先君又善病，日以厪先慈之憂，自是氣體亦少羸矣。歲乙酉，世遠舉於鄉。丙戌，先君選得羅源教諭，兼主鰲峰書院。己丑，世遠捷南宮，選庶常。庚寅乞假趨省，先君時已告休，奉王父遺命，延諸族戚偕先慈告廟正位，成先志也。辛卯秋，先君又見背，先慈率不孝等哀號備禮。癸巳，襄葬事，猶步行至塋域，爾時筋力未甚衰也。甲午，世遠服闋入都。是秋，可遠舉於鄉。是冬，先慈遽得風疾，左脚須曳地而行。乙未，世遠自都趨省，侍養數月，精神稍進。中丞雷陽陳公委員奉幣延主鰲峰，世遠不欲離膝下，先慈勸之行曰：「汝父主鰲峰，今又使汝，此亦勝事，汝其行乎。且地屬本省，可以不時省我也。」世遠勉爲一行，不數月辭歸侍養，日在膝前。先慈屢爲述先世舊事，及誨勖以居身本末。丁酉秋，嗚珂又舉於鄉，偕可遠赴公車，拜辭膝下，先慈誨之曰：「兄弟如一人，不可分畛域也。」世遠又叮嚀私囑曰：「母氏衰年，汝兄弟朝夕四拜祝天，祈延年壽考，即匆遽不可一日忘也。」行僅半月，風疾又起。先慈忽語世遠曰：「我若不幸，汝毋多製衣衾，宜省一切費，但須汝兄弟同居合爨，永無私營，以和凝一家而已。」是夜，雞未鳴，言語不清，醫療治無功，隨遣人追兩弟。疾轉劇，舉家哀求，俟兩弟至不得，竟以十一月二十九日終於內寢，遠近族戚以及鄉之女婦老少，哀號奔赴者數百人，皆曰：「太君有賢德，何捨我去也。」越十日，嗚珂、可遠始至。嗚呼痛哉！先慈一生艱貞勤勞，少而播遷，長而遭亂，及老又累於足疾。年未既耄，號留不得，豈非不孝罪戾上累吾母哉！嗚呼，論壺德者，動云勤儉。世遠竊謂勤儉乃居室之常，勤則恐鄰於猥瑣，儉則恐傷於刻薄。先慈勤以養舅姑，而家政不墜；儉以理家務，而奉養賓祭從豐。善體先君之志，故先君生而主教鰲峰，爲全閩師，模楷當世，没而祀名宦、祀鄉賢，俎豆學宫，多先慈内助之功也。誨子自家鄉以至居官，諄諄告以大義，常曰：「汝等須誠以物躬，謙以待人，廉以養德，毋以詐御物，毋以氣加人，毋取一毫非分之有。」世遠每有錢財入，必從容問所從來，告以故，始帖然曰：「吾欲汝等食菜根，無忘先人遺訓也。」平生無疾言遽色，其於人也，化而不怒，勸而不拂。治家有節制而好施與，有無緩急，委曲以將。仲父之子三人，長未有室，令世遠經紀之。仲母、叔母之喪，先慈各傾資，助之米鹽，相分以澹泊，其篤於親故類如此。世遠奉先君遺命，大宗小宗各置祭田若干，而家槖蕭然。先慈喜曰：「吾最惡夫先私而後公者，雖富奚羡焉？」更有難者，世遠少侍先慈，見艱辛萬狀，及兄弟三人相繼得科名，無幾微見於顔面，待諸族黨及臧獲婢妾益謙和，無异往時。蓋其孝愛之德，出於性成，而謙牧根心歷始終，貴賤無少間，殆《孝經》所謂「愛親者不敢惡於人，敬親者不敢慢於人」歟！郡守柏鄉魏公廉知其德，嘗贈以扁曰「陶歐淑範」。嗚呼！世遠兄弟烏敢望陶桓公、歐陽文忠公之萬一？然以先慈方陶、歐之母，恐有過之無不及也，此豈人子之私言哉。先慈生於順治癸巳年十二月十五日巳時，卒於康熙丁酉年十一月二十九日申時，享壽六十有五。男三人，長不孝世遠，己丑科進士，翰林院庶吉士，娶劉氏；次嗚珂，丁酉科舉人，娶王氏；又次可遠，甲午科舉人，娶黄氏。女二人，長適貢生朱允泰，次適庠生林必藩。孫男七人。世遠出者三，曰長漢，聘阮氏；次長澐，未聘；次觀瀾，聘沈氏。嗚珂出者二，曰長洲、長潤；可遠出者二，曰長澳、長淏，俱未聘。女孫四人，世遠出者二，長許適舉人張諱福昶之子，次尚幼。嗚珂出者一，可遠出者一，俱未許適。嗚呼，人孰不欲顯揚其親之美，然溢美者，不足以徵信於人，人子之心亦有所不安。若先慈之懿德休光，積而彌耀，必有重邀帝庭之褒寵者。哀迷之下，略述其概，伏冀大人君子錫以鴻文，垂之永久，感且不朽。

亡室劉夫人行狀

嗚呼！吾猶及見先太夫人之事吾王父母也，竭誠盡孝，秉義勤家，族里稱賢焉。夫人適吾門爲冢婦，雖不能嗣厥徽，庶無大忝。今其没矣，節其可録者，以寫余之哀思以遺諸子孫，以托於立言之君子，而圖其不敝焉。

夫人姓劉氏，漳浦望族。外舅諱伯爵，績學篤行，爲名諸生。夫人其長女也。自少端靜肅敏，年十八歸於余。余先世雖多貴仕，然舊家中落，諸井臼米鹽淩雜事，夫人皆躬自爲之。先太夫人時猶健，不忍其獨勞也，每分任焉。夫人不忍以累姑，有所操作，常不敢令太夫人知。越數年，余仲季二弟既娶婦，夫人仍率先偕勞，勤睦無怠。康熙丙戌歲，先君贈侍郎公任羅源教諭。次年，巡撫儀封張清恪公延主鰲峰書院，夫人時時手治脯修飴果寄奉，先君甘之。己丑，余成進士，官翰林。弟輩欲爲嫂氏買一婢，夫人止之曰：「君家群從過期未娶者三人，吾且未可畜婢。俟爲經理有室而後圖之。」庚寅冬，余乞假省覲，先君適以是歲乞休，自省會隨侍歸家。夫人喜曰：「吾庶得盡敬事之忱矣。」先君體素羸，病肺，夫人多方和滫瀡以進。晚歲轉健，承事將二年。甲午冬，先太夫人復得末疾，艱於動履。余自京歸省，夫人抑搔扶持，膳飲隨所欲。夜則與兩弟婦更番奉侍，凡四年不懈益虔，凡可以得舅姑之心者，將忘其身之勞、力之匱而爲之也。兩經大事，相余盡禮，哀毀致瘠，以終三年。素未嘗讀書，頗知大義，最惡夫兄弟娣姒間有私利心，爭小忿以致乖隔者。吾兄弟數十口，同居合爨，凡祭祀、賓客、日用之需，皆夫人主之，不辭勞匱，不有私積。待娣姒無遺言，亦無忤色，庶可謂克守先太夫人之教者歟！性好施，每約己以濟人。從嫂三人寡居，夫人承余意，月各給米一石，歲以爲常。族黨緩急，黽勉相資。雍正四年，漳州大饑，家中買米以食，每爨必多煮米湯，里婦酌取救餓，賴以不死者多人。余以雍正元年蒙聖恩特召，由庶吉士授編修，趨直内廷，旋陞侍講。夫人恭遇覃恩，誥封宜人。五年，余官内閣學士兼禮部侍郎，荷特恩，上贈曾祖、祖父，夫人亦晋封夫人，以是歲來京。每語余：「君受恩深重，宜始終清苦，勉圖報稱，吾故能食貧布素，麤糲不足异也。」次年生一女，欲爲覓一乳母，夫人曰：「家無恒産，食無羸餘。吾六男二女皆自乳，今豈易吾素哉？」待妾媵有恩。第五男長洁，側室陳氏出也，撫之一如己出。馭僕婢不加呵斥，感其仁，少欺慢者。每勸余勿怒詈臧獲，曰：「毋自損氣，懲其甚者可耳。」與余相莊，未嘗失色。事必請而後行，凡吾意所欲者，皆能先之。余性闊疏，加以奔走馳驅，家居日稀。凡所以使吾無失養於父母，無失歡於兄弟，無失和於里戚者，夫人有力焉。臥病兩月，太夫人忌日，猶清晨强起，拜跪如禮，力止之，曰：「吾念先姑，烏知病在身乎。」除夕前，自知不起，適余弟衍調將官粤東，道必經漳浦，夫人謂之曰：「爲我謝諸族戚，在家歡聚，來時祖餞，今不能相見也。」又曰：「我未來京時，汝兄官京師，皆分俸與族戚，我來則所分甚微，費用多不能自贍。遍布此心，非我吝也。」誨諸子云：「毋私利心，相歡至白首也。」誨兒婦云：「口與心一，誠以行之。娣姒和則家道昌。」向二側室云：「善視吾子。」誨次女云：「汝性寬良，適人門益加修謹，可無咎戾。但綜理内事，毋縱弛也。」檢篋中匹帛，曰：「爲我致吾父，善自保護。老年無過慟，以慰吾幽。」定静周慎，其可謂不亂者矣。嗚呼，自余蒙恩入直，卯入申出，十年來未嘗有一日之閒。夫人病臥牀褥，四月於兹，雖勢屬彌留，猶屬余服勞王事，朝夕虔恭，勿以吾故趦趄不進。是日黎明，謂：「今日且留永訣。」延至日晡而逝，嗚呼痛哉！吾自翰林歷官九列，二十餘年，庖無肉食，衣無絲帛。夫人隨余三十二載，勞勩於晨昏鞠育之間，懇欵於妯娌族黨之際，既貴受封，樸質敬忌，退然如不及，未嘗受世俗一日之享。年未五十，竟殞其身，是則可哀也。憶先君在日，有譽命曰：「孝哉婦！」先太夫人疾篤時，亦曰：「婦孝，願得賢兒賢婦以報汝。」父母之言，孰則有閒。誄其善行，以賁於九京，死如有知，將從舅姑於地下，以庇佑子若孫，其庶云視履其旋者歟。夫人生於康熙甲子年十二月十一日寅時，卒於雍正壬子年正月三十日申時，得年四十有九。子男六，長長漢，己酉科舉人，娶阮氏，庚午舉人臺灣副將諱文女。次長澐，郡庠生，娶吴氏，山東濟東道諱興業女；三觀瀾，太學生，聘沈氏，丙戌進士現任刑部主事諱一葵女；四長瀜，太學生；五長洁，六長注。女三，一適乙酉舉人長洲縣知縣張君福昶子壽蘭，一許配福建水師提督謚襄毅藍公廷珍子、世襲阿達哈哈番日寵；一尚幼。孫男二，本榮，長漢出；本樞，長澐出。夫人來京後，所生女極聰慧，年四歲，先夫人一月而殞，斯以增其悲，益之疾乎。嗚呼，善不遺私，故録其順行以紓余哀，瑣屑覼縷，不自知也。仁人君子有發其幽光，以嘉惠其子若孫者，感且不朽。

大理寺少卿心齋陳公墓志銘

有學術而後有治功，學術陋則治功卑，出宰州縣則爲俗吏，入爲卿士則如贅疣，居位愈高刺譏愈大。儒者之學，小用大用，宰一邑與治天下，無二道也。

吾師四明陳公，以康熙丙子歲由翰林出宰漳浦，調南靖，入爲刑部曹，晋臺中，洊歷大理寺少卿，奉使秦中以卒。其孤本醇以書來請銘。世遠受知最深，亦知公最深者，故不敢辭。

公諱汝咸，字莘學，號心齋。先世自青州，徙家鄞，世有聞人。傳十二世至怡庭公，諱錫嘏，字介眉，有學行，天下無不知有介眉先生。是時浙東多學者，萬季野以史學名，李杲堂以古文名，介眉先生則以經學名。由康熙乙卯解元，中丙辰進士，歷官編修。生四子，公其次也。

公自少穎异，通經史。長侍怡庭公，從黄梨州先生講經，已知其要領，嫻文采，氣岸高一世。登戊午賢書，辛未成進士，選翰林院庶吉士，改知福建漳浦縣。公憤俗吏，一切補苴苟且之治。邑多詞訟，胥役攖民錢如囊取，公於小事令鄉族調處，大者用紙皂如期至，剖晰如流。閩俗輕生，因誶語争競，食惡草、懸梁、服鹵以破人家，官役因之株及鄉族。公令死者親屬收斂，餘無所問。賦役爲一縣大政，公慨然曰：「吾當爲漳浦立百世之利。」舊時族有户長，地丁藉以徵納，强弱有後先之弊，黠者緣爲奸。公定三百畝爲一户，令民各具親供，計實産，自立徵户，糧多者爲户長，以次輪。催丁亦如之。催科不擾而國賦蚤完。又念鄉邑民居保分有大小，則奸匪易匿，公務有不均之嘆，定二百家爲一保，畫一平均，至今賴之。延文醇行潔者爲義學師，月朔望課古今文、詩賦，榜其高下。初三、十八日萃一邑之秀於明倫堂，講五經、性理，擇諸生輪講，親爲剖要難。歲丁亥，儀封張孝先先生撫閩，開鰲峰書院，延九郡名宿修書講學，邑士被選者九人。儀封公每嘉嘆曰：「漳浦多士，令君之功也。」公又嫉邪教之害正，拒天主教，不使入境。俗有所謂無爲教者，籍教堂四所，改爲育嬰堂、肄業舍。親毁城東淫祀像，鞭之以解衆惑。歲戊子，制撫以南靖難治，調公南靖。浦人扶老携幼數千人，泣送數十里，公揮涕遣之。治靖一年，内擢刑部福建清吏司主事。逐舞文吏。晋廣西道監察御史，巡視西城。懲左道，捕奸匪，威明大著。上疏陳臺灣事宜，謂臺灣土廣滋奸，往臺人民宜加盤核，各縣不得輕給一照；鳳山、諸羅兩縣宜歸本治，不得聚郡城；换臺兵丁宜嚴頂冒，杜日久驕横之漸。又疏陳沿海歹船非掛號稽查所能斷絶，商船利走外洋，無礁嶼便晝夜兼行，風利帆駛難攔劫。若從沿邊迂回掛號，賊遂得截劫於必經之地，至巡哨之船當以南北風信爲準，不得泛行分汛。又陳弭盗之策。上覽疏嘉納。至今環海商民每食必念曰：「省我掛號一節，陳公力也。」五十一年冬，海賊陳尚義遣周錦赴兵部投就撫狀。公在浦時，知此賊係海中之魁，因摺薦孝廉阮君蔡文等同往撫，至畫山花鳥得之，并招餘黨百餘人，而海波靖。以總憲趙公申喬薦，晋通政司參議。奉命賞賚湖廣緑旗兵丁，事竣，由鴻臚寺卿遷大理寺少卿。會陝甘荒歉，上命同工部侍郎常公查勘。行至乾州，見途有殍，抱疾日馳百里，至平凉，出所貯倉穀及鎮原倉米，如饑民口數給之。六月二十五日晨興，呼衣被體，瞑目而逝。是時上方注意公，公感知遇，凡所經歷，留心察訪。其使於楚，則以楚擾於苗，深入三箐、坌口等處，窮苗窟形勢，相施州衛天樓山要地，溯當日陸梁情狀。及至秦，下車親詢疾苦，於耕種畜牧地留心劄記，將以圖久安長治之策，歸報吾君而無負所學也。未竟厥用，享年五十七，以死勤事，天下聞而悲之。公之學從劉念臺人譜入，未嘗榜以道學之名，而修己行政有本末。戊子冬，世遠侍先君子主教鰲峰書院，公貽以書曰：「爲學要在力行求實用，若論派别，則漳浦如高東溪、陳剩夫、周翠渠、黄石齋亦各有宗旨也。」世遠心識之。孝友純篤，每念母楊太夫人中年早逝，兄弟多夭傷，言及輒嗚咽流涕。待從兄弟如手足，培植俾各成立。歷世祭産儉薄，廓而增之。好賢獎善，勤懇如不及。遇緩急，悉心力謀之。人見其樂善好施，不知其宦槖蕭然，至今尚未能營一椽也。公令漳浦時，世遠年方十五，試童子隊。未幾，補諸生。公課時藝、古文皆第一，以國士遇我，序我詩文而刊之。己丑，余官翰林，公以次年入補刑曹，相聚都門，重請舊業。世遠隨以省覲假歸，公竟使秦以卒，與邑人哭於月湖書院。月湖者，公去任時所構也。今置有祭田，邑人士奉公如生云。公初任漳浦，敕授文林郎。五十二年，誥授中憲大夫。娶張氏，有賢行，先公亡，累贈恭人。子一，曰本醇，邑庠生，恩蔭入監讀書。博雅敦修，能世父學。孫男三人，長雍熙，次雍綸、雍縉。孫女一人。將以某月某日卜葬於某山之陽。

銘曰：刀筆筐篋吏之駘，養交持禄非卿材。我公家學播九垓，烹鮮持斧有餘恢。未竟厥用心之摧，魂歸魄藏天所培。

二希堂文集卷九終

二希堂文集卷十

西湖祖祠衣冠功德進主祝文

維康熙五十三年歲次甲午正月朔癸卯越十有六日戊午，孝曾孫某等謹告於顯先祖考處士訥齋府君、妣孺人宣淑劉氏、顯先祖考逸叟友湖府君、妣孺人慈靖林氏、顯先祖考贈文林郎梁嶽府君、妣贈孺人勤淑陳氏之神曰：

緊惟我祖，肇基西湖。累善行仁，紹開厥後。天篤其慶，世濟其昌。伏惟鄉進士文林郎湖廣寧鄉縣知縣我湖公，首開科名；賜進士承德郎刑部湖廣司主事震湖公首登甲第，早已偕配崇祀中龕，世世不替。賜進士東昌府推官中石公亦已配享廟中，侍祖宗之旁矣。而讀書稽古，積學力行，名標天府，行著里族者，代不乏人。揆禮與情，均應列在廟中，奉祀配享。恭惟鄉進士贈文林郎百梁公、贈文林郎賡震公、賜進士文林郎桐柏縣知縣升薇公、賜進士文林郎行人司行人潤生公、鄉進士高人公、崇祀名宦鄉賢選進士羅源學教諭武湖公，或登賢書之彥，或雋南宮之秀，或與明經之選，或邀貤封之榮。守箕裘之令緒，幸繼體之有人。

品望既隆，鄉譽尤著。是宜位在東龕，列衣冠之祀，世世配享。恭惟處士丕仰公暨妣徽淑孺人熊氏，處士動庵公暨妣慈儉孺人林氏，原以繼别之宗，祀在兩廡，追維舊德。緬想前徽，篤行可風，詒謀永久，好善樂施，世澤綿長，是宜位在西龕，列功德之祀，世世配享。夫文物科名，累代繼起。斯爲朝家望族，而敦倫飭行，無忘祖先，乃稱家風有道。敬蠲良辰，合祀廟中。祖宗樂得子孫之衆多，長在其側；子孫常依祖宗之寵庇，永惟居歆。惟茲廟中少長畢集，自今以往，永永無斁。慕讀書之榮，益自勤於弦誦；知爲善之樂，尚自勉於訓行。爵秩聞望，等之珪璋。孝友睦婣，永如琴瑟。見祖宗之共聚堂寢，自生敦本之思；知枝葉之皆由本根，常懷睦族之念。地靈所鍾，愈昌而熾；和氣所積，益壽而臧。謹以潔牲柔毛，醴齊粢盛，用申奠獻。尚饗！

念修堂告成進士祝文

緊惟我祖，卜居梁麓。累善行仁，天之所篤。梁山之下，其風郁郁。己卯夏初，我祖無禄。窀穸既畢，宗祊未卜。凡我孫子，對之心恧。昔我始祖，卜葬斯山。越寧鄉公，附窆此間。九十九峰，蒼翠斑斕。奕葉有人，創造伊艱。維我曾祖，繼起名揚。克承父志，厥祚丕昌。購茲佳址，築爲享堂。享堂維何？在墳之旁。祭畢宴斯，厥制堂皇。規模既遠，報之亦長。有子三人，兩騰曲江。旁及猶子，名與俱芳。累代簪裾，於今有光。未及百年，事變滄桑。頹垣墜瓦，此堂遂荒。我祖見之，惻焉心傷。無力重新，猶存餼羊。凡我孫子，誰不奮昂？歲在壬辰，拮据經始。構茲數椽，風雨足蔽。以奉我祖，以承先志。爲墳之廬，爲祖之祀。私也而公，兩取其義。敬陳粢盛，備我犧牲。請諸族人，今日告成。同展一拜，共布此情。伏惟我祖，及我高曾。祐我孫子，無失令名。睦婣孝友，乖戾不生。爵秩聞望，君子之榮。而昌而熾，永世胥寧。凡我孫子，同茲致誠。謹以剛鬣柔毛，粢盛醴齊，用伸奠獻。尚饗！

辛丑四月同當事紳耆宿壇祈雨文

農及時矣，而雨澤不降，小民幾無寧刻也。苟居官之不職，應降咎於余身，百姓何重遭此戚也？頃曾請水於鹿溪，又化龍於橋上。拜禱呼號之聲，豈尚有九重之隔耶？天之愛民人甚矣！苟粒食之不登，將顛連而莫告，上天亦豈其不德耶？糾我紳士，齋宿廟壇。耿耿愚誠，幾不遑乎日昃也。睠望四郊，瞻言百里，能無傷心於日燥而地赤耶？伏願速遣雨師，立召風伯，將已下之種渟然而興，而方播之田亦得收功於涓滴也。嗚呼！旱既太甚，其雨其雨。彼蒼者天，其亦念此哀迫也。謹告。

祭座主安溪李文貞公文

嗚呼！世遠方在苫塊之中哭吾母也，今又哭吾師哉。嗚呼！吾師之於余小子，可勝言哉。

歲己丑，吾師主禮闈，世遠成進士。吾師薦之天子，特命讀書中秘。嗣是惠訓不倦，迪我者，不徒在語言文字之間；期我者，有出於功名爵禄之外。嗚呼可勝言哉！世遠服習宋儒之書歷有年所，自吾師啓其鑰而發其覆，生平學識，始有依歸。嗚呼，不謂荒陋如世遠，猶欲進之以程朱之學也。世遠幸際明時，雖櫟社無中繩之材，然野人懷負暄之獻。己丑冬，吾師攝行郊天之禮，齊宿天壇，獨召世遠，與語久之，謂曰：「子抱經濟，何不盡言之？」因得盡吐於前，質論商確過夜分。嗚呼，不謂迂疎如世遠，猶欲策之以經世之務也。世遠雖無中智之質，然有好善之心。每見端人正士及一言一行足録，皆心識不敢忘。議論之間，偶有所及吾師，禮待有加，時有薦拔。嗚呼，以世遠之愚昧，猶不以可否爲無足重輕也。庚寅秋，世遠以省親假歸，臨行贈古畫一幅，乃《龜山立雪圖》也。嗚呼，師雖不言，世遠敢自弃乎？逾年，遭先君子之變，暌教三年，燕閩萬里，愛憎不一，毁譽叢加，雖素號知交，尚不敢保其聞流言而不信，吾師確然不惑。服闋，入都日，特薦世遠分修《御纂性理精義》。承君子之提命，受聖明之指畫，人生至樂，無逾於此。是秋，侍吾師歸里，適撫軍海康陳公重振鰲峰書院，問師於吾師，薦世遠往主其事。嗚呼！鰲峰人材淵藪，九郡之英咸萃，竊不自揆，欲推明吾師之學以振道南之緒，以復鄒魯之風。雖德凉學淺，不自知其蚉力之負山也。丁酉春，吾師趨朝，道出三山。世遠率諸弟子請臨書院講學，自開府以下，觀聽者千人。今所刊《鰲峰講義》是也。方欲俟吾師致政歸里時，擇其尤者携至榕村，親聞謦欬，俾有成就，誰知訃音至哉。嗚呼！古稱師弟之誼，有知我之感，成我之恩，吾師之知我成我，可勝言哉？悲悼之深，辭不能文，敢叙其區區如此。至吾師躬承絶學，有繼往開來之功；遭逢聖明，有弼諧亮工之績，此自有天下後世之定評、國史之紀載。世遠亦他有叙論，故不贅而特云爾者。嗚呼！惟夫子知我也。尚饗！

祭李訒庵先生文

緊惟先生，德器粹然。宏涵演迤，澄蓄萬千。探根躡窟，金渾玉堅。旁流雜術，亦探其元。生而毓异，鏤板神前。少陷賊壘，蒙難迍邅。孝恭天性，淳謐内淵。屢躓公車，不屑攀緣。出膺民社，嘉魚撣弦。用康乂民，廉聲丕傳。去汰去甚，不顧掣攣。載陟户曹，煩劇仔肩。始終一心，清慎彌虔。上益向學，親御講筵。曰佐文貞，周易手编。長官褒嘆，不日叙遷。若水勇退，賀監歸田。某水某邱，湖之山川。世遠不材，受知文貞。夜雪春風，中立光庭。先生奏最，我時在京。飫聞至論，清夜鐘聲。庚寅之秋，我歸漳東。先生送我，别緒匆匆。三載遲留，復入都中。先生在部，遂初融融。我送先生，祖餞臨風。先生言旋，我亦退隱。問字榕村，以翼以引。文貞還朝，大星告隕。兩赴榕村，有涕如霣。先生猶健，尚有典型。先生諸郎，又締嚶鳴。寒晨判史，溽暑談經。經綸道義，口許心盟。我交京師，侍從公卿。豈無英達，孰是忘形。十載家居，懶與時迎。不我遐鄙，書問相訒。我受珠璣，未報玖瓊。邇來契闊，心用怦怦。追維先生，兩世交情。不謂今歲，竟騎箕星。心以情亂，淚因德傾。束芻往奠，鑒此微誠。尚饗！

祭總憲沈端恪公文

人生五倫，朋友居一。相期重遠，勸善規失。維公生平，學術宏正。確守程朱，不雜偏徑。陽儒陰釋，剖判是力。介潔清剛，潛修淑德。維我與公，聞風相慕。公來吾閩，未及洄溯。時有臺警，軍興紛糾。公佐幕府，如摧枯朽。有都人士，不悦於官。砭愚督過，如水激湍。公曰安之，無鼓其波。薄言小懲，所全實多。仁人君子，其心不同。凡所游歷，棘刺生風。公官於朝，我亦來京。相見促膝，遂叙平生。既補銓曹，旋貳天卿。培元育材，望若景星。懇懇其衷，嶽嶽其方。帝曰予嘉，使總憲綱。念國忘家，積勞成頳。年未及邁，遂薨於位。天子曰嗟，臨朝灑涕。喪我良臣，贈恤特异。公始登第，名譽四馳。作令中州，衆母人師。公嘗語予，爲政初年，循常而理，不免具員。逮及兩載，民志既孚。夜思蚤作，朝發夕敷。維學有所，教之誨之。以其餘羨，積倉惠之。三千穀石，今猶存焉。回思我生，作令不愆。分府粤西，謝病言歸。用薦始出，遂初願違。明良作合，若或啓之。亹亹孜孜，日永矢之。邇來夏秋，余居海淀。公來傍晚，同榻寢燕。爰及季冬，同事禁庭。九夕連牀，有懷必傾。勖我無疆，如瘵忽起。我發狂言，公不聒耳。公氣少衰，遇公於朝。翌日哭公，始隔一宵。面目如生，公不能語。長號疾呼，有淚如雨，嗚呼痛哉！公之論著，多未終篇。《周易》有解，《朱注》有箋。未竟厥緒，孰續其全？平湖遺書，公所編就。我當抄存，謀以垂後。公之事業，未展其半。中途殞星，誰不駭嘆？嗚呼哀哉！敬陳鄙詞，公其鑒兹。

公祭黄越甫文

嗚呼！君遂翩翩而長逝耶？君有郭林宗之品識，不爲危激之譏議。君有東方曼倩之風流，亦或不恭而玩世。家故儒也，父祖嘗授以舉子業矣。中更廓落，而不就有司之試。或曰以爲難也而弃焉，或曰君有不屑屑於此者，别有玩心而高寄。知我者飲以酒，贈以言，共談心而出肺。不然，吾自適吾適焉，任夫己氏之評騭而位置。其爲詩也，質直曠朗有醉吟。

先生之高致，其論事也指陳了了，鬚髯輒張，若揮麈而攬轡，皆由其屏俗而游真，故交盡賢豪而相締。君又生有賢子，恂恂焉，亹亹焉，嗣守有光而無愧。君更勖以敦修，曰：「德業更有大而至，貧窶非吾患，科名非止境，在定脚跟而嚌其胾。」某等與君交幸，鄙吝之常去。悵一病之不起，溯深情於平素。偶出門之所之，過高岑而息憩。見屋梁之落月，疑顔色之可視。陳鄙詞而薦酒，君其彷徨徜徉乎斯際。

哭伯父習孚先生文

自國家以制義取士，士之隨風而靡者，多致力於時文，經史子集置之不問。吕東萊所謂「父兄無見識，以得一第便爲成材者」，何多也？伯父嘗告世遠曰：「瞽者無以與乎文章之觀，聾者無以與乎鐘鼓之聲。」蓋謂斯人。又曰：「士不讀莊、騷、馬、班，一木偶人耳。六經之外，惟此最要，而後漸及於諸子百家，汝其識之。」其諄諄於世遠者如此。其學則無所不覽，詩若文重一時。太史陳心齋令吾邑，延修邑乘。莅泮，講五經若性理諸書。著述多出其手，素知伯父博學善屬文故也。性剛直雄健，自喜雜以滑稽，而不軌於正。與家君諸父相友愛，晚而益篤。讀書非夜分不寐，雞鳴而起。於將死之前一月猶然。素强無疾。癸未八月病，二十七日而亡。搜其遺書，積成卷軸。揮淚讀之，凄凄欲絶。因爲文而哭之曰：

嗚呼伯父！少而豪雄。孔武其力，有耀其瞳。長加遜敏，益植其躬。奇書秘策，羅之以胸。泉湧河傾，巨壑長虹。先生後學，動起敬恭。昔當壯盛，文壇樹幟。老而不衰，益篤其志。有酒數斗，飲之不醉。舞劍談經，登車攬轡。對客揮毫，停驂問字。文似相如，氣排賈誼。吁嗟溘爾，便爲古人。顧謂孫子，我將歸真。語言不亂，預定若神。嗚呼伯父，弃我何速。誨我諄諄，示我三復。伯有論著，我曰我讀。我發狂言，伯不厭瀆。躄者執杖，瞽者光目。蒿里文雄，互居列族。聞伯將至，請入其屋。迂儒走避，栲士退伏。操觚小技，呼之爲僕。慰以爲哀，痛定復哭。

祭季父君晦先生文

嗚呼季父！竟爾遐逝。世遠入京，癸卯之歲。臨岐諄諄，告以大義。跪聆誨言，罔敢弗志。爰及明春，秉鐸安溪。師道克立，獎善叙彝。厚德醇修，薰而善良。不責脯束，敬業一堂。祖孫父子，在泮課藝，不懈益勤，僉曰盛事。曰維祭聖，備物必豐。確遵祀典，齊肅敬恭。奉委點籍，課業問耕。老稚歡迎，我家先生。倏焉遘疾，闔邑禱祈。朝昏問省，日夜携持。乞假言歸，道旁祖送。有百其群，感動村衆。丙午仲冬，溘然長寐。世遠在京，逾年聞訃。醫藥不親，飯含不赴。王事則勞，有淚如澍。曷云能來，爲位而哭。道之云遠，燕閩不縮。嗚呼季父！少有至性。甲寅之警，兵戈不静。隨親避地，涉險歷嶂。忍饑朝夕，讓粥以養。逮及末年，躬親洗滌。豈無他人，悲愉悦懌。兄弟四人，始終允諧。家節情話，相對顔開。事我先君，至老不回。奉如嚴師，撫如嬰孩。嗚呼季父，赤幟文豪。受知督學，連冠其曹。歲薦明經，晦迹自韜。學成不有，通郡是師。令君致餼，遂設皋比。由以成名，不可指數。豈獵其華，言敦其素。户外不與，家産不營。屢空蕭然，金石歌聲。累躓棘闈，一席寒氈。未竟厥用，静正怡然。嗚呼哀哉！山川阻隔，設奠陳誠。勖哉孫子，勵志揚名。克篤前修，和祥蔚蒸。永言無斁，慰此幽靈。尚饗！

哭從兄右章文

嗚呼！兄之死可哀也。世遠與兄少同居，長相聚也。平居相勖以文章，相勉以倫理也。憶甲寅之亂，王父避居梁山之麓，吾父與仲父、季父從而聚居焉。歲庚申，兄始生。壬戌，世遠始生。兄乃季父出也。幼讀書，沈潛善入，倜儻有志氣。己卯春，學使者將校士至漳，王父時年八十二，召兄與世遠詔之曰：「勉之，吾猶及見汝等之入泮也。」命與兄讀書於叔父之旁小室。每月夕風晨，抗首論列，蓋近以慰王父之心，而遠以古人自期許。世遠尋補弟子員，兄雖被黜，歡然喜色，曰：「是可以慰王父矣。」王父既没，兄屈滯童子試中，卒不遇。兄爲人重義輕利，性謙退，和婉善下。然義所不可，輒凛然有不可犯之色。孝於親，友於兄弟，循是而基之可。至於聖賢而無難，即其一端片善，亦足以厲頹風而起末俗。邑俗家有子婚娶畢，多自私其財帛，父母取之，猶有難色，兄弟則居然畛域矣。世遠嘗與兄痛憤，謂人雖不肖，何至父子兄弟之間而有利心幾何，其不入於禽獸耶？兄自婚娶後，所得毫不自私。嫂氏又賢，嘗脱簪珥，解所服飾以事親，佐日用之需。嗚呼！此事本自尋常，何足爲吾兄稱道，然亦可以愧天下之重財帛而輕骨肉者矣。王父没二年，葬期未卜。吾父與諸父寢食不安，兄彷徨不已。嘗與世遠登高山，眺峻嶺，周歷曠野平原間，曰：「堪輿家之言雖不足信，然此事白未可造次。」既卜兆，營窀穸，兄始帖然。嗚呼！使兄不死，其亢吾宗也必矣。世遠少而廓落，疎於世務。與兄弟相勸勉者，大都皆迂闊不近時。嗚呼！惟兄知我也。家居離邑治十里，適吾父與諸父授徒於外，世遠凡所作古今文，未脱稿即以示兄。兄曰：「某句字當換，某句字未妥。」凡兄所言，皆中予心。嗚呼！朋好相聚，忽然遠别，涕涔涔下不能自止，况重之以兄弟之親，溘然以死，終吾身而不可復見乎，此余之所以仰天而悲也。且兄之知我，更有奇者。王父徙居梁麓時，得一佳境，名别有天，泉石幽勝。世遠嘗一夜不寐，思有以營度之亭池台閣，大小廣狹，朗朗胸中。晨起走兄臥榻，呼兄起，告以故。兄曰：「止勿言，視吾見何如？」及至某所，兄所云云，即吾夜中所思者也。又世遠凡有外游，將歸前一夕，兄必見諸夢，且謂諸弟曰：「聞之今日至矣。」十數次皆驗。此皆瑣屑無足重輕之事，然亦是一奇也。今歲世遠捷南宮，讀書中秘，方自幸進身有階，平日與兄談論者，庶幾不墮空言。乃兄竟未有書來。秋八月，始知兄以六月六日死矣。嗚呼，人誰不死，兄之死可哀也。兄今年三十，生有二子一女，雖小，聰慧可愛。將來教養之使成人，及婚娶之事，季父自能了此，然世遠自不敢忘，兄其勿以爲念。嗚呼哀哉！

祭從兄修永文

嗚呼！昔我仲父，有子三人。過期莫娶，無怙且貧。我先大夫，視子猶均。遂厥婚媾，恤其苦辛。仲母暮年，式克舒顰。爰及數載，淹喪伯氏。言立其繼，仲氏之子。仲氏繼殞，嫂氏靡他。撫之拊之，匪我則那。獨兄之存，傷心雁序。信諾惠心，里推古誼。養蒙於鄉，爲家之計。體又素羸，喀喀病肺。我官於朝，音問絡繹。薄俸雖分，有如涓滴。如何昊天，旱荒繼疫。丁未始秋，聞訃愴惻。嗚呼痛哉！兄與二昆，溘無留者。藐爾諸孤，一門數寡。獨鶴支霜，啼烏月下。呱呱哀號，有涕無灑。嫂氏貞賢，寄語來京。今歲無飢，我心則寧。越兹以往，我當自營。我聞斯言，悲不自勝。維兄有子，食之誨之。迨及長成，婚之配之。我聞苦節，其後必昌。安貞淑慎，天祚汝以無疆。子母相依，娣姒相將。克儉且勤，迪厥子以義方。苟盡人修，有赫彼蒼。萬里緘詞，我淚汪汪。兄其鑒兹，式相爾後於不忘。尚饗！

通族合祭紫泥庶常文

嗚呼痛哉！吾紫泥之亡也，吾聞達者之説曰：「家族之得第居官者不足喜，惟其孝謹純篤，有學問志氣者爲可喜。則其亡也，亦不以得第居官者爲足悲，而以孝謹純篤有學問志氣者爲足悲。」紫泥生有异質，少不問家人産。勤學好問，以遠大自期。年二十，補博士弟子員。逾年失所恃，紫泥痛母亡，事父篤謹，處兄弟益友恭。折節讀書，五經躬自注解，治史鑑頗能記其因革得失。未幾食餼於庠，累試冠軍。甲午登賢書，中乙未進士第二人。殿試，制策進呈第六。復御試詩古文第七。紫泥顧不自多，限程讀書，清晨温經，午前讀宋儒書，午後閲《綱鑑》，晚讀詩古文。時與兄聞之同在京邸，坐臥一榻，以力學躬行、信今傳後相刻勵。手書來家相勸勉者，無非修門内行、明體達用之學，吾家子弟方有所觀感而興起焉。丙申六月十四口，眷口進京，時已得病，七月七日憮然曰：「吾不及見吾父矣。」遂卒，年方三十。同年、同鄉、同館諸友以及朝之縉紳大僚，聞訃哀愴，賻金四百有奇，祖奠相續於道。嗚呼，一庶常何足輕重？爲其學問志氣如日月之方升，悲人才之淪没，爲國家惜也。十二月二十四日，馳驛抵里，寡妻稚子扶柩同歸，悲傷動行路，况叔伯兄弟哉。嗚呼！家門不造，撫昔念今，潸焉出涕。癸巳夏，我雀人以公車終於京都，是秋我爽亭又以公車卒於宿遷。雀人勤學博聞，著於天下。爽亭和厚修謹，孝廉中之望，孰意其偕亡也。今又喪我紫泥，四年之間，喪車自遠至者三人，何其痛哉！嗚呼！夫子之稱閔子也，曰：「人不間於父母昆弟之言。」今與祭者，盡吾家之諸父昆弟也。吾家諸父昆弟非妄嘆者，合之人言，其亦可定吾紫泥矣。爰哭之以詞曰：

梁山高兮湖水泱泱，有闔其色有遏其光。國之良兮族之坊，心藹吉兮身健强。胡方三十兮汝年以不長，子幼弱兮父在堂。靈遠來兮歸家鄉，汝之達兮何之而不可翱翔。我懷愴以傷兮，夫何日之能忘。

六一侄孫哀詞

嗚呼！謂亢吾宗者必汝也，今竟如此耶？汝自沖齡，淹貫五經，旁及群書。年十六，游庠序，朋試皆前列。去歲，從余學於鰲峰。汝之文章行誼，獨爲開府所推重，同學所畏服，翩翩然年少名士也。鄉試制藝，雄深贍雅，制策皆本所學，以抒爲經濟。余益喜曰：「是不論得舉與否，行當讓此子也出一頭地矣。」入夏以來，積羸成疾。時余方講學會文於西湖祖祠，汝獨臥病不能在列，相對時猶津津心喜也，孰謂有今日哉？嗚呼！以余之闊疏，方欲鼓七建之人相與明倫學古，克己勵行，暢前哲之休風，去俗學之蔽錮。鰲峰中不數人也，而汝與焉。吾家中不數人也，而汝又指屈焉。嗚呼！天不祚余，使此子之未逮成立也。嗚呼！

天不造吾家，使此子也夭也。汝今行年二十有一，尚未有室。父與王父皆在堂，哀不能自禁，汝其能瞑目哉？雖然，汝之才名著於閭嶠，志行追乎古先，雖福壽不長，孰與庸庸者泯泯焉以終其身哉？自汝視之，皆塵土耳。汝病革時，王父許以從兄之子爲嗣，汝嗣必昌，汝靈是依。維余知汝，潸然念之。因哀之以詞曰：

牿其性者溺於習，馳於華者汨其實。今之人兮鮮自力，汝之英兮信兹不惑。我望之奢兮珍什襲，胡弃余兮歸何域。能不汝思兮汝志已立。

祭同年黎少司寇文

維我同譜，落如晨星。或處山邱，或入泉扃。迪德廣業，孰翼孰賡。維公邁志，行砥名成。初登瀛洲，露爽英英。典試粤西，得人有聲。繼視楚學，石介冰映。楚風勁雄，澤之以正。報政歸來，天子有喜。擢居給諫，邪觸佞指。帝顧在廷，巡察需人。高安相國，以公名申。天子曰都，是謂直臣。劾兩大憝，封事密陳。大臣才識，譽命津津。維時聞者，驚耀偉節。謂公有此，如矢如鐵。天子不言，同朝莫知。公亦不言，不伐不居。天子聖明，公勇有餘。按湖南北，耨奸櫛宄。咏黍歌棠，昔時人士。竣事言旋，命視南河。沿流相視，籌核無頗。遂進廷尉，廷尉稱平。九列有議，謇諤盈廷。出衡南國，南國是式。馬首無嘩，浮僞悉斥。帝謂盛京，國之根本。晉貳司寇，兼職京尹。惟此盛京，穀賤物平。公來莅止，繁阜盈寧。宣天子仁，不狎不驚。言渥其膏，言虛其囹。始及一載，溘爾上升。嗚呼我公，渺不可即。魂來夢清，魂返塞黑。年未週甲，事業未半。一往不還，能無痛嘆。憶歲己丑，登第方新。三百進士，六十翰林。過從頻仍，蚤夜談心。月窟可探，蒼生作霖。維時安溪，道侔伊周。師生誼篤，宴見綢繆。或坐密室，濬我靈修。或隨杖履，吟弄優游。溯洄洙泗，湖海盡收。陶然亭中，怡園石上。分韻得句，三爵不讓。郭外花紅，牕前草緑。魚躍鳶飛，印川對菊。公於是時，嶽嶽郁郁。二十年來，星霜頻改。函丈何依，同門鮮在。公能奮首，天子葵之。望公爲鵠，尚肩隨之。廣陵散絶，顔色何照。七八同輩，誰與同調。公之尊人，觀察陝右。素號青天，撫綏績懋。以其緒餘，嫻及文史。我朝作者，巋然鼎峙。公能趾美，有蔚家聲。兩世純臣，系出閩汀。聞公柩來，東芻蚤戒。疾驅過郊，不及奠拜。渺渺緘辭，寫此一哀。勖爾諸孤，揚顯將來。嗚呼尚饗！

哭從弟誠符文

嗚呼！吾自始至終，所望於吾弟者，實有加而無已，何一朝竟至於此？吾弟事親孝，處兄弟友恭，撫孤侄以成名。待人以信，剛直尚義。家極貧，介以律躬，不爲卑瑣苟合之態。

年稍長，受業於余。未及壯，補弟子員。研經究史，高自期許。詩文尤傑出。丁酉歲，從余學於鰲峰。九郡之英，咸在課藝，屢屈其曹。乃不得與鄉薦，命也。丁未春，余官於朝，眷口入京，以書促弟同來。始至，體玩宋儒之書者幾一年，歷代《名臣傳》《名儒傳》各研閱一遍。相國高安朱公、太僕學川林公及靈皋方先生皆加重焉。今年肆力時文，四鼓方就寢。得病中止者一月，猶不休，三戰文場，表策各至千言，大抒所學。竟以此得病，又不得售。越兩月而亡，命也。嗚呼痛哉！吾壹不知夫科名之累人一至此也，傷哉！自得病以來，吾爲呼天祈神，欲讓己歲，天不我諒，吾行負神明也，嗚呼！吾同堂兄弟十二人，彫零者四人，吾弟又與余聚首京師二年，今竟何往哉？嗚呼痛哉！吾官至九列，家未嘗肉食，菜根布素，吾弟恬然安之。吾待子弟，每刻責求備。吾弟恭和受之，視吾事如己事，視吾財如己財，臨終猶恐余憂愁，托言稍痊，嗚呼痛哉！歿之前一日，口占遺訓以貽妻子，勖以大義，告以安命，誨汝子皆至言也，嗚呼痛哉！雖然，生，寄也；死，歸也。男子有四方之志，吾弟名信於公卿，而行孚於族黨，與庸庸死於牖下者何如也？妻子雖不及見，然吾在此，兄弟子姓咸在侍疾送終，尚克誠備。父母未葬，吾能成之。子女婚娶，吾悉心力以任之。饔飧之需，吾何忍忘之。吾弟其可以帖然無憾矣！冥冥之中，其克相爾子爾女、爾室爾家，毋相悼恨，汝子今已爲諸生，顯揚褒大，吾拭目俟之。嗚呼！吾弟尚克鑒余之言。尚饗！

哭第六男長注文

雍正十年四月三日，汝柩將隨汝母柩回家。汝父以庶羞果品設汝柩前，呼汝而告之曰：

嗚呼！吾以雍正元年入京，汝以七月始生，吾不及見汝。聞汝生而多疾痛憂苦，汝母濱死者數矣。五年冬，隨汝母來京，年方五歲，已能曉句讀。性醇良至孝，汝母病，私於無人處叩頭祝天。與吾同寢，吾時起坐，汝急起取被帖吾背，恐吾寒也。有客來訪予，汝嘗從旁聞緒論。好與大人長者處，不樂與小兒偶。吾嘗問汝曰：「汝欲敝衣蔬食，名行垂千載，爲聖賢耶？抑將豐衣美食、駟馬高車，漫無所表見而作官耶？」則應曰：「吾爲聖賢。」今年方十歲，能誦《小學》《四書》《詩》《書》《易》三經及古今文若干篇，爲講解，粗知大義。常去歲夏四月得疾，腹大，左旁稍硬，急令醫者治之，不令汝讀書，汝時取書於臥榻自讀。常爲汝母、汝姊、汝嫂講《小學》，至性所發，亹亹動聽。歷夏至冬，腹終不小，顧飲食起居猶如常也。或謂針灸之術甚神，吾謂汝曰：「汝父欲汝速愈，法用灸。汝至孝，幸勿啼號。」灸三處，二十七次，汝忍痛不出一聲。汝母時病臥在牀，猶强起爲汝拜跪祝天，顧不得效，元氣轉弱。汝妹以十二月除夕亡，汝哭之哀。汝母以正月晦日亡，汝又哭之哀，猶能視斂成服。越半月而亡，嗚呼痛哉！吾自兩載以來，疢惡叢滋，行多拂亂，致汝夭折，皆以余故也。

吾嘗獨居深念，負汝多矣。吾官至卿貳，菜根家風，無肉食。吾一日見汝與汝兄同飯，食衹豆腐、白菜，有難色。汝母告予曰：「吾須看之食，不然，二兒食數口便走。」余曰：「年小，須不時啖以魚肉。」既又念汝諸兄皆食此能長成，姑不汝慮。嗚呼！汝得天薄，以是致弱未可知也。吾居京師，雖隆冬盛寒不設爐炭。汝手足凍裂，猶講誦不輟，以是中寒成疾未可知也。汝喜讀書，吾欲汝速成課程，數倍汝諸兄，汝不之苦，以是致腹疾未可知也。汝好食生菓餄品，吾謂汝曰：「醫者云忌此物，俟汝痊時，隨汝所欲，吾不汝靳。」汝聞吾言節至，終歲不敢近，竟不得食以死，嗚呼痛哉！汝臨終前一日，猶誦「父母惟其疾之憂時」文，若重有悲者，汝不知死事，吾亦不言死事。至口不能言，吾謂汝曰：「汝聰明，尚默佐汝諸兄，使有成以慰吾心。又至孝，尚使余勿思汝以成疾病。」汝向吾點首。及氣絶半日，目猶不瞑，撫慰再三始瞑，嗚呼痛哉！汝母既亡，留汝使吾朝夕撫摩誨導，猶可自慰。并汝而奪之，吾何能不悲哉？吾以服勞王事，朝出暮歸。入汝臥榻，汝母、汝妹及汝皆無存者，吾痛曷有極哉。嗚呼！自汝之亡，吾欲爲文哭汝，一痛即不能執筆。今汝柩隨汝母回，書此以寫吾哀。嗚呼！汝而有知，尚使余勿思也。汝母有靈，備聞斯言，尚使余勿念汝也。嗚呼哀哉！

二希堂文集卷之十終

二希堂文集卷十一

勸輸粟引

康熙己亥仲冬，有事於家廟，事畢，君奕叔父、井門兄、宫聞兄、伯行兄諄諄然合詞以命世遠曰：「倅孫，張之子，吾父祖東昌公之宗子也。生而喪父，張婦洪氏賢，伶仃撫育之。上無舅姑，旁無兄弟。今六歲矣，寄食母家。吾等雖有所周，然歲無定額，朝不謀夕者屢矣。夫以孤兒寡婦萃於一門，又係我東昌公之宗子。家貧而子弱，其可聽其饑寒而不爲之所乎？恭惟我東昌公致身科甲，政績懋著，創垂弘巨，子孫得蒙業而安。蒸田歲入數百石，尤不可使宗子之以孤弱獨困也。凡我一脉，隨力輸之，供其母子，歲以爲常。俟其子長大成人，而後再圖，子其爲我書此意於簡端。吾將令長蒲、長溗、長濠主其事。」世遠聞而再拜，言曰：「東昌公在天之靈，其慰矣乎！苦節之後，必有達者。非徒此子，將大有成立也。族姓相敦睦，情誼相聯屬，家其昌矣。夫誰無率祖之心、恤孤之念乎？世遠於東昌公，則從祖也；於張之子，則從孫也。目擊心動，實有同情。承命書之，以成兹美。《詩》曰：「無念爾祖，聿修厥德。」傳曰：「葛藟猶能庇其本根。」敬以是爲勖。

募刻黃石齋先生遺書引

蓋聞因雲灑潤，則芳澤易流；載響乘風，則音徽自遠。無鯁亮清忠之氣，雖潘江陸海，僅供覆瓿；爲天地河嶽之鍾，則琨玉靈珠，自當壽世。近代石齋黃先生者，志存忠孝，學貫天人。了生死之一關，嚴「忠佞」之二字。明朝三百年養士之報，正學而後一人；漳浦九十峰積氣所成，東溪之武堪接。生徒遍天下，仰寶座之春風；正氣塞古今，留石壇之化雨。驅宣公於腕下，奏疏洵爲百代之光；駕陸子之書廚，詞華豈但一時之冠。罔非繼往，信足開來。觀《緇衣》數傳，見講學正切於匡君；讀《續騷》一篇，知忠臣必由於孝子。明九疇之義，所以佐書；洞三易之璣，亦以補繫。丹心激韻，高律呂之聲；碧血成歌，動乾坤之色。他如松花，別集早擅；昔日文壇，即至駢枝。巵言遠勝，古來談藪。耽書性癖，已極刻骨鏤心；私淑情深，豈徒梁峰鹿浦。嗚呼！九串十朋，四耻三罪。公自灑冰天之淚，我已興拾桂之思。幸生講學之鄉，遺澤未斬於五世；即慕先生之義，頌聲已溢於四方。無謂斷簡殘編，《廣陵散》於今絶矣；尚曰丹山碧水，《正氣歌》其猶存乎？誰非好古，應共效王稌集正學之書；諒有同心，勿徒令桓譚重子雲之價。

書李文饒傳後

李文饒，古今才相也。余觀其在浙西也，汲汲不忘君；其治蜀也，聲施爛然；而其相武宗也，事功幾過於韓琦。當武宗時，天下可謂多故矣。藩鎮之横，擾於西夏之師也；小人雜進，非如治平之時也。文饒雍容其間，天下晏然受其福。琦相英宗，何以過是哉？就唐代論之，氣節不及宋璟，而才并乎姚崇；風度不及張九齡，而行純於張説，高志不及李泌，而功績著於令狐綯。就他代論之，吕許公、張江陵輩，遠不及之矣。莊聖太后臨朝時，許公功爲多，江陵相業亦未可輕，如貶韋弘質，貶范文正，貶劉臺，其專擅亦適相類。然文饒雖抑樂天而不用，猶與陷富弼、高拱者不可同年語也。雖其朋黨之心執而未化，然牛黨皆小人，君子諒焉。且洛、蜀猶不免復，何怪於文饒哉？朱子作《綱目》，書曰：「李德裕卒而不具其官。」余不能無憾焉。

書李杲堂集後

杲堂自謂喀喀病肺，奄奄不振。今觀其作古文，氣甚凌厲。夫文章有識有氣，無識不可以立體，無氣不可以致用。譬如大將部分措置，量知彼已識也。鼓三軍而進之，率先爲士卒前行，氣也。杲堂有識有氣，溯源於子長，規範於韓歐，可謂脱盡明季之習矣。明初諸家，方正學氣烈近蘇，劉青田屬詞近子，宋潛溪該貫瀏亮，體勢近歐，要皆詞氣疎暢，不肯作骫骳險僻。何、李興，遂爲有明樹幟，然何不及李遠甚。王、茅二川相繼作，卒不能掩北地而上之。然自李滄溟倡爲左史之説，作家多習爲强澀繁瑣，割斷難句，稍變者又緝綴詭僻誕謾而無結構。一則曰：吾由西京而追左史也，目中無東漢，何論韓歐？一則曰：吾本兩漢而仿莊子、韓非也，以淺率爲奇奥，吾不識左史、莊子、韓非，豈專爲是强澀緝綴哉？專爲是强澀緝綴，則不足以爲左、史、莊子、韓非矣。效左、史、莊子、韓非而爲强澀緝綴者，力不足也。力不足，而强澀緝綴以爲左、史、莊子、韓非，是皆吾所不取也。杲堂得之矣！

書陳静恪先生傳後

人生百行，莫過孝友。就其造極而言之，則孝爲難。父母之恩大矣！哀哀父母，生我劬勞。《蓼莪》之詩，備極深痛。自非立身行道、養志尊親，行造其極，未足以語於大孝也。孔子稱：「大孝者，舍舜之外，無他焉。」就世俗而言之，則友爲難。愛父母者，子也。愛子者，亦父母也。人子能如父母之所以愛子者以愛父母，則孝矣。不然，安常處順，奉養服勞，雖未爲孝，亦未嘗以不孝聞。至於兄弟，其始也分形聯氣，傳衣共食，至戚也。迨其後也，妻子間之，財産間之，奴婢間之，始則財不相通，繼則氣不相下，私意一起，寖以踈薄，自非友悌深至，外盡其和，内盡其誠，鮮能免此。《書》曰：「克諧以孝，烝烝乂不格姦。」解之者曰：「進進於善，不至於姦也。」余聞之師曰：「非也，言其和孝懇至，自能進進於善，不格其姦也。」格如格君心之格，君臣以義合，故積誠以格之，陳善閉邪，格其非心。父子兄弟，以天合烝者，《詩》所謂「烝之浮浮」也。若以格君心者，格之則有所不合矣。《記》曰：「人子之事父母也，起敬起孝，悦則復諫。」余亦曰：「仁人之於兄弟也，起和起誠，務修其極。苟以其難處也，而置之是恝也，以其必不可已也而驟之，是激也。不激不恝，起和起誠，弟之至也。常則既翕，而和樂變，則同憂而共患，誠與和之所積也。」余讀《陳静恪先生傳》有感焉。

壬辰海氛之亂，先生仲季同圍城中，仲兄以拷餉就縶，先生自詣軍門請代，帥憐而義之，餉得稍減。事平，家既落，以眼疾廢。仲氏家尚饒，或勸分其餘財，不答。此二事者，余甚偉之。常人争錙銖於平日者有矣，況已詘而兄饒乎？悁悁於毫髮小事有矣，況遭難而肯代之乎？是真可以風世矣！先生之子名元麟，字石民，與余交最篤。石民之事親也至孝，與先生晨夕相隨，蒔花茹茗，考古談經，父子之間，優游怡愉，樂之至也。故先生兩目復明。石民登鄉薦，先生猶及見之。先生行事，李約墅先輩既爲之傳，林君佶人又書而跋之。石民屬余書於後。余嘉二事之可風也，故詳論之，且以見能孝者必能弟，能弟者必能孝，能爲悌弟者，必生孝子。凡百君子，敬而聽之。

書先王父季湛府君遺集後

古今卓然自立之士，多不爲祖父兄弟所掩，是故賈曾、謝鳳不能掩其子，陳仲弓不能掩其孫，王子敬、蔡九峰不能掩其父，士衡、子瞻不能掩其弟。數子者之名，至於今艷慕不衰。先王父年十六爲諸生，師事黄石齋先生，先生尤器重之，詩若文多先生風味，氣骨更肖。甲寅之亂，居梁山之麓，鄉人薰其德化焉。盗不入境，民不訟於官者幾三十年。年八十餘，飲於鄉，爲邑人所重。蓋公以温醇冲和之氣，發其英偉俶儻之才，故其人與其文若詩俱傳也。公以己卯年没，伯父嘗手定其書。越一年，世遠取而讀之，涕涔涔下，因志之其末曰：「祖父兄弟之不能相掩也，信夫！」公以上三世皆歷甲乙科，先刑部震湖公學行載《道南源委》，公以立德立言承厥緒無墜。兄弟三人，公最少，二兄皆一時名進士，人謂公潛德幽光，殆將過之祖父。兄弟之不能相掩也，信夫！抑又聞世之稱公者曰：制義不如詩文，詩文不如德行。是公之詩若文幾爲德行所掩也。雖然，公可以無憾矣！

黄門雙節紀略

余鄉人黄鏞妻張氏及其子元吉婦康氏者，龍溪邑乘所志「一門雙節」者也。張氏二十三而寡，卒時年九十有二。康氏二十而寡，今年七十有七矣。張之歸於黄也，誠孝，修婦道。盥櫛、紉箴、烹溉維謹，鏞病殞，舅姑在堂，長子元吉方七歲，次五歲，又次方襁褓，煢煢孑立，莫知我哀。當壬辰海棼之變，鄭氏悉衆圍漳凡八閱月，城中絶食，兵卒餓鬭叫號，割死人肉以果腹。張翁歿，張慮屍難免，密以錐刀鑿地，爪土出之，鑿已復爪，十指破裂出血，深三尺許，裹屍而藏焉。會王師至，圍解，翁屍得斂而葬，而張十指爪甲盡秃。每對子孫言，輒嗚咽流涕，鄉人嘆曰：「逢此百罹，仡仡勇夫，不免於及。張以一嫠婦乃能完其翁之屍，誠且智也。」嗣而元吉有婦生孫，次與季亦長成，人謂張且色喜。無何而元吉復殀，婦康氏抱呱呱之兒，姑婦相依，姑撫而謂之曰：「我以不肖子累汝，婦賢應獲天祐，奈何蹈吾戚邪？」康泣曰：「竹有筠，松有心，敢不體姑之心，守姑之節？」晨理膳羞，夜紡績。事姑以禮，教兒以義。姑歿，哭之哀毁骨立。邑人既以其事，紀之邑志。官斯土者，又以其事上聞而旌之。張之孫瑛爲名諸生，思欲表揚其先烈。康之子橙羈旅入都，求余文。橙性至孝，言及輒泣。余嘉其志而嘆雙節之萃於一門也，爲紀其略，使覽者有所徵信焉。

跋祖祠規條

右家規十六條，乃世遠所稽之於古及聞之於今者，已正之父兄叔伯，以爲可行，願吾家長上各以此勖其子弟，相規相勸，則人知尊祖敬宗，而相親相睦之意行乎其間矣。

世遠更推本平日父兄之訓，以爲衆子弟勖曰：

凡人之所以爲人者，在篤於倫理，而絶其自私自利之心而已。薛文清公戒子書曰：「人之所以异於禽獸者，倫理而已。何謂倫？父子、君臣、夫婦、長幼、朋友五者之倫序是也。何謂理？即父子有親，君臣有義，夫婦有别，長幼有序，朋友有信，五者之天理是也。於倫理明而且盡，始得稱爲人。苟倫理一失，雖有人之名，實禽獸之行。仰貽天地凝形賦理之羞；俯爲父母一氣流傳之玷，將何以自立於人世哉？」文清公此言，極爲親切。世遠竊謂倫理之虧，大抵由於自私自利。自私則忌刻之心起，雖同祖共宗之人不免；自利則止知有己，雖同氣兄弟不顧。夫忌者，小人之尤，况施之於同祖共宗之人？利者，害德之物，乃至同氣兄弟之間，因財業而生嫌隙，此真禽獸之不若也。嘗見兄弟不和之人，其家必有死亡之憂。自古及今，無得脱者。人即不懼身入於禽獸，獨不爲禍患計耶？吾宗素奉祖宗之明訓，凡所云云，皆不至是。然履霜堅冰，防其漸也。抑又聞之，人有常業，必興其家；忠厚居心，天必福之；勿以氣凌人，勿貪非其有，勿爲賭蕩不法之事；勿爲游手無常之人，游手則必入於匪類，賭蕩則將無所不至。古今來，未有好賭而不喪其品、破其家者，其事則卑污苟賤，貪鄙不堪；其歸至爲父母所不齒、妻子所厭惡。人每自知之而自蹈之，何邪？凡此數者，由於其人之趨向，關於自心之洗滌，雖父母且不能勢禁，豈旁人所能理諭。忝爲一本之親，有同祖共宗之誼，故不能以嘿嘿饒舌及之。非敢爲文以示戒也。至世遠有過，吾父兄叔伯必加嚴督，方有親愛之心。或兄弟之間，以錢財而分畛域，或尊長之前以褻狎而致侮慢，或恃己之勢奪人之有，或明犯禮法以自取戾，吾父兄叔伯必切指其事而明訓之，仍撻責於祖宗之前，以示戒焉可也。

康熙辛卯人日，世遠謹書。

跋五思録前卷

先君子以康熙辛卯秋七月捐館，時名卿大夫、舊游戚友或哭之以文，或銘其墓以表之。先君子嘗秉鐸羅源，羅人祀之名宦。吾浦人賢而祀之於鄉，守漳郡者采入府志焉。古人有言曰：「大孝尊親，其次弗辱。」世遠愚而失怙，惴惴然懼終不免於辱也。爰編次而存之，名之曰《五思録》者，不忍居處笑語，志意所樂所嗜之或忘也。

康熙甲午春二月，男世遠識。

跋五思録後卷

辛卯秋七月，先君子捐館舍。越三年，不肖孤世遠彙次志狀、祭文及名宦紀、鄉賢紀，都爲一集，名之曰《五思録》，以志思慕，式子孫也。丁酉冬，又喪我先母。喪葬事畢，謹次名公卿若戚友諸銘、志、祭文以附於後。嗚呼！先母賢德，焜燿鄉邦。始遭亂離，窮餓播遷。神明眷之，篤事尊章。心力瘁盡，慇懃誨子。慈淪義炳，不孝孤兄弟三人忝竊科名，兹益愧勵，凛凛焉，慄慄焉，懼無以爲瀧岡之揭也。

康熙己亥夏四月，男世遠識。

東江姓氏跋

右東江姓氏六十餘人，聚吾漳行誼、文章之選而爲此會也。《易》曰：「麗澤兑，君子以朋友。」《講習學記》曰：「相觀而善謂之摩。」夫近文章砥礪廉隅，非友不可。余自庚寅乞假趨省，常至郡芝山與諸友談經論文，間拈題面課，互相切劘。雖於諸公無能爲役，然入芝蘭之室，久當自化矣。撰義則依據六經，不墜浮誇軟美之習。説理則原本宋儒，不落致虚虚駕空之旨。載籍極博，務爲返觀。内考定從，違別是非，以爲守身用世之學。循是以往，吾黨其盛矣乎！夫文詞爾雅而内行克敦，閎覽古今而乘時建立，豈徒科名乎哉？因以齒次其姓氏，而并志其邑里，非以自耀也，亦指視之交叢也。嗚呼！可不勖哉？

叙鰲峰學約

世遠雖少承父師之訓，不敢自外於學，然資性淺陋，既寡昧而一無所明，過失叢滋，復昏怠而不能自克。荏苒歲月，恐終爲天地間無用之人。乃承中丞雷陽陳公禮聘使主鰲峰書院，戰懼方深，敢當斯任。顧念先君子主鰲峰時，世遠曾侍書以行。兹又親見兩臺所以長育人材、化民成俗之至意，爰至斯地，與諸同人共勉之。至於書院條規，昔者儀封張先生撫閩創立書院時，嘗刻《學規類編》一書，中載朱子《白鹿洞學規程》、董學則真西山《教子齋規》、胡文敬《續白鹿洞規》等書，已爲明備。陳公又公暇輒至，其於義利之分、廉隅之飭，痛切爲諸生言之。同人循此而行，無俟增益。不揣愚陋，推本兩先生之意，以附於後，既以自警，且以共勵云。

叙家禮輯要

閩中素稱鄒魯，爲朱子講禮教義之鄉。朱子生於延，老於建，而宦於泉漳，及門高弟率多閩産。五百年來，風流未歇，是以冠昏喪祭之禮，尚能由舊。本朝會典煌煌，聖祖仁皇帝特諭九卿等，恐風俗以奢僭相尚，非以禮教天下之意，官民喪葬婚娶，務從約素，參酌典禮。《御纂性理精義》，刊載《家禮》以風示天下。我皇上仁孝天錫，盡倫盡制，立萬世禮法之宗，雍正元年五月，奉旨通行。我閩既承文公遺澤，又際聖化翔洽、禮教修明之會，臣庶率由凛遵，蒸爲風俗，盛於曩時。顧窮鄉僻壤間，有不見全書，狃於習尚者，是用備考成書，輯其簡要，以合於鄉俗之易行，而省其無益之縏費。各郡中有一二處沿陋愆禮者，共爲指明，期知往習之誤，悉歸於正云爾。

題陶存軒歸去來館圖

余與江右陶君存軒同歲舉於鄉，己丑成進士又同，同讀中秘書。越明年，給假省覲，同舟車至浙。存軒嫻問學，負節概，不肯苟同於人，顧不余鄙志亦同也。存軒散館後授檢討，南歸有終焉之志。余亦家居十年。雍正元年，蒙恩特召侍禁近，又十年於兹矣。存軒雖不出，顧當事欽其行，慕其學，延主豫章書院，修省志，倡學大江以西，爲不朽盛事。君子之生於世也，或出或處，或遠或近，迹不必同，要本此不愧吾心者，以不虛其生有益於世焉，斯已矣。一日，謂其子弟門人曰：「吾將山隱矣。」匡廬山有歸去來館，茅廬數椽，靖節先生之故址也。存軒搆得之，悠然獨坐，其樂祇且。歲壬子，長子學樞以中翰進京，出圖索余題其首。余素慕匡廬名勝而未得至者，异日得假南歸，道江右，過匡廬，游白鹿洞，拜謁文公遺像，讀楣間洞規之揭，誦象山義利之章，體文敬諸先生續規領要，而觀在洞從學之士，復有昔時之傑乎？又將繞而西，訪存軒於歸去來館，以訂新知而商舊學。荒落之餘，未知其果同焉否耶？

喪葬解惑

葬必擇地，白古有之，故程子有「草木茂盛、土色光潤」之説。閩地多山水，不比北方一望平原，故爲風水之説者，審擇夫氣之所流貫，勢之所凝聚，山則拱衛而不背，水則環抱而不瀉，無風隙水蟻之患。此亦何嘗不是，蓋祖宗安則子孫亦與俱安，理固然也。乃有惑於其説，不修人事，專恃吉地，以爲獲福之資，遂有遲至三年而不葬者。夫停柩，不孝也。世有不孝之人而能獲福者乎？且天、地、人，一理也。地理無憑，飭行於身，行善於家，天則報之以福。幾見有檢身、樂善、孝恭、敬睦而家不興者乎？幾見有存心險刻、門内乖隔而能獲福者乎？舍昭昭之可憑，索冥冥之莫據，獨何心哉？其至愚者，則陰謀横據，相争相奪，以爲福在是矣，不知其爲禍基也大矣。又有鄉俗寡識，惑於房分之見者。夫風水之説，不可苟略，而房分之説，理所必無。有何所見而謂左爲長房，中爲二房，右爲三房。不及生三子者，何以稱焉？生子至十以上者，何所位置之？按之八卦方位，謂震爲東方。震乃長子，則所葬之地未必盡南向也。度之五行，揆之五方，細求其説，卒無有合。即考之郭璞《葬經》及《素書》《疑龍經》《撼龍經》諸書，亦無所謂房分者。此乃後來術家，欲藉此使凡爲子孫者不敢不尊信而延請之，陰以誘其厚利，陽以得其奉迎。不知其遺害之深，至使死者不得歸土，而生者不得相和，皆此説誤之也。此亦如時日之説，古所不廢。吉日良辰，經有明文，但不可過爲拘忌。如襲斂入棺之時，有造爲、的呼、重喪等名目，謂至親不避必有大凶。俗竟有不察而信之者，抑情壞性，莫斯爲甚。他省鮮有此説，即吾閩如詔安等縣，但棺物具備即入棺，無另尋日時之事，最爲合禮。此亦術家藉以爲獲利之資，與風水、房分之説所當亟斥者也。夫信讀書識理之士，固無此患，其有中心實不信而不能自拔於流俗者，曰「寧可信其有」。夫信無稽之説，至於啓疑論而不葬，徇拘忌之失，至於將入棺而不臨，斯何事也，而可信乎？惑之至矣！

徵修漳州府志啓 代魏太守作。

溯自初唐辟疆，閩漳始爲屏翰之重地；迨及紫陽過化，濱海上媲鄒魯之名邦。户口田疇，每日增而日盛；聲名文物，或代廢而代興。苟無文獻足徵，何由繼志而述事？不有簡編明備，何以彰往而察來？漳乘始於有宋淳熙，成書遞至前明萬歷。迄今百餘載，典故無聞；從前三十科，人文闕略。又況鯨波屢沸，兵燹相仍。氣節如周忠愍、黄石齋數先生，未曾作傳；儒林如何黄如、張小越諸君子，有俟特書。在明季已失搜羅，洎我朝有待編葺。修政齊教於是焉資，省方觀民於是乎在。夫國之有史，專隸於職方；而郡之有志，責成乎司牧。仰惟聖天子文教覃敷於四海，功烈遠邁乎三王。稽古右文，頒御製於九州之學；崇儒重道，升文公於十哲之班。極曠典以昭兹，觀人文而成化。允矣當陽遘運，斯道大亨；宜乎紹述前賢，諸廢并舉。

某世荷恩眷，慚報塞之未能；叨守名邦，惟顛覆而是懼。念兹郡志缺軼，不敢因循以蹈前愆；嘗與父老僉謀，莫不踴躍而襄盛舉。梓邦紳士，不乏韓歐之才；寓公名賢，剩有左馬之學。并擷華藻，勿靳弘裁。家乘野史，悉搜求以俟表章；墓志碑銘，亦咨詢而備采擇。識大識小，皆典章之所不遺；宜雅宜風，固邇言之所必察。藏書安在？巷議謂何？爲孝爲忠，孫支諒不忘夫祖德；或貞或烈，女流亦獲佐其家聲。以及遜迹林中，抑亦棲真霞外。蓮祥芝秀之呈其休，蝗灾蟲儆之乖其候。凡兹參錯，皆藉蒐羅。莫爲究末而忘原，若應劭之志人物，可摹昉也；莫爲貴遠而賤近，若王充之作《論衡》，可式程也。要以耳目新知，質之舊聞，庶幾按據明審，可備法戒。百年之因革損益，賴此以傳；一郡之人物儒林，永垂不朽。豈惟清漳之地靈人傑，載其寵光；屬在有司之補闕修殘，均有榮幸焉。謹啓。

庚子秋帖示族中子弟

數年來，集族中衆子弟在家廟課業，勤勵有加。今秋闈在即，纍纍佳篇，吾何能不快然。然文章特一端耳，立心制行，更爲要著。願諸子弟篤倫理之際，嚴義利之辨。現在居家處世何若？將來居官理民何若？醇此孝恭之念，守其廉潔之操。今日强毅立志，終身守此不移。盟之幽獨，質之鬼神，則更獲天人之祐助，非徒科名可必也。抑余又聞家祚之昌，由於父兄所培積。更願諸爲父兄者，各弘裕其量，洗濯其心，去其斤斤沾沾卑卑之念。常存此藹然惻然惇然之心，日克臻斯，日加勉焉。尚或不逮，速自淬焉。則子弟藉爲獲福之資，父兄亦享安榮之樂矣。不佞閲世閲人頗多，凡所諄諄，非迂闊之言，皆肝膈之要也。

帖家塾

凡子弟生徒，午飯後各粘楮片於壁間，嘉言善行皆可書。或小學，或日記故事，或《綱鑑》《性理》，末書「某月某日某人書」。既有以觸發其性情，閉邪心而起善念，又有以長益其記誦。日人一條，每年則有三百條。十人同學，則有三千條。不寫及重抄者有罰，事不勞，而月計歲計甚有益。

二希堂文集卷之十一終